花似人心向好处牵

文清丽 著

山西出版传媒集团 北岳文艺出版社

·太原·

图书在版编目（CIP）数据

花似人心向好处牵 / 文清丽著 . -- 太原：北岳文艺出版社 , 2025. 3. -- ISBN 978-7-5378-7028-3

Ⅰ . I247.5

中国国家版本馆 CIP 数据核字第 2025ZS4396 号

花似人心向好处牵

Hua Si Renxin Xiang Haochu Qian

文清丽　著

//

选题策划
刘文飞

责任编辑
张　昊

封面设计
FAJUN

封面绘图
张　萌

印装监制
郭　勇

出版发行：山西出版传媒集团·北岳文艺出版社

地址：山西省太原市并州南路 57 号

邮编：030012

电话：0351-5628696（发行部）0351-5628688（总编室）

传真：0351-5628680

经销商：新华书店

印刷装订：山西人民印刷有限责任公司

成品尺寸：143 mm×210 mm

字数：208 千字　印张：8.375

版次：2025 年 3 月第 1 版

印次：2025 年 3 月山西第 1 次印刷

书号：ISBN 978-7-5378-7028-3

定价：68.00 元

目 录

姹紫嫣红开遍

1

"你扮的是杜丽娘吗？柳梦梅还没挑逗，你就大嘴咧着，眼睛眨巴着，水袖甩得像打人，这哪是大家闺秀，分明是秦淮河李香君、花魁王美娘的做派嘛。你学了八年昆曲，怎么还没摸着闺门旦的魂？我警告你，想当闺门旦，就别整那些花脚蚊子，感人的戏都是从心底里流出来的。"京都昆曲团当家闺门旦柳云怡向自己的爱徒当众发飙，这是前所未有的事。昨晚的演出相当成功，这次开的是庆功会，举座笑语盈盈，团长更是笑得合不拢嘴。青年演员米亚亚初次扮杜丽娘，青春亮丽，嗓子绵软清新。她的老师柳云怡反串小生柳梦梅，一上场，满堂喝彩。大家都知道她的闺门旦书卷气浓，恍如仙姿，没想到她扮的书生俊俏风流，特别是身段繁复飘逸，让观众喝彩不绝。谢幕时师徒二人手拉着手，像一对母女，不，俨然一对亲姐妹似的，面对镁光灯，在众多粉丝前，秀尽了师徒情深。总结会上，大家对花旦米亚亚第一次扮小姐赞不绝口，米亚亚却很谦虚，说跟柳老师配戏，简直就是老师带着演的。"从杜丽娘一个人的独唱，娇羞、惆怅、无措，到梦中相会的甜蜜，都是平常跟柳老师学的。演出时，我不小心露出了水袖里的衬衣松紧袖口，老师一个眼神我马上就知道水袖幅度大了，总之一句话，跟着老师，自己每天都在进步。有体悟，有不足，也有初次登台的感想。"米亚亚边翻笔记边说，很有条理。显然是做了充分的准备的，大家都说这个小姑娘真懂事，没有年轻人的浮躁，谁知柳云怡当场就给自己的爱徒来了这么一棒，在场的人无不惊诧。柳云怡台上是大家闺秀，台下也是温润淑女，分到团里二十多年来从没跟人红过脸，今天怎么了？再一想，就明白了，舞台上主角就一个，谁不想让聚光灯一直打在自己身上。柳云怡已四十出头，而米亚亚才二十冒尖。时光，对佳人来说，它惨无人道呀。

米亚亚脸腾地红了，但表现得还不错，老师说完，她站起来还表了态，说："老师说得有理，我下去一定好好琢磨。"

会场一时冷寂，只有一缕白光在圆桌上飘来荡去，如在座的每个人隐秘的内心。

坐在主位上的团长品了一口茶，放杯子的响声打破了会场的寂静。他调团里半年，小生出身，五十多岁，头发已斑白，但精神状态颇好。一到团里，他就召集大家开会，商讨方案，听取各方意见，核心就一个：如何提高团里下一步的业务工作。这次参加市里演出，是他的开门红。没想到却来了这么一出，团长看大家没反应，先咳了一声，然后双手抚着桌子说："柳老师对爱徒严格要求，精神可嘉。对，精神可嘉。我们团之所以在全国享有盛誉，就是因为有柳老师这样一代代传帮带的艺术家。艺术要传承，品质是关键，对不对？"说着，看大家没有反应，又清了清嗓子说："大家要是没有什么说的，今天会就开到这里。"

柳云怡第一个离座，边哼着昆曲边急步迈出了会议室："笑伊家短行，无情忒甚！到如今，兀自道且说三分话，未可全抛一片心。"

一出昆曲院大楼，柳云怡猜身后肯定有人在议论自己，生怕听到难受似的，快步钻进了车里，片刻，把奥迪急驰出昆曲团。已过白露，绿化带上的月季枝上零星还挂着几朵花，在晚霞的余光下蔫蔫地开着，如她此刻的心情。

回到家本想静静，没想到跟她在一个团里工作的丈夫高云飞却已到了家，在厨房叮叮当当地做饭。听到门响，出来，手里还握着铲子，看她回来了，本想说，你今天怎么了？米亚亚我感觉唱得好，身段也美，第一次出场就有一种惊艳的感觉，你是她的老师，应当高兴。你反而这样，让别人还以为你在吃自己学生的醋，今天实在是你的错。可看到妻子的脸色，生生把到嘴边的话压了下去，笑着说："回来了？"

丈夫明知道事因，却避而不谈，装作没事人似的一脸的天高云淡，这让柳云怡更是恼火，便不睬他，换了居家衣服，进到卧室，关门躺在床上，闭上了眼睛。

柳云怡并不是突然间发火的。

要说起来，半年前演《牡丹亭·游园》时，不适就开始了。下场后，有记者在后台现场提问。高个儿女记者眼角长着铜钱大的胎记，虽然"在""蔡"不分，"甜""前"不分，可握着话筒，分明就是女王。面对无冕之王，柳云怡更是百般小心，你可能一句不在意的话，在记者笔下，就歧义连连，读者再读，就更浮想联翩了。自己走到这一步不容易。胎记女记者来自大报，该报公众号点击量有几十万人次。她斟酌再三准备回答时，身旁的春香，也就是米亚亚马上替老师回答了。学生替老师解围，好似临场救火，应当谢谢人家才是。

柳云怡报之以微笑，对记者，也是对学生。

第二天在排练厅，柳云怡正在观看米亚亚的排练，不时指点几句，好朋友叶之宏走到她跟前，打量着台上载歌载舞的米亚亚，悄声对云怡咬着耳朵："你的学生眼看就要出师了。"叶之宏虽然瘦小，可一上场，她脚下如安了风火轮，或跑或打，浑身都是一股英气。起初学花旦，后来又学老旦，但是学文戏就想睡觉，只扮了一次刀马旦，就迷上了打打闹闹，成了团里现在唯一的刀马旦。左翎子放脚面是她的绝活儿，杨八姐的《挡马》，演得出神入化。她常说武戏不能光打，要表演人物性格，还靠文唱，基本功扎实，腰软，所以常找柳云怡学唱，一来二去，不但文武兼备，两人也成了掏心窝子的朋友。

柳云怡听完好朋友的话，笑着说："咱当老师的不就盼着这一天吗？"

叶之宏好像不认识她似的，从上到下打量了柳云怡半天，说："云怡，我不知道你是真糊涂还是假装的？不能对好朋友都不说真话，否则你最好的朋友就要离开你了。"

柳云怡没回答她的话，一双秀目上下打量了叶之宏之后，又摸摸她的裙子笑着说："这裙子质地好，花色好别致，像油画。哪个商场买的？当代，还是双安？价钱不菲吧。"

叶之宏把柳云怡手推开，悄声说："你没发现米亚亚昨天晚上演出多加了三个动作吗？她不是在跟小姐配戏，她在表现自己，她以为自己是言慧珠呀，人家是给老师梅兰芳大师配戏，梅兰芳那时多大了，六十多了，老人了嘛。你多大，才四十出头，正当盛年。而且言慧珠是大小姐，那时已是当红旦角，上海昆曲学校的副校长，是大艺术家俞振飞的夫人。把一个丫鬟饰演得如此傲娇，人还能理解，她米亚亚是大山里一个柴火妮，第一次来考试，穿着一条别人捐的牛仔裤，长得裤腿都别到了膝盖上，一张口，满嘴泥土渣，要不是你多次找团长，说她身上有股倔劲，肯定成功，说她眼睛会说话，天生的闺门旦，她哪可能进到咱们团？现在还在山沟里混日月呢，可她倒好，翅膀还没硬，就公开抢老师的戏，这唱的哪是春香，分明一个青春版的杜丽娘嘛，一会儿扭腰，一会儿弄姿，想跟你平分秋色？哼，小丫头还太嫩了。这种篡党夺权的歪风邪气坚决不能长。教会徒弟，饿死师傅的事又不是没有。我可跟你说，防虎之心不可无呀，养了老虎，你可就完了。东郭先生的故事整天在上演着。所以，我劝你趁咱们还能演出，少带学生。等退下来，再带不迟。你掰着指头算算，咱们在舞台上的日子可数得着了，千万要小心。现在的小姑娘，哼，不是我说，为了达到目的，什么事都能干得出来。我朋友说她们团一个小姑娘，来团后，为了争主角，生生把团长编剧导演全拿下了，现在什么角色她都演，一下子就红遍大半个中国了。"

"如果她有本事，红也正常。如果她没那本事，她也红不长久。唱戏，可不是其他，没有功夫，在舞台上是站不长的。别人不懂，你还不懂？"

"好了，我知道你从来听不进别人的意见，有你哭的时候，到时可别说我没劝你。"

柳云怡拍拍老朋友的肩膀，说："言重了，言重了。这条裙子真的好适合你。"说着，锣鼓停了，她忙给叶之宏摆摆手，说："我得给米亚亚说道说道，她晃扇的动作做得不流畅。"

"算我白说了。"叶之宏叹了一声，左手朝后摆摆，头也不回地走了。

2

刚下班，米亚亚就敲响了柳云怡的家门，她平常来都要打电话的。这让柳云怡很不舒服，但还是礼貌地让进了屋。"老师，我妈妈让我给你带了盒葛根粉来，是我爸爸从很高的山上挖的。葛根粉有千年人参之称，降压降脂养颜，好处可多了，冲着喝或勾兑、调汤、拌肉，都可以。"

"我真不需要。"柳云怡淡淡地说着，拿一张纸巾夹起地上一根头发团进了垃圾桶里。她想说自己要出门让客人识趣地告辞，可茶几上一捆正在择的韭菜分明已替她做了回答。

爱人高云飞加班要晚点回来，家里就她一个人。女儿在外地上大学，学的是什么材料分析学，从小柳云怡就想让她学昆曲，谁知女儿一点儿都不感兴趣。后来要给她报昆曲班，女儿去一次，哭一次。嗓子都哭哑了，柳云怡只好作罢。问她为什么不学，她说她看到妈妈唱戏太苦了，自己的人生可不愿意在一个个老得掉牙的爱情故事里度过。这句话差点儿让柳云怡给她一巴掌，从此就死了让女儿学戏的心。

米亚亚平时来就像进了自家的门，逮着啥干啥。柳云怡让她坐，她也不歇着。这次，看柳云怡择菜，忙坐到旁边帮着择起来。

柳云怡说："你叔叔从来不会买东西，你看看这韭菜又是泥，又是烂叶子，你是唱杜丽娘的，手可要保护好。"她尽力使自己的情绪正常些，说的话客观些，可声音一飘出来，自己都感觉奇怪，好像有股酸味。便又补充道："一个闺门旦的纤纤玉手从水袖伸出兰花指一定要美。闺门旦是昆曲最美的行当，你立志要当闺门旦，就要从每一个细小的环节做起。"

米亚亚笑着说："老师经常干活，手指还是那么纤细白皙，我要向老师学习，做最好的闺门旦。老师，是不是要包饺子？"

柳云怡说："你叔叔爱吃饺子。"

米亚亚看韭菜择得差不多了，说："老师，那我去和面。"

以往，米亚亚一来，肯定会吃了饭再走。今天，柳云怡想到叶之宏的话，心里的不适又出来捣乱了，烦躁的心也静不下来，眉头也舒展不开，便说："不用了。"

"老师，我去和面，一会儿咱们一起包饺子。"

柳云怡说："不用麻烦你了。"米亚亚心里一颤，半天才说："老师，我听到团里有人议论说我抢老师的戏，但我想老师肯定不会这样想的。

老师平常老跟我说，一个演员，一定要仔细分析人物，多层次地表达人物的内心。比如，昨天晚上《牡丹亭·游园》的演出我加的三个动作。第一个，是春香照顾小姐化妆。我看了以往咱们团里演员扮的春香所有的身段和唱词都是固定的，这样表现人物不立体，所以我在她给小姐拿镜子时，让她照了一下自己，我想爱美之心人皆有之，一个十二三岁的小姑娘肯定爱美，她这样，不就更能体现她的人物特点了嘛。第二个动作是花园里，春香站到了小姐前面。为什么这么做呢？我想起了雕像，这样，春香下蹲小姐站着，更美。我让一位同学拍了照片，老师，你看是不是这样，比咱们对角线的程式化表演更立体紧凑。第三个细节是小姐醒后难舍梦中情景，神色恍惚，春香看到小姐如此，朝着观众噘了下嘴，我是想表现春香对小姐微微表示不满，她对小姐那么好，小姐却不给她说心里话。这就把春香的心理层面也呈现了。老师，你认为我这样理解对吗？昆曲艺术就是一代代在摸索着向前发展的，这是你常说的话。"

柳云怡一时不知说什么好，端起菜筐站起身，米亚亚忙抢过来说："老师，你歇会儿，我来。"

柳云怡摆摆手，走进厨房。米亚亚趁柳云怡洗菜的当儿，又和起面来。

柳云怡打量了半天米亚亚的背影，发现她揉面的手劲很大，说出了连自己都吃了一惊的话："我们相处七八年了，我还不了解你？！"

"老师，就像我一直包饺子包得没老师好，可我每次都在进步，今天我再用心包。"一席话，说得柳云怡一时不知该说什么，半天才无力地说："那你得多吃些。"

凌晨两点了，柳云怡还睡不着，她反复地琢磨，米亚亚此次来是真心待她还是想得到杜丽娘的角色，就像慈禧割肉放进参汤为慈安治病一样。在舞台上表现假的言行要比真的夸张些，她细细回顾了近来米亚亚对自己的一切言行，这次好像跟往常不一样，比如一箱葛根粉，平时虽常到家里来，但基本都不带东西，当然是她要求的，她说："我家就是你家，到自己家还带东西就生分了。"如果为了角色，以假心来换真心，那她就太有心机太可怕了。可今天她说的所有话又没有错，行为上也无夸张的表演，那么她到底是真心还是假意？本想叫醒丈夫帮她分析分析，看他睡得很香，只好又闭上了眼睛。

第二天，她眼睛涩涩的，四点多就醒来了。吃饭时，丈夫问她怎么了，她说没事儿。有些事，别人分析得也不一定对，即便是跟自己最亲密的人，仅凭着自己的理解，甚或阅历、经验猜度别人，有失公允。比如叶之宏。

又想到自己。难道你看到青春亮丽的又一个主角即将代替自己，你不紧张？米亚亚的美是天然的，是岁月天赐的，而自己的青春是残留的，是靠化妆品在打着掩护，衣服常换常新，却只能拉住青春的尾巴。米亚亚的光艳照人里有一种稚气，有一种倔强，仗着年轻，打扮是故意收着的，她知道什么叫天生丽质。不，也许，她没多少钱，衣服大多都是在网上买的，可青春是挡不住的。她不像一些年轻人，仗着年轻，打扮都向外扩张，非做到十二分不可，是虚张声势，结果越使劲越失分寸，总是过火，反而逊色。米亚亚是个不犯错误的例外，她聪明，天生有几分清醒，多年的城市生活又增添了远见，好读书又使她比较含蓄和沉着。要说想表现，她也有，是老实的表现，是凭着打动人的苦练，这样做，就无形中让人原谅了她，不，或者说理解了一个出生在农村的女孩的不易。

最最可怕的事还在后头。有次，她笑着说："亚亚，你也二十三四了，该谈男朋友了。"

"老师，我今生最大的梦想，就是扮演杜丽娘，啥时候这梦实现了，我才谈恋爱。"

"那是可遇不可求的，有许多因素在内。"

"那我就等着。"

"青春可是一去不复返。"

"没有做成自己喜欢的事，要青春何用？"

她听到这里，打了一个哆嗦，这个年轻的小主比当年的自己还义无反顾。当时自己也发誓成名后才谈恋爱，可爱情来了，一切的誓言瞬间烟消云散。好在运气好，团里唱闺门旦的师姐们要么守不得清贫，经商的，留学的，要么因身体原因放弃了舞台，而自己当时正是风华正茂，技艺也恰是日出东方。

可惜米亚亚没有自己的运气好，前面挡着一个比她更执着的自己。她不能离开舞台，因为离开了舞台，她什么都不会做。有时想想都好笑，昨天她还问爱人，肝在人体里是起什么作用的。更好笑的是，一周多没给女儿打电话，连电话号码后三个数字都不确定了。这样的人，注定与虚无为伴，大幕一拉开，绚丽的灯光，耀眼的花服头面，成千上万的掌声，缠绵的惊天动地的爱情故事，一切都是那么光艳动人，富丽堂皇。可大幕一合，一切美景都不复存在，明知一切皆虚幻，可今生偏一头撞了进去，再也不愿出来。来生，她还想进去。妈在世时老说："你这孩子是死心眼儿，死心眼儿有好处，老天不会亏待这样的孩子的。"

可惜妈妈去世太早，没看到她开花结果，更理解不了她今日的悲伤。

米亚亚那么聪明，难道就没有看穿老师——一个中年女人的哀矜？这么一想，她连自己都吓了一跳，不敢再往深探究内心了。

天亮前，她想好了，人心难测，再测也难分晓真假，还不如顺其自然。

她又把米亚亚跟团里年轻演员作了比较，得出结论：米亚亚心思没那么复杂，并不像叶之宏认为的那样有代替自己的野心。再说有野心，也得把戏唱好，而要把戏唱好，没有扎实的功底，想得再好，也是空中楼阁，与其害怕贼惦记，还不如把家门守护好。她唱了多半辈子戏，她的所有家当就是这个。她不知道离开了戏她还能不能活下去。

这么想着，在排《长生殿·絮阁》时，她唱"请、请、请，请真心向故交"的声音比平常高了好几个分贝。身后演宫女的米亚亚面部哆嗦了一下。当然也许是她心理作用。

3

半年后，全本《牡丹亭》公映，柳云怡仍是主演。在柳云怡力推下，米亚亚饰演了《牡丹亭·惊梦》一折中的女主角杜丽娘。柳云怡甘当绿叶，串了一回柳梦梅，她想考验一下学生的身段，此折杜丽娘戏份不多，主要是配合柳梦梅。

这是学生第一次演主角，从挑选褶子、化妆、走台，柳云怡都细细地把关。演出前，她再三给米亚亚说，杜丽娘虽然做的是春梦，但她毕竟是大家闺秀，以害羞含蓄为主。虽然两人后来欢爱，但杜丽娘也是被动地接受，不能像她排练时那样放得太开。每个行当都有自己的规则。

谁料一上场，米亚亚饰演的杜丽娘明显露出了春香的影子，先是眉开眼笑，柳梦梅还没讲话，她已主动站在他身边，还用水袖子挑逗他，两只水袖相碰的一瞬间，柳云怡感觉很不对味。本来是柳梦梅挑杜丽娘的，这动作亵渎了她心目中大家闺秀杜丽娘矜持的形象，也辜负了她平日的苦口婆心。在台上，她用眼色制止过。不知是米亚亚没有领会，还是翅膀硬了，反正生生把大家闺秀饰演成了现代解放女性。虽然台下掌声一片，可柳云怡却气恼无比，便有了总结会上的大为光火。

躺到床上，她看到房间酒红色的天鹅绒窗帘上的阳光，心情更加悲哀，她想她自己就是那酒红色的天鹅绒，暗淡、陈旧，而米亚亚就是天鹅绒上那炫目的亮光，鲜嫩而妩媚。这时，电话响了，她一看，是米亚亚的号码，便由着它响了好一阵，挂了。

又想上次要不是她来家，用一箱葛根粉让她轻敌，何至于让她有了今天的胆大妄为？越想越后悔，这时，丈夫推门进来，说："吃饭吧。"说着，坐到床头，拉着她的手说："我知道你怎么想，只是想让你冷静冷静。"边说边拉她起来，说："你昨天饰演柳梦梅，把一个俏书生的魂演绝了，我拍了录像，吃完饭咱们一起看。"说着，拉着她的手，坐到餐桌边。

柳云怡一看都是自己喜欢的菜，但吃到嘴里却没滋没味，半天才说："我今天会上是不是有些过分了，可是我真的不是别人认为的妒忌年轻人。杜丽娘是大家闺秀，是腼腆的、含羞的，米亚亚却演得如此卖弄风情，这哪是我教的？我跟你生活了二十年，应当理解我，我唱了快三十年的杜丽娘，她的血液都融进了我的血液里，我不允许那样演她。只有我才懂杜丽娘，她的头头脑脑、枝枝叶叶我都懂。要是汤显祖在地下知道有人如此糟蹋他的女主角，肯定死不瞑目。"

丈夫笑着说："对于角色，每个人理解都不一样，何必要统一呢。你教会了她，由着她发展，不是更好嘛。昨天我看到你老师和她的原班人员演《牡丹亭》，演春香的张姐头发白了，腰弯了，她演了一辈子春香，那是老一代艺术家，甘当一辈子绿叶，你总不能让米亚亚也唱一辈子春香吧。她来团也八年了，基本成熟了，可以单飞了。你可说过，她是年轻人里最好的闺门旦呀。你还说，那个老春香你看着都落泪。米亚亚是你挑选来的，是你的学生，她进步了，你当老师的应当高兴，多有成就感呀。你不也是从当年那么走过来的嘛。你还说老师为了让你上，甘愿让出了舞台。你到了这程度，少演一场，又何妨。而对一个年轻演员来说，多一次，就多了一次历练。米亚亚现在舞台经验较为丰富，给她排戏，不能再像过去一招一式地抠。你可以给她说戏，把你过去如何创造这个角色，与你所看过的其他老师如何创造这个角色详细讲给她听，由她自己选择吸收，自己再创造角色，然后再演给你看。看过后，你提出改进意见，她再改。昆曲的唱词，一般都典雅、深奥，大致的意思要向她解释，可不必往深里说。随着年龄的增长，她自会领悟。"

"可是你是知道的，昆曲闺门旦扮演的大多都是大家闺秀、淑女名媛、宫廷贵妃乃至小家碧玉等青春美貌的女子，表演得须美、媚、娇、雅，唱得要甜、糯、柔。动作不能太激烈和迅捷，其美的展示要充满着徐缓而连贯的媚态与动感，比如杜丽娘遇到柳梦梅时低头，转身，轻问'哪里去？'，发声与拖音，充满了娇嗲的感觉。可米亚亚说这话时，大着嗓门，好像就急着要跟着走。而我理解的杜丽娘，她走的是轻盈的台步，娇嫩的声音和均匀的口气，呈现的是一位大家闺秀深闺乍出的美感。而米亚亚演得太放了，我不知道这半年她在台上为什么要跟我对着干。可一下台，又那么谦虚，一副无辜的样子，搞得你还没办法跟她翻脸。我不知道她到底是有成府，还是戏痴？"

"那是她长大了，有了自己的独立思考和判断，再不是当年那个初次学戏对你的话言听计从的女孩子了。"

可柳心怡仍想不通，先想自己不会主动跟米亚亚说话，如果她来问戏，自己冷淡相待，自己自然就不来找她了。老师对学生的不满就是冷落她，由着她，放任是最好的惩罚。想得好好的，到了排练场，只练自己的戏。可是米亚亚左一声老师，右一声老师，叫得她不好意思当着面让她下不了台。也怪，明明心里不舒服，可锣鼓一敲，笛声一响，她就忘了心里所有的不快。不，是她已经融进了戏里，忘记了一切。米亚亚刚一举扇，她立即边示范边说："手落得低一些，更美。"事后，她想，这是职业使然。昆曲实在太美，就是一个敌人在那儿乱唱昆曲，她也要教他。先前议论的人，对她刮目相看，连团长看到她们师徒二人不停地排戏，都赞不绝口，说："柳老师，怕以后再也难有你这么好的演员与老师了。"

她淡然一笑，飘然而去。人到中年，别人的赞语，如耳边清风一缕，根本不用得意。

4

此后米亚亚接连唱了十几场《牡丹亭·游园惊梦》，柳云怡没有再与她配角，但感觉她多少还是听进了自己的意见的，演出了杜丽娘的大家闺秀气。在年轻人里面，很快就脱颖而出。外界赞誉不绝，《京都报》登了一位著名戏剧评论家的文章，此评论家说："如果把柳云怡的杜丽娘叫作贵妇人的话，那么米亚亚饰演的杜丽娘就是公主了，甜美可爱。"

在答记者问时，米业业说："杜丽娘固然是大家闺秀，在课堂上听老师话，在父母面前她守礼，在侍女春香面前，她也一副大家小姐的样子，但在梦中，就不一定非要这样了，她变得大胆、热烈，因为那是梦，因为那正是她渴望的东西。艺术要发展，创新是必须的，这也是青春版的《牡丹亭》能被青年观众喜欢的原因。昆曲名家沈世华、梁谷音、张继青、张洵澎等都是跟着姚传芗老师学的《牡丹亭》，可她们每个人饰演的杜丽娘都不是一个风格。沈老师的眉眼都会说话，她身上的书卷气，体现了杜丽娘的又贵又雅。梁谷音老师结合花旦的表演，如几次卧鱼动作，深化了杜丽娘的内心挣扎。张洵澎老师舞蹈家的身材，轻盈、绵软，也符合一个十六岁少女的身份。我想我的优长是年轻，是活泼，我为什么不能把此发挥下去呢？演出一个不一样的杜丽娘。闺门旦需要学演一些花旦的戏，从花旦戏中汲取少女的活泼，否则专照闺门旦演，总有点少妇的味道，加进一点儿花旦的东西，如同加进些味精，少女的特点就突出了。"

叶之宏在微信朋友圈上看到这则报道，又听到有人说米亚亚不久要唱《牡丹亭·寻梦》了，立即来找柳云怡了。

此时，柳云怡正满头汗水地在排练厅踢腿，下腰，练水袖，白色的T恤后背湿了一大片。

叶之宏看得心疼，直到她一曲练完，才叫了一声："云怡。"

看到叶之宏头发中围了一圈白纱布，在窗外射进来的一缕阳光下白得刺眼，柳云怡吓了一跳，忙问她怎么了。

叶之宏答非所问："我就说呢，你是引虎入室，现在虎已长大，你想管也管不了啦。"

"你到底怎么了，是不是练功时又受伤了？我给你说过多少次，刀刀枪枪的，你得悠着点儿。好在伤到了额头上，要是碰到眼睛怎么办，我们都人到中年了。"说着，就要看伤口，叶之宏摆摆手说："唉，别提了，上午练《盗仙草》时，两人对打，小王把一把剑踢到了我头上，血流不止。刚带着我打车到医院，缝了三针，我让他继续踢，他不敢了，让我骂了一顿，总算成功了。武旦比闺门旦艺术生命要短，体力跟不上了，总有演不动的时候，但不能断档。你看我的几个学生，教不出来呀。两人对打，枪都失手，还怎么学六人对打呢。教他们，看着他们手脚又笨又不愿吃苦，心里又痒，这，就挂彩了。说到这里，我不得不夸你的米亚亚，这小姑娘除了成名心切，还是蛮刻苦的，经常在练功房里一待就是一天。听我的学生叶眉说，半夜米亚亚还在院子里练水袖，在学你那个绕水袖的样子。还说不单要苦练，还要动脑筋，悄悄看诸位老师什么样的范儿美，自己偷了，化为自己的。有些虽好，但不是你的长处，你就不要学。冰冻三尺非一日之寒，都怪你平时对她的放纵，才有了这言语，你看看，我给你念念。"

"别念了，我忙着呢。"

"《牡丹亭·游园惊梦》凭青春亮丽可以，但《牡丹亭·寻梦》靠的却是演员的演技，杜丽娘那种伤春的情绪只有老演员才能充分领悟到并表现出来，一个年轻的女孩子哪能体会到那种透骨的痛？可是团里偏偏就决定让米亚亚演，据说当时团长还讲，我们的新演员，要一代一代成长起来。"叶之宏说着，声音越来越大，满脸都是气愤。

"听团里安排吧，对了，看我这动作，好不好？"柳云怡说着，下了一个腰。

参加全国昆曲艺术节，团里给柳云怡安排的是唱《牡丹亭·离魂》。这折戏没有很多身段，只凭演员的演技，远远不能跟《牡丹亭·寻梦》相比。柳云怡很想罢演，可一想到米亚亚的来势之猛，没敢轻举妄动。她很后悔，上次自己当场发火也许团领导以为自己在打压新秀，心胸狭窄，她可不是这样的人。本想找团长解释，可又一想，犯不着为这样的事去丢人现眼。

这时，有人约她拍一部电视剧，她一口回绝了，片酬是她三四年的工资。她问是不是演的昆曲演员，人家说不是，她便一口回绝了。

团里开会，商议参加艺术节之事。她本不想去，已经定了，开会无非是再统一一下思想罢了。但又不能不去，自己是老演员了，越到这时，越要有高姿态。这么想着，就懒洋洋地进到会议室，一个人坐到角落里，跟谁也不说话，仍是一副团里那个高傲的当家闺门旦的形象。

没想到，团长刚一宣布演出节目，米亚亚就站起来说，《寻梦》是独角戏，唱念做三十分钟，自己还不能挑这样的大梁，她还需要磨一磨，她要向柳老师好好学习，她只演一折《惊梦》，仍想让柳老师当她的柳梦梅。

身旁的叶之宏悄悄跟柳云怡说："都定了，还这么说，想装好人，我偏不让她得逞。"说着，叶之宏站起来道，"师徒同台竞技，将是昆曲界佳话，年轻人如此谦虚，凡事皆成。"说着鼓起掌来。

众人也纷纷都说，这次是全国演出，为了有把握，还是让老演员上。

团长让柳云怡说说。

柳云怡站起来，发现众多的人都看着她，特别是年轻人的目光，她总感觉里面充满了讥诮，便当场表态："应当让年轻人演，人生总有第一次嘛。"

她话刚说完，团长就带头鼓起掌来，说："还是柳老师风格高。年轻人让老师，老师让年轻人，我们团有如此德艺双馨的好演员，怎能不兴旺？"

这样，二十三岁的米亚亚就代替了四十五岁的柳云怡，出演柳云怡的代表作《寻梦》。

"作吧，作过头了吧。"

晚上刚吃完饭，叶之宏就打电话数落起柳云怡来。

"我不想让人家说我一直霸在舞台上，得让年轻人演。再说，米亚亚还是不错的。花哪有天天红的道理。"柳云怡轻声说着。她话还没说完，叶之宏就像吵架似的说："她想取代你还为时太早，胶原蛋白想取代二十年我们流的汗水，做梦。走着瞧！"

6

几场戏演下来，米亚亚好像成了《寻梦》的专业户，只要唱，必唱此出。柳云怡感到心痛。每每米亚亚演出，她总坐在下面细细观看。她感觉米亚亚气力不够，杜丽娘的忧伤体会得不足，但身边的观众一个劲儿地叫好。

"青春所向无敌呀。"她在心里叹道。

国庆节那天，米亚亚要参加全国昆曲演员选拔赛，团里让柳云怡亲自指导。

叶之宏不让柳云怡当这个指导，说一个电影导演找她了，请她们两个演一场大戏《新版雷峰塔》，文戏柳云怡演，武戏她演，比如游湖、断桥、端午，柳云怡演；盗仙草、金山寺、水斗，她演。两个好闺蜜包一场电影，多有意思。

柳云怡犹豫着说："可团里已经给我交代任务了。"

"说你是指导老师，不就是安慰你嘛，闲了指导一下，算完成任务了。这个电影导演可出名了，咱们说不定这一唱，就全国走红了。"

可到录像那天，柳云怡还是赶到了团里的排练场，只给叶之宏发了一个短信：我还是喜欢站在舞台上，哪怕就是在后台，听到锣鼓响，心里也踏实。

叶之宏说："你至于吗？你不要以为米亚亚给你当干女儿是真心的，我可听说她听团长的建议才认你当了干妈。团长那个老狐狸，为了米亚亚，可以说费尽了心机，恨不得把咱们这些老演员的肉榨干，好补给米亚亚。我怀疑他们有不正当的关系。"

柳云怡手机换了只耳朵说："之宏，据我观察，团长不是那样的人。我们当学生时，老师怎么教我们的。刘老师为了教我，让自己的妻子下台，那时师母也就四十多岁，也不让女儿学戏，专门教我，说我有造就。团长对米亚亚，是爱才惜才，就跟老师当年对我一样。这次演出对米亚亚很重要，一定要帮她。她学戏已到发痴程度了，你现在看去，练功服都湿透了，看得我心疼。她不骄躁，有了成绩也不骄傲，春风得意也不张扬，对老师尊敬有加。我有时想，如果她仗着年轻狂一些或懈怠些倒好了，我好有借口不教她，可她偏偏就像香菱学写诗那样，死死地缠着你学，死死地练，你说你还能怎么办？你不好意思拒绝呀。谁能拒绝一个刻苦又实心的孩子。再说我总不能从中年一直到老年还演少女杜丽娘吧。啥都可以做假，可是青春不行。做不来，也做不了。"

排练厅电话响了，柳云怡一看，捂着手机悄声说："团长又找我了，好了，我去忙了。"

"脑子放清醒些，别让老狐狸给你洗脑了。"

团长在团荣誉室等柳云怡，三个办公室大的房间，只有他们两个人，让柳云怡吃了一惊。

团长正站在梅花奖奖盘前，左手托腮，一看到柳云怡进来，马上说："柳老师，快请坐。"说着，端一杯茶递到柳云怡的手里，说："这可是好茶。"

"太平猴魁吧？"柳云怡接过茶杯瞟了一眼，放到一边，说，"团长，什么事？"

团长呵呵一笑，指着满柜子的奖杯说："柳老师，我数了一下，你为全团夺得了六块国家级大奖牌，也是全团唯一得过梅花奖的演员，我钦佩你。柳老师，我还没来团里时，就看到你的《寻梦》，可以说盖过全昆曲界。"

"团长，有啥事你直接说，我还要排练呢。"柳云怡端坐椅子上，好像在舞台上，纹丝不动，说话也慢条斯理的。

"别急，别急，柳老师，我知道你一向洁癖，不喝别人用过的茶杯，这杯子可是新的，第一次用，你看杯底标签痕迹还没刮净呢。这我得说说办公室小王，干工作不细。"

柳云怡摆摆手，团长仍笑眯眯地看着她。刚才练功，柳云怡也渴了，便端起杯子，喝了一口茶。团长像总算完成了任务似的，走到墙上一张图表前，说："柳老师，你过来看看这个。"

"我们全团中年演员达到百分之六十七，年轻的只有百分之五，老年的百分之二十，我看到这个表格焦虑呀，咱们都是老演员，昆曲如何发展，就靠咱们了。一花独放不是春，万紫千红春满园。如果我们团的人才断层，我这个团长就是千古罪人。我为什么要搞行政，你可能不知道，到我这把年纪，演小生已经有些力不从心了，让贤，是最好的选择。我们都是一类人，以戏为命，我虽然早就做好了准备，可真离开舞台的那天，喝得大醉，我都不敢看戏服，不敢看剧本，谁舍得离开自己的阵地呀。"老团长说着，眼睛里有了泪花。

"我明白了，团长，我不上台就是了。反正我事多得很，有人都约我演电影和电视剧呢。"

这时，一阵唱腔飘了进来："瞬息间，怕花老春无剩，宠难凭。论恩情，若得一个久长时，死也应。若得一个到头时，死也瞑。"柳云怡一时听得走了神，团长刚才说了什么，她没听清。

团长又续了水，把杯子递给她，说："柳老师，我不但要让你带着年轻人演，还要带着全团人排戏，剧本我都给你准备好了，大戏。你正是年富力强，该挑重担了。经团党委决定，让你当副团长，专管业务。"

"副团长？开玩笑，我当不了。"柳云怡说着，端起杯子喝了一口。

"当不了也得当，当团长就是为了让你更好地演戏。我比你年长十岁，组织让我在退休之前到这儿来，是对我的信任，我要不负重托。柳老师，咱们齐心协力，把京都昆曲团振兴起来，再续当年的辉煌。你看看，当年多少荣誉，我们只有站在这里，才感到个人是多么渺小，才感到历史的长河，是由无数经典作品、一代代人才梯队组成的。我们老了，可杜丽娘不能老、杨玉环不能老、崔莺莺不能老。我们的昆曲事业不能老，不但不能老，还要焕发青春呢。想想，十年以后，我们的米亚亚，我们的叶眉，我们的宋宁宁，就是你们这些角儿了呀，就是我们的台柱子，到那时，我们多欣慰。"团长边说边指着一代代的艺术家的照片，不停地给柳云怡讲他们的故事。柳云怡在团里二十多年了，好多事，团长竟然比她还知道得多。从开始的冷漠到触动，到后来，她真的感动了。她才明白团长为什么要把她带到荣誉室谈话了。

团长说："我到团里，要让每个演员、每位角儿发挥才干，同时也让每个团里人都尊重优秀的演员。我要让青年演员当面拜师，要给老演员压担子，老师不能白当，老师就是父母，不搞小圈子，不走后门，让每一个人都感觉自己很重要。名角儿是好，可是没有乐师，没有装台，没有化妆，光名角儿一个人行吗？柳老师，不，柳副团长，你正是年富力强之时，团里正当用人之际，你可得多劳了。"

团长说了很多很多，柳云怡走出时，院子里已没有多少人了。走到半路，她感觉到自己好像失去了什么，可好像又得到了什么。当然不是一个副团长的头衔，她还没那么浅薄。

晚上，躺到床上了，她才轻描淡写地把这事给丈夫说了。丈夫一听她的话，说："好事呀，既有舞台，又教学，还委以重任，好好干，老婆，你的第二春来了。我早就给你说了，这个团长是想干事的，有魄力，有雄心，人也实在。老婆，咱的好日子终于来了。"说完，又嬉笑着说："为了庆贺一下咱们即将到来的好日子，咱们活动活动。"

闺蜜叶之宏是团里宣布了柳云怡的任职命令后，才知道的。刚开完会，她电话就来了："我就说了，那是个老狐狸，果然是。他先给你委任官职，让你不得不栽培米亚亚。还有，你也是个小狐狸，这么大的事，也不先告诉我，我们还是好了三十年的朋友吗？真是的，跟老狐狸走近了，你也沾染上他身上的臊味了。"

柳怡云笑着说："命令没下，有变数。再说我告诉你了，你会以为我把它当回事。还有，你说错了，不是教米亚亚一个人，我还要带三个学生。咱们马上要排一出新戏《花木兰》，剧本是团长专门请人写的。之宏，别接电影厂那个活儿了，这个大戏是咱团里近年的大戏，你我不但得上，还要带着我们的学生上。全团齐心协力，一定能把业务搞上去。团长是真心想干事的，咱们得支持他。昆曲演出，特别注重角色行当，演员、乐队、舞美，大家齐心协力，为的是整台戏的演出表现，从不刻意去突出哪一个主演，调动演职人员的工作积极性，使得人尽其才，各得其所，追求满园香的团结精神，是领导工作者的责任。"

"天呀，天呀，你不要这样好不好！官椅还没坐稳，就已经发号施令了。这哪像闺门旦，分明就一个团长嘛，肯定是老狐狸给你下了蛊。我早就说了，那老狐狸不但是戏精，也是人精，你看着他笑眯眯的，人可鬼着呢。"

"哎，你可别打团长主意，我听人说了，人家夫妻恩爱着呢。"

"哈，狐狸尾巴露出来了吧，你也觉着老狐狸有魅力，否则怎么知道人家夫妻恩爱呢？"

"行了行了，别胡说，小心我们家老高打你。"

"开玩笑。先说正经的，你猜怎么着，刚才老狐狸也找我谈话了，说要给我解决职称问题。"

"好事呀。"

"这个老狐狸，他哪是唱小生的，他分明就是一个男旦，咱们女人心里想的啥，他心里明镜儿似的，你猜他给我说什么了，说你们都以为我跟米亚亚她们年轻女演员有关系，所以让她们上台。你们看我这般岁数，就算春心荡逗，可还有气力吗？告诉你们，我对谁都不动情，只有对昆曲。我保证给你解决职称问题，前提是明年年初，你要给我带出两个响当当的刀马旦来，标准就是你这样的。你说，这不是为难我吗？刀马旦，得吃多少苦呀？现在的年轻人，唉，我可不想再挂彩了。上次的伤疤可永久地烙在额头上了。"

听得柳云怡笑个不停，半天才捂着肚子说："我说呢，你对团长动春意了，你还不承认。我可警告你，别动真格的，你们家老王可经不起你这么折腾了，上次那事要不是我出面，人家还要跟你离婚呢。"

"哎呀，你提那事干什么呀？"五年前，叶之宏喜欢上一个唱小生的，非要离婚。女儿丈夫一起来找柳云怡，各种力量齐心协力，终于打败了叶之宏的移情别恋。别看她是刀马旦，可一下舞台，风情万种，有人开玩笑，她一秒钟就能把男人的荷尔蒙煽惑起来。动起情来，比闺门旦还缠绵。反倒舞台上风情万种的柳云怡，在现实生活中，孤傲得像风中苇叶，只顾清寒地绽放。

"好了，不提了。跟你家老王好好过日子。拍电影的事，不但我不去，你也不能去。既然团长有魄力，咱是老同志，就要支持他。记住呀，别打他的主意，我看透他了，那人是冷血动物，除了戏，心中再无其他杂念。你要动他，如撼泰山，比登天还难。"

"难道你试验过？"

"又胡说了，我唱了闺门旦二十多年，还看不透人？好了，我要开会去了。现在要给年轻人施压，得安排课表，你也要正规，要先拿出教学计划来，明天给我。"

"哼，官迷。"

"哈哈，你说错了，我是戏迷。对了，团里准备给老艺术家发聘书，每个老演员要带年轻人，我比你还多一个，要好好带呀，叶老师。学生带不好，老师有责任呀。这次可是责任打在了具体人身上。完不成任务，

《花木兰》的戏，你就别上。"

7

此后，高明刚可就痛苦了，柳云怡整天跟米亚亚在一起说戏，即便聊天，聊天的内容还是与戏有关。饭刚端到桌上，又想起了某一个动作，电话就过去了。刚躺在床上，对方电话一来，又开始聊上了。有时一人说，有时两人对着聊，说的啥话，高明刚都能背下来了：

"好羡慕你年轻，我一直以为自己还年轻，可体力明显不行了。过去跑五公里一点儿问题也没有，昨天跑了一公里就喘得不行了。"

"老师还跑步？"

"当然要跑了，好身材，是我们演员的资本。胖了做动作就不美了。还有也想让自己保持最好的状态，好的状态使人紧凑结实有激情，身材松了、垮了、挺不起来，那就没了精气神。眼里有戏，不但是娇俏，是生动，婉转柔软，还要把女人的缠绵心思、梦的绸缪表现出来。"

"老师，你让我多看看柳继雁、沈世华老师的戏，我看了，好棒呀。"

"要一一分析她们的演出特点。要明白为什么人们说她们好，好在哪里。一个动作、一个眼神，还是一个水袖？她们一出场，你心里马上就会想到一个词——大家闺秀。上台多，固然好，可是她们上台并不多，人们却记住了她们，就是因为她们演技好。你看，柳继雁八十出头了，一出场，你就感觉好雅。沈世华也八十了，她出场开始慢，观众注意后，马上步子加快，眼神、动作、身段，演谁像谁。心一定要静，要体现闺门旦，而不是花旦。演闺门旦的年轻演员花哨的多的是，可静的人太少。你买些书，看看过去的大家闺秀是什么样子。多看看李清照、班昭，你就知道大家闺秀是什么样子了。

"再看看三十年代的上海小姐是什么样子，大家名媛又是什么样子。我给你下载的梅大师、言慧珠的戏，你看看他们闺门旦的做派，不但长得漂亮，还要有神韵。你是农村孩子，可能没有见过大家闺秀，但你一定要知道他们的样子，只有见过她们，你才能扮得像。杜丽娘为啥一出场，作者就安排父亲让她跟着先生读书？她不是一般的大家闺秀，她既是官家，又是书香门第，所以她身上的书卷气要体现出来。念白，她的腔调不是随和的，春香说这园子太大，委实观不足。她说提它怎么？春香说留些余兴以后再来。她说有理。俨然大小姐的派头，威严、冷傲，一副不容侵犯的样子。再看看纪实《合肥四姐妹》《上海的金枝玉叶》，看看经典小说《红楼梦》，看看《扬州画舫录》《西湖梦寻》这样的好书，就知道如何在舞台上体现书卷气了。大家小姐，不能有市井气，有些演员饰演杜丽娘，左右手指上都戴着大钻戒，指甲染得血红，却不知一切配饰都是为主人服务的，它不能抢了主人的戏。好演员的眼神是活的，眼里都是戏，身板不能太正，腰要左右扭，这样才能体现她的体态的绵软。看到花要惊喜，眼睛要放光，水袖不能抛得像村妇，大家闺秀没那么大的力气，受的也不是那样的教育。她说话也是点到为止，而不是直直地说出来。你看杜丽娘她虽然敏感地能听到鸟叫，闻到花香，看到袅晴丝，但她跟所有的人都保持着距离，而不是像你演的那么随和。你看看梅兰芳一出来，那就是他，别人学不来。他演出了大小姐的贵气。有些演员抛水袖太随意，动作是凌乱的，眼神太飘，眼眨得太快，有点儿男旦的感觉，让人体会不到小姐的静气和娇柔。杜丽娘的声音是柔的，是糯米味的，贵气是从骨子里透出来的，而不是大妈，不是村妇，不是交际花。她身上有股仙气，还有股知识女孩身上的傲气。这样，你才能演得跟别人不一样。你在听吗？"没声音，原来电话断了。

不一会儿，电话就打过来了。"老师，我在呢，你说的话我都在本子上记着呢，刚才手机没电了，您说您说。"

"我的老师谈到表演上的'交流'时说，大家一提'交流'，就认为是演员与观众的交流，这太偏颇。'交流'是多方面的，有演员与环境的交流，演员与道具的交流、角色之间的交流，然后才是与观众的交流。演员与观众之间的交流是微妙的，但一个演员如果心里老想着与观众交流，等待观众的喝彩，这一定是个下等的演员。如果前面三种交流都达到了，演员与观众之间的交流也就自然达到了。"

"演员与环境的交流我是第一次听说，不过，很有体会。我每到一个陌生的剧场，心里就紧张。看来熟悉环境很重要。"

"当然，我每每演出时，要到剧场去看好几次。舞台就是整个世界。哪儿是九龙口，哪儿是门，哪儿是花园里的牡丹，哪儿是荼蘼架，你要成竹在胸。"

"是呀，我感觉上次演出舞台调控没把握好，站偏了。"

"演员一旦形成定势，要再改就难了。演一两出戏易，而要长久地演，那就须有好的定力与功力，而这必须要吃透角色。"

"我也在想吃透角色这个问题，同样的角色，每个人的理解怕也不尽相同。"

"不懂戏的人用眼睛看角色，懂的人是用心体察的。年轻人，喜欢明眸皓齿的美人，是感观的满足，到了一定的年纪，需要的是一种贴心的感觉，一种知音的感觉。实打实的演出，太满，却没有回味的余地。而有些人演得又太虚，云里雾里，让人抓不住。就像一些女人，同样把妩媚写在脸上，有些是露骨的风情，显得浮浅；而有些却是坦白的，是率直的，是老实的风情。"

……

这样的对话还不满足，好不容易女儿放假回家了，高云飞想一家出去玩玩，柳云怡却说："今天要给米亚亚上课。"

女儿噘着嘴说："妈妈，我怀疑米亚亚才是你生的，人家好不容易回来，你也不陪陪我？"

柳云怡亲了一下女儿，说："米亚亚马上要演出了，机会难得。女儿永远是自己的，啥时候都可在一起，可米亚亚已经二十三岁了，这次是难得的机遇。年轻演员，错过一次演出的机会，就少一次领悟。"

演出前一天，柳云怡特意打电话让米亚亚到她家来。米亚亚以为老师叫她说戏，谁知柳云怡一看到她却让她上车。车没有去排练厅，而是直奔市中心。

米亚亚也不敢问，车一直开到当代商城的地下车库。下车后，柳云怡说："咱们今天好好放松一下，逛商场，看看漂亮的衣服，漂亮的茶具，尝尝美食。"

"老师，我还是想再练练戏。"

"今天咱们不说戏，我带你看看好东西是什么样子的，你来看件衣服。"进了商场女装部，柳云怡指着一排裙子说："这裙子好漂亮，你看它的样式很简单，一点儿也不花哨，可它就很美，你喜欢哪件？穿上试试。"

米亚亚一件件地摸摸，其实她是在看标签，都好几千，她悄声对老师说："这衣服好贵。"

"先试试。"柳云怡说。

米亚亚穿着站在镜子前说："真好，感觉该宽处即宽，窄处就窄，衣服跟肉特贴合。"

"但是色泽过艳，不适合你。这件奶油色的试试。"柳云怡拿着递给米亚亚。

一口气试了四五十套衣服，米亚亚好紧张，柳云怡却悄声说："胆放大，底气足，装出一副我全买的架势，过下衣服瘾。"话虽如此说，但还是要买米亚亚穿的那件奶油色的连衣裙。米亚亚一看标牌，说："好贵，五千多。"柳云怡笑而不语，让服务员打包装好。米亚亚想说自己不要，可她又想也许老师是给自己女儿买的，她跟老师女儿个头胖瘦差不多，老师拉自己来是帮着女儿来买衣服的，就没说什么。

然后柳云怡又带她到十公里外的一个批发市场让她试一件她能看得上的衣服，又让米亚亚谈感受。米亚亚说扣子松了，腋下太紧，胳膊抬不起来。还有腰带是皱的，拉链经常卡在布里。

"你看是同样的布料、同样的样式，为什么一个穿着那么舒服，一个穿着那么别扭，这就是做工问题，是细节不讲究。"

两人又转了两个小时，试了十几件衣服，米亚亚还是不解其意，但也不敢问。柳云怡又买了一件米亚亚穿着还不错的牛仔裤，让服务员打包。胖胖的服务员把衣服一团，递给米亚亚。柳云怡很不高兴，说："找个袋子呀。"服务员找了半天，最后拿一只皱巴巴的塑料袋递给了米亚亚。

"你看看，商场的袋子是挺括的纸袋，上面写着商家的标牌，还写着'生活，从美开始'。而这个塑料袋还是烂的，像个垃圾袋。"柳云怡感叹道。

"一分价钱一分货。"米亚亚笑着说。

柳云怡带着米亚亚走进一家私家小馆，米亚亚从来没有来过这么好的地方，房间有假山有小船，大厅的散座桌布雪白，每桌都有一枝玫瑰插在白瓷瓶里，大厅里响着轻柔的钢琴声。

菜碟都不大，但菜特好吃。

柳云怡边吃边不时地看着来来往往的人，对她说："你说说那个女人，是干什么的？"

"那女人坐在一个角落，穿着看似随意，但很精致，只要了一素一荤，别人都在看手机，她却只静静地吃饭。应当是知识分子，生活比较悠闲，比如说，手指甲干净，细致，吃饭口红从不沾杯，我还发现她手边有一本书，是诗集。应当是大学老师或作家、编辑之类的。"

柳云怡点点头，说："观察得细致。"又指着一对男女说："猜猜他们什么关系。"

米亚亚看了半天，一时无法确定。比一般朋友嘛，好像多了一分亲热，比如，女人会不时地看看男人，却不说话。说是恋人吧，又不像，男人话也不多，当女人给他倒茶时，忙站起来说谢谢。

"他们可能要分手，男人掌握着主动权。你看，他表现得很慌乱，证明他心里感觉对不起女人；而女人呢，她心性高，但又不舍，所以你看她表现得好复杂，欲言又止。"

两人又看了两个多小时的人。

出了饭店，柳云怡要送米亚亚回宿舍，米亚亚却说要去排练场，说："老师，我妈妈说了，我能当演员多亏了老师，我要给老师争气。爸爸妈妈还有弟弟的将来都靠我了，我要好好唱戏，要给他们盖一栋全寨子最漂亮的小楼。"

"今晚别练了，这两件衣服送你了，明天我去医院，你的演出我就不去了，放松演就行。"

米亚亚说："谢谢老师。"

柳云怡拍了拍米亚亚的肩，"有空好好琢磨我为什么要带你逛商场，为什么要你在饭店观察人，为什么要送你两件不同的衣服，明白了，你就成了真正的闺门旦了，晚上早些睡。"

8

米亚亚演出，柳云怡很想去剧场，又怕别人说她还牵挂着舞台笑话她，便借口到医院看病，其实是准备跟师姐到郊区玩。虽然她给师姐说，团里对她不错，该把舞台让给年轻人了，可心里仍感觉无枝可依，空落落的。师姐听完，二话没说，就说："明天我陪你去放松下。"

师姐比她大十岁，曾是团里当家官生，因为嗓子做手术，没法唱了，只好病退。走时，哭得几个人都拉不起来。团里让她搞后勤，她坚决不干，说："看着那么美的舞台，那么美的戏服，自己穿不了，心堵，干脆就离得远远的，眼不见，心不牵。"后来在闹市中心开了一间茶室，既营业，又开班，给学生讲昆曲，提高班一年三万多，中级班一万多，生源竟不少。没课时，一会儿自驾到新疆西藏，一会儿到南方的水镇，整天优哉游哉的，人也保持得看起来很年轻。这么多年，还是放不下团里，经常给柳云怡打电话，询问团里的事、演出的事，还经常来看戏，每次都带着她的学生一批批地购票看戏，还不让打折，说这叫支持昆曲事业。

师姐安慰柳云怡道："你啥都有了，唱戏得了最高奖梅花奖，趁人生峰巅时，华丽转身吧。这样留在观众心目中的你永远是最美的，不要像一些老演员，人老珠黄，步子蹒跚了，还装少女。戏剧说到底是美的事业，人老了，就不美了。自己都烦自己了。你再年轻，毕竟是像，年龄在那儿放着。啥事想开了，心里自然释怀了。我有不少朋友，提前退休，住到郊区，晨起田野散步，晚上看星星，吃自种蔬菜。这样的生活多好呀。明天咱们就过过这样的生活，到郊区吃吃农家乐，看看山，观观水，提前体验一下退休的感觉。想开点儿，走，跟我玩儿去。此时初秋，正是'天淡云闲，列长空数行新雁。御园中秋色斓斑：柳添黄，苹减绿，红莲脱瓣。一抹雕阑，喷清香桂花初绽。妃子呀，朕与你携手向花间，暂把幽怀同散'。"

"师姐，没想到你唱得还是那么棒！"

"哎，唱了一辈子戏，总有些老本吧，好了，明天见。"

柳云怡说好。

晚上前半夜柳云怡没睡着，后半夜做了个梦，梦到自己站在舞台上，米亚亚却哭着不下舞台。她只好脱下身上的戏装，给米亚亚时，忽然发现戏服破了一个大洞，大家闺秀怎么能穿破衣呢？她这么想着，大叫起来。

醒来，方知是梦。她怕丈夫说她，没有给他说。

清晨，天空明净得像镜子，白云好像跟她们作伴，一路跟着，大家在房车上嘻嘻哈哈。

看来不唱戏的日子也挺好。她不再想舞台，不再想华服，不再想台词。

一伙儿人到了山里，山间有山有水，有花有草，一群跟师姐差不多的女人们穿着花花绿绿的衣服，在山间，在水边，舞丝巾，挥扇子，一个人照，一群人或排成竖队或横队照。只听到手机、相机不停地"咔嚓"。

恍惚间，她发现她们穿的是杜丽娘的华服，唱的是杜丽娘的心事，也跟杜丽娘一样做着同样的春梦。

真是"偶然间心似缱"，她的心没有像杜丽娘依在梅树边，但这样的生活绝对不是她想过的。她的梦在舞台上，在那好像一无所有却无所不包的红氍毹上。从十二岁她走上去，就从来没有想到再下来。

一个据说是某局局长的老婆看柳云怡不跟大家在一起合影，走到柳云怡跟前问她怎么了，长得那么好看，怎么闷闷不乐的。

柳云怡说没什么。

又有一个胖女人，左右手指上都戴着硕大的钻戒，在阳光下发着刺目的光。她一直盯着柳云怡看，时不时还握握柳云怡的手，夸她手长得美。她的手黏糊糊的，柳云怡借口躲开。那人又问师姐柳云怡是干什么的，长得漂亮，气质也好。师姐说唱昆曲的。

"昆曲是个什么东西，老古董吧！现在谁还看戏，大白天的说梦话，什么俏书生聪明小姐，全是假的，骗小孩子还差不多。到了我们这岁数，要想开，过实实在在的生活，唱戏的到头来，不是年老就是色衰，有几个好下场。"

师姐很不服气地说："昆曲好美你不懂，闺门旦是昆曲最美的行当，我师妹是咱们京都昆剧团当家红旦，让她给大家唱一曲《牡丹亭·游园惊梦》，这大好的时光，真的是姹紫嫣红开遍。"

大家都鼓起掌来，柳云怡感觉嗓子痒痒的，也想唱，便说："那我就唱《牡丹亭·离魂》吧。"

"换个吧。唱个热闹的，一听这名字，我马上就感到全身都阴森森的。"那个戴大钻戒的胖女人说。

"那我就不唱了。"

"唱吧，唱吧。"师姐说着，给她拍起曲来。

"海天悠、问冰蟾何处涌？玉杵秋空，凭谁窃药把嫦娥奉？甚西风吹梦无踪！人去难逢，须不是神挑鬼弄，在眉峰，心坎里别是一番疼痛。"

"是不是丈夫有外遇了，人到中年丈夫有外遇，才好伤心，办法只有一个，把存折紧紧地抓在手里。"处长老婆关切地说。

柳云怡一下子没了情绪，看天色还早，只好硬着头皮继续跟着她们走，心想待在这一伙儿自己都不认识的人堆里，心里慌慌的。闻花无香，观草无趣，连天上的白云好像都笑她还没到老年，生生把自己过成了跟她们一样老的女人，只感觉这样的日子并不是她想象中的。

到了第一家农家乐，她说人家没院子，师姐说换一家。第二家，在水之涘，还有一个开满了格桑花的大院子，她如在舞台上似的，轻轻坐到椅子边上，兰花指伸出拿桌上一卷卫生纸，感觉纸也油乎乎的，说："餐桌好油。"师姐看着她，她不看师姐，只看院子里的花，"花似人心向好处牵。"她说，"对不对？"师姐叹息一声，说："回去吧。你的心还在天上。"

她说："对不起。"

"你肯定惦记着米亚亚的演出，对不对？"

"她是我学生，她演不好，我这当老师的，脸往哪儿搁？"

"回去吧，看来你梦还没醒。不过，有梦总比没梦好，对不对？"师姐说着，一直陪着她到车前，又叮嘱她路上开慢些，集中精力开好车。师姐离开团里后，用了一年时间才调整过来情绪，理解她。

一路上，柳云怡把车开得飞快，她耳边全是笛子、锣鼓响，眼中全是贴片、珠翠、云步、圆场。她以为她的手表出问题了，掏出手机看，手机也是下午三点，可她的心好急，生怕堵车。结果，车真的堵了，她便不停地唱起来：

最撩人春色是今年。少甚么低就高来粉画垣，原来春心无处不飞悬。

小姐呀、小姐多丰采，君瑞呀、君瑞你大雅才。
今宵勾却相思债……

长清短清，那管人离恨？云心水心，有甚闲愁冈？一度春来，一番花褪，怎生上我眉痕。云掩柴门，钟儿磬儿枕上听。柏子坐中焚，梅花帐绝尘。果然是冰清玉润。长长短短，有谁评论，怕谁评论？

小痴儿，也有个椿萱；小痴儿，也有个家园，小痴儿，如珍似宝曾经练。小痴儿，也度过青年。怎说俺没下梢，一个孤单？小痴儿，桌儿上，有美羹甜，小痴儿，架儿上，有锦绣穿。小痴儿，脂脂粉粉画容颜，小痴儿，也曾惜花趁早天，小痴儿，也曾爱月夜迟眠。小痴儿，也曾松筠兔管咏涛笺。

……

唱着戏，时间过得好快，堵车也就不成为堵车了，结果她唱的惹得旁边开车的人不停地看。有人惊异，有人笑，也有人说，这女人怕是个神经病。

旁边一位开着白色大奔的小伙子手伸出车外说："这位姐好漂亮，是演员吧。"

"伊嘛，伊是杜府千金杜丽娘，为情而死，又因情而生。伊是崔相爷之女莺莺，敢写简又赖简，星夜赴佳期。伊是那小痴儿萧惜芬，装疯卖傻保名节，只盼着花好月圆夫妻团圆。伊是丈夫刚死，就爱上他学生王孙的田氏，央人说媒等回话。伊是千年的蛇仙，为了夫君盗灵芝、水漫金山的白素贞。伊本是佳人生长在弘农杨氏女，深闺内端的白玉无瑕。那君王一见了欢无那，把钿盒金钗亲纳，评跋做昭阳第一花……伊是谁？谁是伊？你去问问我练破的十几套水袖，你去问问无数的小锣，你去问问悠扬的笛声，你去问问排练场里的大镜子，问问京都昆曲团的老老少少，问问我一个个粉丝。"

"哈哈哈，伊的大名叫闺门旦。"

"伊是我，柳云怡。是她，米亚亚。"

是与米亚亚姐妹不像姐妹，母女不像母女的关系。两个女人的心，一颗是坚信自己不会老，另一个还年轻，总之，她们都是真正女人的心。无论她们躯壳怎么变化和不同，心却永远一样，这心有着深切的自知，又有着向往。别看她们心中只有昆曲，可那昆曲是什么，是她们的人生。她们都是最知命的人，知道她们的大荣耀就是在舞台之上。她们对一个动作、一个眼神、一个手势、一个脚步，做得近似到千分之一毫米。在她们看起来随便的表演之下，其实是十万分的刻意，这就叫作天衣无缝。演出录像出来了，她们又精益求精地挑剔，针尖大的误差也逃不过她们的眼睛。望着舞台上的自己，身着丽装，她不禁有些得意，不禁想我要是有米亚亚的美，有她的年轻，加上我的演技该多好。而米亚亚是不是也这么想？

昆曲是小磨腔，女人的心事何尝不是？

团长是，闺蜜叶之宏是，师姐是，爱人是，去世的老师是。来来往往的人，每个人心中难道都没有昆曲般缠绵的心事？

山是昆曲，水是昆曲，火车是昆曲，飞机是昆曲。我们的生活，就是昆曲。昆曲啦啦啦……

她又是唱，又是念白，惹得行人一路频看，柳云怡狂笑着，把车开得飞快。好在郊区车少，也没红灯，她以为没有摄像头，后来才知道有，被罚二百块。

9

柳云怡老远就看到了市剧场那白色的高高的大楼，看到售票厅那阔大的海报，上面一个个美人在朝她招手，她感觉自己好像离开了一个世纪。她其实只是半年没来了，半年前，她还在台上唱《惊梦》呢。那时，街上到处开着花，月季、紫薇开得正艳，还有她心里也是繁花盛开。那时她是女主角，现在，她是谁？没有戏，为什么要到这里找心痛？可不来，她今天什么事都干不了，会后悔一辈子的。

剧场门楣上挂着横幅——全国昆曲演员评比大展演。"全国"一词，更让她心痛。刚才欢快的情绪一挥而空。

现在，秋风一吹，树叶纷纷飘落，她鼻子好酸。进院时，生怕遇到人问她"今晚你有演出？"特别是守大门的李大爷。她平常对他好，因为自己常来演出，大爷一看到她，她还没说话，就给她开了门。她有时给他送条烟，有时带瓶酒。李大爷很奇怪，人都说柳云怡可高傲了，敢跟团长叫板，跟其他人也鲜有来往，好像不食人间烟火，可偏偏对一个老头儿那么好。后来接触多了，他才发现她虽然快五十了，其实还像孩子一样单纯。不知道团长家在哪儿，更不知道团里复杂的人际关系。她说："大爷，人的脑子只能装有限的东西，装多了，自然就超负荷了，所以还是装自己喜欢的东西好。"

可今天她进来半天了，也没人问，传达室坐着一个陌生的中年人，也没问她。现在还没到观众进场时间，也不问来人，看来这位对工作一点儿不负责。唉，李大爷那么好，怎么不见了，是不是病了，得打听打听。听说他老伴儿没了，儿子在外面打工，在这个城市一个人怪可怜的。

各行业都有这样的人，她心里又是一阵辛酸。

到了后台，人很多，遇到熟人，大家都对她笑笑，她也笑笑。没有人问，她反倒不停地给人解释着："米亚亚，我学生演出，我不放心，这不，急着从医院赶回来。"有人听着笑，有人根本没听，她也不理，只管叫着"亚亚！亚亚！"，也不顾头上的汗珠。

得知米亚亚已经进了化妆室，她又很落寞，后悔回来了。她有时盼着米亚亚演好，因为那是她的学生，她演不好，当老师的她丢人。可有时又盼着她演砸，这样，她就能重上舞台了。这两种念头搅得她心口又是一阵绞痛。一看到后台上人来人往地忙碌着，她又责怪自己自私。她希望米亚亚成功，要对得起自己，对得起她平常的血汗，对得起这些忙忙碌碌的人。

这时，丈夫跟着团长进来了，丈夫笑着说："团长，我就说了嘛，她肯定来。"

"看完病了吗？"

她一时有些愣，丈夫给她使了个眼色说："不就牙痛嘛，是不是只给你开了点药，洗牙你又难受。"

团长擦了一把头上的汗珠，伸出双手，紧紧握着柳云怡的手，说："柳老师，你总算来了，你看看，我后背都湿了，咱们团这次来了三个演员，都很年轻，还没上场，就不停地说紧张，叶之宏还在后头教他们呢。你来了，我心里就踏实了，你看他们一个个紧张的，话都说不清了。"说着，递给她一瓶矿泉水。

她跟三个青年演员说完话，站到化妆室门口，看着熟悉的木板门，心里又是一种滋味涌上心头。

米亚亚走出化妆室，画着戏妆的她，那么漂亮，好似仙人。年轻真是好呀，任何化妆品都代替不了。那身材，那皮肤，还有那眼神，令人惊艳。她忽然好后悔自己来了，想走，可是她怎么能走呢？别人怎么说？自己回去怎能不后悔？

她仔细察看了米亚亚头上的珠翠发钗，甚至试了试彩鞋上的带子是不是结实。连她手上的折扇，她都过来仔细检查了一遍。还让人把米亚亚漂亮的绣花褶子重熨了一遍，对米亚亚叮嘱道："以后记着，戏装上身就不能坐。华服有折的大家闺秀，就不雅了。"

随着上场时间临近，随着一个个年轻漂亮的演员相继上场，米亚亚越来越紧张，一会儿说她要喝水，一会儿又说要上厕所，柳云怡让她放松，她嘴上说"老师没事，我真的没事……"，可她的腿在打晃，不停地说："这个演出太重要了，我怕我做不来。"柳云怡给她打气，说："我在侧幕做，我一直在跟你一起，别紧张，就当下面的评委和观众不存在。"她说着，看到一件戏服搭在椅子上，顺手穿起来，说："老师在，别怕。"说这话时，她忽然想到第一次做手术，妈妈就是这样跟她说话的。

音乐一起，米亚亚要上场，她悄悄说："再等等，要让观众期待，主角都是慢慢上场，九龙口停时，要婉转，腰往左扭时，幅度不要大，大了就不美了。"

丈夫给她示意，她立即闭上了嘴，说："走吧，你就是角儿，放骄傲些，目无一切。"

米亚亚在台上唱《牡丹亭·寻梦》，柳云怡穿着水袖在侧幕跟着做动作。

米亚亚前面唱得都很棒，幕侧的团长和柳云怡屏着的气息渐渐放松了下来，感觉比前面所有的人都表演得好。这时，米亚亚唱到"阴雨梅天"，忽然一个趔趄，没声了，人也僵到了那里。柳云怡大声唱着走进了舞台，边做边唱。她只穿了水袖，没有化妆，没有钗黛，在灯光下，头发银白光灿，不知是白了头发，还是灯光所致。台下观众一愣，大家不停地议论这是搞的什么名堂。《牡丹亭·寻梦》是有两个小姐唱的吗？

在后台叮嘱学生如何扔枪的叶之宏急切地说"这真是个戏疯子"，说着，就要让人拉幕，站到一边的团长摆了摆手。

柳云怡边唱边舞地往侧面走，米亚亚跟着往前台走，她瞬间不害怕了，动作越来越娴熟，唱腔也跟着节拍了。两个杜丽娘在台上载歌载舞，观众一头雾水，从没见过有两个杜丽娘在寻梦。

正在候场，准备扶小姐回去的饰演春香的演员，也傻了，她不知道她要扶哪个小姐。就在这时，高明刚说："快，放烟雾。"

团长也才像醒悟了似的，连声说："对，对，放烟雾！"

云雾中的两个杜丽娘好像一个人的两面，一个年轻，一个贵气，做一样的动作，唱一样的台词。唱完"守的个梅根相见"后，柳云怡朝米亚亚嫣然一笑，一个美丽的圆场，绰约着身姿飘然而逝。

烟雾散去，只有一个青春的美丽的杜丽娘仍倚在梅树边，春香上场。

台上台下爆发出了热烈的掌声。

评委会认为这出戏是对《牡丹亭·寻梦》的大胆创新，两个杜丽娘，一个是梦中的杜丽娘，一个是现实中的杜丽娘，一个奔放，一个幽怨，演活了杜丽娘。此节目可评为一等奖。可是柳云怡得知消息后，却说这是失误，她忘了这是在台上，还以为是在排练场，要求团里给自己处分。为此，许多人对她很是钦佩。

二十年后一个金灿灿的秋天的下午，在北京梅花奖颁奖现场，著名昆曲表演艺术家米亚亚发表获奖感言时回忆了二十年前的那场演出。那晚要不是老师上场，她真不知自己该如何下场。因为唱到"阴雨梅天"时，她想做个高难度的卧鱼动作以此引起评委的掌声，表现杜丽娘死时的绝望，起身时因动作过猛，右脚踩住了裙角，幸亏没有绊倒，却听到嘶啦一声，吓得她出了一身冷汗，难道裙子破了？好后悔没听老师的劝，做动作总想引人注目，幅度太大，竟出了洋相，这么一想就忘了做身段，唱词也想不起来了。接下来还有四五分钟的戏呢，她不知道怎么办。舞台不再像过去那么美丽，而像战场一样，四处险象环生。她想往中间移，脚却迈不开步，她不知道自己怎么了。她好想让大幕拉上，再也不唱戏。爸爸妈妈老师同学肯定在电视前看着自己呢，好丢人呀。连过去轻盈的水袖好像也浸满了水，怎么也抛不起来。就在这时，老师，亲爱的如母亲般的柳老师上场，如仙女下凡。美丽的老师一上场，她真感觉那才是杜丽娘，她原来以为创新是最重要的，而老师饰演的杜丽娘无论经历多少风雨，永远都是那么典雅，充满书卷气。为什么百看不厌，为什么无人能超越？因为她不是一心想着成名，她就是杜丽娘。就在那一刻，她忽然悟出一个好演员原来重在魂，魂写在眼睛上，表演在手指上，落实在脚步上，化了心里。甚至那一袭戏袍，都是戏，只是她没发觉。老师在，她一下子有了主心骨，在烟雾中，只跟着老师做，刀山火海都敢下，千山万峰都可攀。神奇的是，老师一带，她一切忘掉的东西竟然重新想起，她好像有了翅膀，水袖也重新变得轻盈起来。老师马上隐在了她后面，如影子一样伴随着她，把她往前推，推到观众的视野里，推到大聚光灯前，推到昆曲界那亮灿灿的梅花奖台前。"没有柳老师，就没有我的今天。我还是想说，我今生最大的梦想就是超越柳老师。老师眼神收放自若，眼风神情，不但闺，还带着仙气，扮相端庄而古雅，唱腔糯米般甜甜的，柔而媚。她的圆场也特别好，走起来裙摆纹丝不动，就像是裙了里面安了车轮一样，怎么走，裙型都好看。前不久，我跟她同台唱戏，老师已六十多岁了，可她饰演的杜丽娘还是满满少女状。谢幕时，观众都给老师献花，花多得她都抱不过来，而我手中一束都没有。就从那刻起，我知道要超越老师，就必须像老师一样唱念做得行云流水，演绎出角色的魂来，也才真正明白了二十年前，我第一次演《惊梦》前，老师送我的那两套衣服的深刻含义。"

而此时，中央电视台十一频道里年近七十的柳云怡，正在一所花木蓊郁的花园戏台上，着一件孔雀蓝褶子，满头珠翠，仪态万方地唱着昆曲。画外音是：我扮演了五十年的杜丽娘，这是最特别的一次，能够站在汤显祖故乡的舞台上，演出《牡丹亭》，恍惚间，我感到我就是杜丽娘。杜丽娘就是我。

春心无处不飞悬

1

刘继华从小保姆枕头底下发现了一本画得密密麻麻的《牡丹亭》剧本，有些字上面还注了拼音。刘继华是著名昆曲艺术家，从艺五十年，唱过上百场《牡丹亭》，现在连保姆都看《牡丹亭》，本应欣喜，她却比初学戏时听到杜丽娘死后还能复生的事还震惊。

第一个念头，小保姆回来后，立即审问她是谁，为什么要到她家来，来干什么，然后让她提包走人。东西倒是不少，衣柜前放着她带来的大箱子，她提了下，挺沉。

老头李涵默半倚在床上看电视，不知何时睡着了，她给盖被时，发现他胳膊上有七八个蚊子咬的包，眼泪哗地流了下来。拿花露水喷时，又怕吵醒了他，便作罢，关了电视，走到客厅忽感觉整个家危机四伏。必须打开那个足有半人高的箱子看看里面装了什么，这个念头使她坐卧不宁。几次走到箱子跟前，她心跳得好快，生怕小保姆回来。菜场离家约半小时，小保姆都是走路去的，她说在大城市她不敢骑自行车。来回需一个小时，足够她仔细地打开查看。非是窥视人家隐私，实在是为安全考虑。两个老人，一个七十岁，一个快八十岁，躺在床上手脚都动不了，可不就任二十岁的小保姆随意宰割？昨天看新闻说有人把妻子肢解了，扔到粪化池。自己瘦小，体重还不到九十斤，完全可以放进这个超级大皮箱里。

如此一想，她想抱起箱子放到椅上，才发现，凭她之力，根本动不了箱子，还累出了一身汗。箱面干净，皮子质地细腻，一个家庭条件不错的女孩，长得又漂亮，为什么要来当保姆。小保姆刚进门时，她以为是跟自己来学戏的学生。她的漂亮不是牡丹那种大开大放的，而是小家碧玉似的清俊，就像自己年轻时一样，不施一点儿脂粉。一件白色 T 恤，一条磨得发白的蓝色牛仔裤，怎么看都舒服。连老李看到这个小保姆，都说了一串话，虽然听不懂他说了些什么，可从他眼神里知晓那是兴奋。他当年可是昆曲界闻名的小生，风神俊朗；即便老了，也是风采依然，到公园还惹得中老年妇女频频回头。她发现了箱子有密码锁。她又庆幸起来，有密码，这样就制止她动别人东西的念头了。她犹豫再三，还是拨了一下箱子右边的按钮，开关啪地离了锁扣，吓得她慌忙关上。

打不打开？她心里两个我打起架来：

"随便动人家的东西没教养，再说她不是乱动别人东西的人。"

"可是刚才你已经动了。"

十分钟前，她到保姆屋取东西，发现单人床上枕巾一角没搭好，一支兰花骨朵没了，有强迫症的她便拿起枕巾，掸平，往平的铺时，发现枕头中间凸起着，一时好奇，就发现了这本《牡丹亭》。这是人民文学出版社二〇一六年出版的名著插图版，还有注解，非盗版，也不是自己家里的书，书的扉页写着烟云二〇一七年购于滨江县新华书店。书皮拿透明胶带粘着。她心再次揪紧了。

保姆是闺蜜邓世美介绍来的，她们相识五十多年，可以说情同姐妹。她相信闺蜜，便说让来吧。自从老李得了渐冻症，躺在床上手脚不能动，先后找了两个保姆，都不干了。儿子呢，又在外地工作，她年岁渐大，整天搬一个比她重二十多斤的人，委实吃不消。半月前，邓世美打电话来说："你找的事我给你办妥了，我七求八找，总算有个同学说她有个远房亲戚家的小妮子，人可靠，工资嘛，看干活好坏，你随便给。"

小保姆烟云，名字挺雅。说自己小时候父亲得病去世了，家住滨江县，没考上大学，上了个职业技术学院，说是艺术系，啥也没学到，毕业后到北京找不到合适的工作，在一个著名艺术家家里工作，她很乐意。她生在农村，有的是力气。刘继华看着她娇小的身子骨，强调道："病人可是一点儿都动不了，得抱着起居。"

烟云说："刘老师放心，我照顾过这样的病人。"说着，走到老李跟前，双手搂住他的腰，腾地就抱起来，放进轮椅里，又系上安全带。穿衣，喂饭，擦大小便，按摩四肢，喝水，擦身，吸痰，翻身，挠痒……不用刘继华教，做得很是娴熟。刘继华提着的心总算放下了："你一个人抱不动病人时，叫我。"烟云应着，却不叫她，反正把病人照顾得看上去还挺愉快。有次，病人说了半天话，看没人懂，很不耐烦，声音比往常大好几倍，连刘继华都急了，喊道："你不吃，不喝，也不大小便，到底想干啥？"烟云朝她摆摆手，俯身朝着病人微笑着问道："李老师，咱不急，你是不是身上痒？"对方摇头。鼻子嘴巴也干干净净的，身上也无蚊子咬呀。烟云说着，拿了一支棉签，又问："是不是耳朵痒？"病人果然点头了，烟云刚要动右耳，病人又摇头，刘继华扭身坐到椅子上，烟云却平和地说："我好笨呀，李老师是左耳痒吧。"说着，轻轻地把棉签伸进病人的左耳里，病人舒服地闭上了眼睛。烟云笑着说："刘老师，你去歇会儿，怪我太笨，没领会李老师的意思。现在，我从嘴形大略能猜到他说话的意思了。"

烟云对病人很有耐心，一会儿说："李老师，你是不是要喝水？"

或者"是不是你躺累了，咱翻个身。"或者"你腿是不是不舒服，我来揉揉。"病人又叽叽咕咕说半天。烟云所猜内容病人皆摇头，她又把病人全身上下检查了一遍，边摸着他的头发边说："李老师，咱不急，是不是你不想看电视了，那我给你讲个故事吧。"病人不再说话，点头了。刘继华舒了口气，说："烟云，你就留下吧，工资，每月我给你八千，只要你把李老师照顾好，再加。"

烟云说："刘老师，钱的事不急。"

过去她一个人时，老李很少下楼，现在烟云来了，说："只要天气好，每天推着李老师下楼散散心，对恢复身体有好处。"有时去附近的公园，有时在院子里转。每每碰到熟人，人家都会打量烟云半天，然后就问刘继华，这个漂亮的女孩子是谁呀？起初，刘继华说是小保姆。后来，就不想这么称呼烟云了。说女儿吗，太小。孙女，太大。便说是远方亲戚。对方又看烟云半天，说："亲戚好呀，可靠。人病了，没人照顾就可怜了。小姑娘长得好标致，哟，我怎么觉着眉眼挺生动的，好像年轻时的你呀，刘老师。"刘继华听后，一笑了之，然后再瞧烟云，就发现果然她说话时，表情挺丰富，或喜或嗔，好像舞台上的自己。二十二岁时，自己已经在舞台上挑大梁了，成了团里不可或缺的台柱子。而这个二十二岁的小姑娘，却给人来当保姆，一股怜爱之心涌上心头。她更觉得要对烟云好。

烟云帮了刘继华很多忙，虽然她退休多年，但因为业界广有声誉，不少学生登门来拜师，她断断续续碰到优秀的还给指导。自从老李病后，她谢绝了学生来访。

现在时间多了，有人打电话来向她学戏，她也会接待。

起初有客来，烟云总把病人推到他卧室，病人又是摇头又是皱眉，刘继华就由着他们在身旁。病人当然是喜欢听她唱昆曲，毕竟她唱了多半辈子嘛，病人脸上笑着，眉毛飞扬着。烟云也听得眯眯笑，一会儿给学生倒水，一会儿给刘继华递水果。刘继华感觉生活重新走上了轨道，也才觉得自己的人生还不至于暗天无日。

想当年，她在团里年纪轻轻就得过数次全国大奖，正红火时，突然发现怀孕了。她不想要，医生劝她说，你快三十岁了，再不生就是高龄产妇，易得妊娠高血压，自然生怕也不行，得剖宫产，搞不好还会大出血。她恨丈夫老李，当然那时还是英俊健康的小李。人人喜欢的名小生。觉着是他断送了自己如日中天的艺术生命，可又不得不从现实考虑。孩子一岁，她再上班时，台里已被年轻的面孔所代替，她找团长。团长是她同门师兄，年轻时还追求过她。自从她拒绝他后，他们就形如路人。谁料到她再上班时，师兄成了团长，听说现在他喜欢的女一号是一个更年轻的新调来的女演员。女演员长得漂亮，连"袅晴丝"是啥都说不清，还念错字，但团长毕竟不是随便当的，他笑呵呵地给刘继华递了一杯水，关上办公室门，把她拉到沙发上，坐到她旁边，说："现在团里日子也不好过，观众都喜欢年轻漂亮的脸蛋，虽然你仍漂亮，可三十二岁的你再演十六岁的杜丽娘你说合适吗？"团长说着，拍拍她的脸，气得她把一杯水泼在了团长身上，后来连当二三号角色的戏都没有了，一年只上过一两次舞台，扮了个不开口的宫女。她一气之下，决定调走。

闺蜜邓世美一听到此消息，冒着大雪跑到她家，鞋子都没脱，拉着让她去给团长赔不是。她说那色眯眯的眼神让我恶心，邓世美劝道，现在女演员上戏，不都要潜规则嘛，摸就摸下吧，又没少什么，只要能上舞台。

她说："我宁愿不上舞台。"

"有你后悔的时候。"

这话真说准了。

调到大学搞教学后，她再也没机会上台，那个难过呀，几天都说不完。一直到近几年，因教学登台示范，参加了几次公开邀请演出，加上网络平台多次推送，没想到业界及观众都叫好，她这才有了更多上台的机会。老李生病前，她还在台上唱《寻梦》呢。老李一病，她非但上不了舞台，连学生都带不成了。现在，舞台梦再次实现，这不得不感谢烟云。

工资不急，是什么意思？还有，先前来的几个保姆都叫她奶奶，把老李叫爷爷，而烟云却叫他们老师。当时因为终于有人来帮自己了，就没细想其中的蹊跷，现在又冒出一本《牡丹亭》来，看来这个保姆不寻常。

不寻常的保姆箱子里装的是什么？她下决心要打开时，听到老李喊叫，她忙把箱子挪回原位，边捶着腰，边急步走出客房。

2

又来了一位女学生，带来了刘继华当年演出的十几张光盘，一进门就"刘老师、刘老师"叫个不停，实心实意要跟她学戏。刘继华很是感动，说老头身体不好，她没有精力，不过，一周一次大约还是可以的。她说着，朝卧室里轻轻喊了一声："烟云，别忘了给李老师翻身。"

"刘老师，李老师在轮椅上晒太阳呢。"

刘继华心里一阵快慰，说："那你把李老师推出来。他身体好着时，但凡我唱，他都要给我吹笛按板。现在，现在他却成了这样子。"刘继华说着，眼泪哗然而出。

"刘老师，我打扰你了吧，要不我改天再来？"女学生忙说。

"看你真心学戏，那我就给你指点下。看了你刚才的表演，感觉你唱时表情稍欠，经典戏很难改编，那么你跟别人的区别就是在同样的唱词中，做不一样的表情和身段。我给你示范一下《琴挑》中陈妙常遇到潘必正挑逗后她是如何表现的。"刘继华说到这儿，喝了一口水，调整了一下步子，其实这个动作完全多余，她在等着轮椅来。听到轮子滑在木地板上发出轻微的嚓嚓声越来越近，她这才边唱边讲起来："潘相公走后，她左听，右听，没有动静，想着他已回书馆去了，高声叫了一声潘相公，怕人听见，忙捂住了嘴，然后小声唱道，'你是个天生俊生，曾占风流性。无情有情，只看你笑脸儿来相问'，唱到这时，不少唱闺门旦的演员身段在此没变化，我唱时加了一两个小生的身段，这既让人物的动作更丰富了，又体现了这个演员戏路宽，能唱小生的行当。我每演到这里，都发现不少观众眼前一亮。"刘继华边讲边瞧穿衣镜里的烟云，她握着病人的手，不停地打着拍子。让刘继华吃惊的是，节拍很准，老李眼睛眯着也很享受。

这个保姆是懂昆曲的，那么她肯定不只是来侍候别人的。她一个老太太都烦日积月累地照顾病人，更何况一个花季少女。

她儿次抓起电话，想给邓世美打电话，可思忖片刻，还是放弃了。

她害怕孤独，家里好不容易有了笑声，有了年轻的身影，甚至她闻着满屋都是年轻的迷人的味道，她不能让这一切消失。她不愿再回到以前那个黑暗的隧道里，永无尽头，看不到希望和光亮。好几次她都想给儿子打电话，让他转业回家，可是儿子在部队当团长，干得响当当的，她不能拖他后腿。烟云来了。多亏烟云来了。

演出、教学，她现在还身体力行。她不能一直守着一个无法交流的病人，不能一直为他擦屎挖屎，不能一直过这样毫无希望的日子。她的梦想是舞台，是她的学生，是她的观众。她的师姐八十岁了，人一胖，身段做得就不好。脸上皱褶太多，做表情就显老态，就这，只要有人请，必上舞台，还说舞台好绚丽，她真不愿意下来。而她七十来岁了，身材苗条，皮肤光滑，大家都说她显年轻，一上妆，根本看不出年纪。不少评论称舞台上的她，哪是一个古稀老人，活生生一个二八佳人嘛。即便不上舞台，教学生，唱昆曲，生活至少有了期盼。

老李好着时，她可以说油瓶倒了都不扶。老李心细，虽然长得帅，粉丝不少，但对她和儿子是一心一意的。后来她的名气比他大，他甘心为她当后勤保障。家里大大小小的事，都是老李干。她不会开车，老李开车送她；不会做饭，老李做。儿子怎么长大的，她都说不清。儿子小时候，老说他是爸爸生的。她的世界只有昆曲，她愿意陷在这个美丽的梦里再也不要醒来。那笛声，那小锣，那水袖，那一辈子都回味无穷的唱词，那琢磨一生都可挖掘的身段，是她生命中最美的华彩，只要有它们，她什么都可以不要。

天遂人愿，她年过花甲，重上舞台，竟赢得了不少观众，他们给予了她百倍的信心，每次演出，掌声都催得她两三次谢幕。她感觉以自己的身体，再唱十年没问题，观众没忘记她，她就要唱。唱不动时，再下来也甘心了。

老李的病，都怪她粗心，总想他身体那么壮实，不会有事。那时，她没日没夜地排《杨玉环》，到外地一走就是半年。老李打电话说他右手无力。她说那去医院看嘛，根本就没当回事。直到她演出归来，老李双手已经不能动了。再接着就站不起来了，以至到现在，话也说不清了。她后悔得要命。如果人生让她重新选择，是在家照顾老李还是上舞台，她还是会选择舞台的。当然她很自责。邓世美说："这不是你的错，即便你常年守着他，该得病时还是得。人吃五谷杂粮，怎能不生病。"老李倒下后，她才觉得她的天空多半都是老李撑着，她能在舞台上重新灿烂，多亏了老李。儿子从小到大，除了生和喂奶，全是老李照顾。交煤气水电费，老李。演出结束，还没卸妆，老李就提着饭盒等着她。出外演出游玩，开车订票全是老李。老李知她疼她惯着她。让她最感动的是，老李发病前几天，他们开车从公园回来，车行半路，老李忽然掉头，她问咋了，老李笑而不语。车到岔路口，老李把车停到一辆堆满枝条的皮卡前面，说了声"你别动"她不明就里，也不再问，只瞧绿化带上几个园丁在给月季剪枝。不一会儿，老李手捧一束月季跑回来了，说："知道你爱花，我从环卫车上捡的，好好的花扔掉可惜了。"路旁的一位女工笑着说："大妈，你好幸福呀。"

　　知情懂趣的老李一倒下，她哭了好几天，一个个活生生的人，瞬间就变成了一堆肉，她真感觉天要塌下来了。找了两个保姆，第一个是个下岗女工，四十多岁，人也干练，干了三天，第四天忽然说家里有事，再也不来了。第二个是个抹着口红的农村妇女，来了一看到病人，就吐着舌头说："妈呀，怎么一点儿都动不了，我宁愿打扫公厕，也伺候不了这样的病人。"多加两千块也不愿干。保姆一走，刘继华一时无措，连忙给好朋友邓世美打电话。邓世美一接电话，就听到刘继华的念白：轮时盼节想中秋，人到中秋不自由。奴命不中孤月照，残生今夜雨中休。邓世美不愧是好朋友，说："好了，我半小时到。"

　　看到好朋友顶着满身的雪花，提着箱子进来，刘继华心里瞬间就踏实了，紧紧拉着邓世美的手生怕她走，抹着眼泪说："你得给我找个好保姆，要不，我就不放你走，永远不放你走。要不，我一个人咋办呀。一个人又动不了他，又听不懂他说啥。刚才喂他饭，呛得他半天都喘不过气来，吓死我了。"

　　"行了行了，我给你保证，保姆不来，我就是你们家的保姆。满意了吧？幸亏我们家老头子身体好，又跟你们是老朋友，否则，哼。行了，都说了我在嘛，别哭了，哎呀，你看我都流鼻涕了，千万别感冒，快给我拿点药。我得赶紧吃，明天还要上课呢。"

"这得问老李。"

"继华，你们家客房灯不亮了，还有多余的灯泡吗？"

"我去问下老李。"

"天呀，天呀，我的大小姐，老李靠不住了，你得学着照顾他，照顾自己。日子总得过不是？"世美说着又骂，数落完了又教她炒菜，教她照顾病人，教她把电卡煤气卡医疗本都放在一起，说这些得随时用。带她到菜场，她才发现许多菜她根本就叫不出名字。连价钱也不问，只指一个个说："这个，来一斤。那个，来一把。"人家要多少钱，立马就给。邓世美说："妹妹呀，难道四十年你就一直这样过日子的？货不比三家，也不讲价钱，你是开银行的呀？你看，对面那个摊位上人家瓠瓜就比这家少两毛钱，不过这家的猴头菇便宜。"

"过去都是老李买菜的嘛。"

"老天哪能让你一直享福？哎，你亏欠了老李，现在该还账了。"世美说着，亲昵地捏了她脸蛋一下，说，"要不你咋活得这么滋润，跟我同岁，好像比我小十几岁似的。脸光光的，没皱纹，身材还那么苗条，说起话来，像糯米似的，我都听得酥了。我告你，千万不要春心萌动，嫌弃我们的老李，他可是我年轻时的偶像。"

"都到这时了还打趣我。"她说着，不禁挥舞起双手唱起来，"从今后玉容寂寞梨花朵，胭脂浅浅樱桃颗，这相思何时是可？昏邓邓黑海来深，白茫茫陆地来厚。碧悠悠青天来阔；太行山般仰望，东洋海般深思渴。"

"行了行了，别无病呻吟了，你现在不是相府千金崔莺莺，你是老李的夫人，李刘氏，快给老爷洗澡吧，我一进门都闻到他身上的馊味了。想当年，我还追过他呢。不瞒你说，我还约他看过电影《孔雀公主》

呢。"

"啊？啥时的事，你可从来没告诉过我？你不是说啥事都不隐瞒我吗？"刘继华噘嘴道。

邓世美却不理她，握着老李的手，说："到底是不是，你自己告诉她。"

老李那时还能说话，低声说："是有这么回事。"说着，口水又流下来了，刘继华边给擦边说："要是那样倒好了，省得我现在顾了东顾不了西。"

邓世美扯了一下她的衣襟，咬着她耳朵说："你再这样伤害我的偶像，我就不理你了。"然后回头望着老李笑着说："听我把话说完嘛。我跟老李，那时还叫小李，看电影，他去倒是去了，只是端端正正坐着，给他吃爆米花，他不吃。跟他说话，他也不敢看我。我大着胆子拉他手，气人的是他双手马上缩回，交叉护在胸上，可伤我自尊了。电影结束，送我到咱宿舍楼下，我都上楼了，他又把我叫回来，我心那个跳呀，像小锣一样咚咚地跳，比第一次上台还紧张，比第一次上台腿还软，都感觉空气里充满了糖一样，甜丝丝的，好不动人春意也。"说着，说着，她念起白来了。

"老李，说，你当时说了啥?"刘继华嗔怪地问老李，朝他胸轻轻打了一掌。

"我记不起来了。"

"赖账。那时我要知道你们还有这一出，说什么也不答应你的求婚。管你是柳梦梅，还是杨宗保，管你是什么俏书生、俊秀才。"刘继华说着，拿着牙签扎了一块切成小块的苹果，递到老李嘴里。

"唉，你别瞎吃醋，小李同志把我叫回来，说，'你能不能告诉刘继华？我爱她。我明天下班后，要请她逛滨海公园。'当时我就踹了他一脚。老李，有没有这回事？"老李笑了，点点头。

两个好朋友边聊边把老李推到洗澡间，脱得只剩短裤了，世美说："我出去了，你洗完叫我。"

老李在浴缸里不是东倒就是西歪，坐不住，刘继华又得扶，又得给擦澡，睡衣湿得粘在了身上，还搞不定病人，自己头又撞在了墙上，忍着痛扯着嗓子喊："世美，世美，世美，你快进来呀！"世美站到洗澡间门口，说："这合适吗？""快进来，他都这样了，还能干什么？就当你是医生。"老李一见世美进来，又大喊，又乱动。邓世美笑着说你："还以为你是当年的张生潘必正呀，你还以为我是当年那个纯情女孩呀。"说着，搋了一下老李的脑门，"给我钱让我看都不看。"这一下，老李差点又栽下去，吓得她慌忙抱住，仍不忘开玩笑："这下，还是我主动抱了你了。""老没正经。"刘继华说着，跟她拉扯着给老李穿上睡衣，搬到床上安置好后，两人已累得躺在沙发上无力说话了。

好半天，邓世美才说："继华，我看老李这情况，怕好不了啦。那天到医院，医生的话你也听到了，先是站不住，以后说话会困难。趁现在他还能说得清，把该处理的问题都处理好。"

"你说什么呀？这是人话吗？"刘继华把邓世美放在自己身上的胳膊推开了。

"我说的是真话。比如家里贵重的东西，家里存款密码什么的都向老李问清楚，能处理的赶紧处理好，否则以后老李说不出来时，你这个一问三不知的大小姐怕连寻常日子都过不下去了，还谈什么形而上，还唱什么昆曲，离饿死也差不多了。"

"世美，你心怎么这么狠呀？我能给老李开口吗，他那么敏感。昨天还告诉我，说：'我好了，咱们到儿子的部队去住几天，我要到杭州好好转转，我想再到断桥上走一走，体会一下当许仙的感觉。还想到龙井茶园，尝尝明前茶的味道。'"

"老李不知自己病的轻重，想不到未来，你得想呀，你是一家之主，以后家里大小事就得靠你了。这样，就说家里存折到期了，带他过去办一下，全转到你名下。我知道你没理过财，两眼一抹黑，我陪你去。"

刘继华感觉邓世美说得有理，可每次话到嘴边，都咽下去了。直到有天晚上老李怎么也睡不着，她问他怎么了，老李说："你拿张纸来，我说你记。"

"你干什么呀？天亮了再说吧。"

"拿笔。"

她没想到日子原来这么琐碎，没想到老李做了那么多的事。大到家里存款医保车险，小到柴米油盐。

最后老李说："继华，你活得简单，生活能力弱，一定要记着。一周给家里的花浇次水，不要端着脸盆直接倒，慢慢地浇，把花浇透。鱼我虽然爱看，但换水很麻烦，就不要养了，那几条热带鱼送给邻居家的孩子吧。咱们家有存款、股票，加起来几百万要保管好。儿子在外面工作，媳妇有工作还要忙孩子，不要指望，尽快找个得力保姆，要对人家好。我这样了，再不能把你也拖垮了。如果我不行了，就不要抢救，拔了管子，我就解脱了。"

"你别说这些伤心的话了。"

"我再不说，怕以后没机会了。儿子成家立业了，我放心他。我唯一放心不下你。你除了唱戏，啥都不会，怎么办呀？"

她哭，老李哭，都把邓世美吵醒了。她揉着眼睛走进屋说："咋了，又唱起《长恨歌》了？"话刚一出口，又捂着嘴说："对不起，对不起，我是真心爱你们，你们是我这一生最好最好的朋友。"

"世美，我把继华交给你了，我如果有个三长两短，你要好好照顾她。拜托了，我要是能跪，就给你跪下了。"

"啐，说什么屁话呢。我孙子还等着你好了教他唱小生呢。你他妈的，别不管。"邓世美说着，哭出了声来。

老李从那夜后很少说话。刘继华抱着他边哭边说："你得说话，一定要多说话。医生说了，如果你不说话，语言功能就会丧失得很快。"当然后一句话，她不能告诉病人。过了不到半月，老李说的话，人就听不清了。

现在，烟云一来，刘继华把这些俗事全交给了她，继续操心她人间值得之事。

她重新变回了那个优雅的闺门旦名伶刘继华，只是过去依赖的老李换成了烟云。"烟云，我血脂高，是不是血里有脂肪呀？""对了，烟云，快来，我牙怎么了，咬东西感觉又酸又软，嚼东西也无力。""怎么？是刷得不到位？我说呢，你怎么牙刷倒着刷，原来我活了七十，刷牙一直错着，只知道上面刷，下面刷，里面刷，却不知道牙的背面底部才是关键，难怪牙痛。""烟云，快来，窗外飞进来一个东西，好可怕呀。"烟云拿着卫生纸，一夹就扔出了窗外。煤气灶开头怎么打，都打不着，烟云来，手指轻轻一碰就打着了。她很不好意思地一边站着，烟云好像成了大人，而她成了那个做错了事的孩子。"快，烟云，电表灯亮了，去物业买电，别忘了交物业费……"

家里的奥迪自从老李病后再也没人开了。有天，她说："烟云你会开车吗？"烟云说："会呀。我有驾驶本。"第二天，她就坐着烟云的车子带着老李到医院去复查了。那个紧张呀。终于回家了，安安全全的，老李坐在车上，乐得直咧嘴。

后来，车就烟云开了，加了多少油花了多少钱，怎么保养，何时年检，烟云给她一一说，她听得头痛，便说按规定办吧。只要出门有车坐，她才没精力管那些事。

有时，她急着去开会，烟云要送她去，老李不能一人在家，打电话叫儿媳妇过来，儿媳妇说她要带孩子上课外班，可急坏了她。自从坐了烟云的车，她就不愿意坐出租了。一次开会打车，被那个麻脸司机骗得跑了很多冤枉路，多掏了三十块钱不说，还步行了两三公里路。要是天气好也罢，她还锻炼身体呢，可那天刮着大风，差点儿让她感冒了。感冒她不怕，怕的是第二天上台声音哑了，那就误大事了。烟云说让小区打扫卫生的李师傅照顾会儿。她说行吗？她可是很少跟物业的人说话的。烟云说："他肯定来。你让我把你不穿的衣服扔了，我看衣服还好好的，扔了怪可惜的，就打包给了院里打扫卫生的李师傅。"果然，电话打了不到十分钟，又高又黑的李师傅就来了。以后她们要出去，老李就交给了李师傅，李师傅还很精心。有时他们把老李从车上往下抱，他会跑过来。到底是男人，腾地一下就把病人抱起来了。烟云来了，家里灯泡有人修。水管堵了，也有人来，一捅就畅了。

前几天单位体检，往年都是老李陪她去的。这次不用说，肯定是烟云。一上车，刘继华就开始紧张。体检，必须要扫健康码，她的手机怎么也扫不出来。好不容易扫着了，到医院，又扫不出来了。急得她血压噌噌地往上冒。量血压的护士重新给她测了一次，说有些高。她心跳得做其他检查时，更慌，检查外科时，连裤子都是医生帮她穿的。她一见烟云就急着说："我血压从来不高呀，怎么回事？"说着，她又想起了再也站不起来的老李，更紧张得话都说不利索了。烟云问她血压多少，她说不知道。烟云说那再量一次。结果护士说不高，刚才只是偏高一些，仍在正常范围内。她回来又给烟云说半天，烟云问这次血压是多少，她说没记住。她记台词很快，可记数字怎么都记不住。后来还是烟云帮她去问了护士，她不好意思再去麻烦人家。烟云说："很正常，低压八十三，高压一百一十三。"回到家里，她又问，烟云说了，这次她记在了本子上。世美问，她又忘记了，说，"我得在本子上查下。"

如此的她，怎么能离开烟云呢？那么，她只有装作不知道，静等事态的发展。

但是她会无意中唱，有时也会故意、有意在客厅里跑圆场，抛水袖，还不时叫："烟云，你把李老师推出来，他听到我唱戏，会高兴的。"她想这是引蛇出洞，但这是条美丽的小蛇。她说不清自己是希望这条小蛇出洞，还是不让它出。

然后她装作给老李表演，老李这次满脸忧伤，不知是为剧情，还是为自己的病，但烟云她能看出来，她在用心看，用心听。有次，一折《惊梦》，她唱完发现老李鼻涕都流了下来，而烟云却说："刘老师，你唱得真好，真好。"她很想批评她，可是她没有。她甚至有遇到知音的惊喜。

她拿纸巾给老李擦干净嘴巴，烟云说："对不起，刘老师，你唱得太好了，我听得看得都入迷了，忘了照顾李老师。昆曲真的好美好美。虽然有些词我听得不太懂，但我知道它很美，有空你给我细细讲讲。"

她认为烟云是听懂了的，烟云说了假话，但她不愿捅破这张窗纸。她要以昆曲水磨腔的耐心，静等这条美丽的小蛇自己出洞。

这么一想，她嘴角露出一抹微笑。她好久没有笑了。

3

因为家里常来人，她越来越不满意家里的摆设了。自从老李病后，她再没心思和精力收拾家。烟云来后，把家里里外外收拾得很干净，可干净不一定美，不一定有品位。四室两厅，三人住着很宽敞。烟云让她去休息，她晚上陪病人。毕竟是爱美的女孩子，她理解，便在老李病床前，单独给烟云支了一张单人床。起初她放心不下，睡到半夜，她听到病人好像有声音，忙起来看，烟云正在照顾病人小便，做得很仔细，她悄悄退了出来。

收拾房子，她最喜欢。家里多余的东西一概不要，要简洁、典雅。花瓶里常年要有鲜花。没用的东西再也不扔垃圾箱里了，烟云会分门别类地送给相关人员，而这些人都是将来用得着的。李师傅喜欢旧衣服，老王喜欢收旧报刊，老张喜欢收旧手机电脑。还有，客厅里自己的演出剧照，都老面孔了，过去洗了那么多照片，可以轮换着挂。还有，茶几该换，沙发，也太旧了。老李这一病，她想通了，要抓紧时间享受。

家收拾完了，她开始捯饬自己。自从老李病后，她好久都不化妆了，口红该换了，粉没了，衣服也该添件新的了。学生进门之前，她要化好妆，穿上自己喜欢的旗袍，就像在课堂上一样，庄重典雅。

吃过晚饭，她终于可以一个人散会儿步。老李好着时，他们常去离家不远的街心花园走走。自从老李病后，她再也没一个人转了。天湛蓝得好似大海，云洁白得好像棉花，云的形状一会儿像骏马，一会儿像兔子，再瞧，好像又变成了山。好长时间没进公园，湖面多了四五只鸭子，孔雀色的尾羽好漂亮，她好想摸下。一伙儿男男女女穿着大红色的 T 恤在绿油油的构树下随着《年轻的朋友来相会》的曲子在跳舞，面孔好像也不是过去那些熟悉的面孔。那棵她喜爱的银杏还没到秋天，怎么半边叶子都黄了？走到跟前一看，枯了。

她坐到她跟老李常坐的木椅上，看到跳舞中的好几个男人比老李还老，头发全白了，人家却跳得那么起劲，眼泪就流了下来，她也不去擦。她一直盼着一个人出来逛逛，真一个人出来了，她却时时惦记着家里的老李。待了不到半小时，就到超市给老李买了一箱他最喜欢吃的最贵的猕猴桃，又订了他最爱吃的蛋糕，急匆匆地回了家。进门第一件事就看老李，烟云正在给老李喂西瓜。看到她要走，老李急得瓜也不吃了，冲着她直嚷嚷。她笑着过去摸摸他的头说："你看，我鞋子衣服都没换就来看你了。想我了，我总得换了鞋再来喂你吧。"

烟云除了做家务照顾病人，还把刘继华过去的演出专辑精心编辑了，挂到了网上，还给她建立了公众号、抖音，放到朋友圈。她告诉刘继华说："有许多网友说他们是你的拥趸，网上你的演出信息太少，特想完整地看你全部的演出或教学片，我就把你过去的专辑放上去了。"

内容每天更新，点击量上万次。有些人，不，是粉，称刘继华老师，还有人竟叫她姐姐，叫她不老的女神。她感到过去的岁月像书页一样哗地倒了回来。她这辈子只有唱戏才有自信，其他也做不来。昆曲没有亏待她，大小奖都得了，国内国外不少大舞台都去了。

买花，烟云手机一点，漂漂亮亮的花就来了。药没了，烟云手机一点，不到半小时，中药西药全来了。烟云还给她手机上安了微信，她没想到那么多老朋友都有微信。有了微信，她看电视就少了，闷了，就刷朋友圈，知道这个老朋友病了，那个去世了。当然，也有人在不停地登台演出，有人世界各地旅行着，这让她心里好一阵落寞。

"刘老师，你是不是跟儿子视频一下？"

烟云不知给她手机鼓捣了个啥，她就看到她可爱的小孙女在手机屏幕上在跳舞。儿媳妇啥时去儿子部队了，也没给她说。

儿子一看到她就说："妈妈，你现在越来越漂亮了。"她马上让烟云把老李推来，儿子更高兴了，说："妈妈，我本来还想转业呢，现在看到你跟爸爸状态这么好，我就放心了。妈妈，你就应当永远这样漂漂亮亮的。"孙女头又挤了进来，忽闪着一双跟老李一样的大眼睛说："奶奶，你比我妈妈还漂亮。妈妈整天穿个牛仔裤，套个又肥又大的衬衣，一点儿都不美。"儿媳妇打了小孙女一下，小孙女不见了，儿子又出来了，说他带的部队评上了先进单位，他不久就成师职干部了。

"多亏了烟云。有烟云在呢。烟云是个好姑娘。"她不停地说着，抹着眼泪，也没忘记让老头儿说话。老李又是吱里哇啦地说了半天。大家都笑起来，这是老李得病以来全家最开心的一次。

4

树叶渐渐变黄，但小蛇仍不出洞。看她平日的表现，买菜、做饭、照顾病人，一丝不苟，连沙发底、桌子下面都扫得干干净净。照顾病人，剪鼻毛、修指甲、洗脚、刷牙，件件做得周到。看表情，不急不躁，平和静气。反倒她等不住了。

有天晚上老李睡了，她把烟云叫到书房。一般她们说话要么在老李的房间，要么在客厅，而这次选在书房，她觉得更显得郑重其事。在书房，表明她非一般的家庭妇女，她有自己的事业和身份。说是书房，除了一些剧本，书并不多，多是自己出版的唱片及一些教学光盘。还有一台儿子给她买的超大屏电脑，很多时间她都愿意一个人待在书房。

书桌正对的墙上挂着著名书法家杨十发先生给她题写的书法——春心无处不飞悬。书法她不懂，但这句唱词她喜欢，她认为这是书法家对她最美的赞誉，送来时她当即让人装裱好挂上了。旁边是著名摄影家给她拍的她饰演的杜丽娘、崔莺莺、陈妙常、百花公主等闺门旦剧照，还有一张她最喜欢的饰演张君瑞的剧照，那是她唯一的一张小生剧照。看到的人都说她要是一直唱小生，应当也很火。她一笑了之。书桌后边的博古架上放着梅花奖奖盘。这是一只白色的画着两枝梅花的盘子，上面写着"梅花香自苦寒来"，可以说是她多半生的真实写照。她一般不让外人进书房，连打扫卫生也是自己收拾。所以烟云进来时，步子是怯怯的，她能感觉到烟云已紧张了。

她坐到窗前茶几旁，指着对面套着绣花布的椅子，对烟云说，坐。朋友们来了，大多坐这位置。现在小保姆坐这儿，一时让她有些恍惚。自从老李病后，除了邓世美，朋友们很少来了。烟云坐上去时，是小心的，椅子半片地方空着，就像他们在舞台上，坐时屁股只稍稍挨着椅子，以免把椅套弄乱，人还要全身挺着，不能如平常坐时整个人塌了下去。烟云的坐姿再次证实了她的猜测。她绝不是保姆。

窗外不远处是一座高架桥，现在车水马龙，灯光璀璨。近处的树木在灯光下，嫩绿得好像假的一样。唱机里放着她年轻时唱的《西厢记》中的"十二红"，欢快明亮，给宁静的书房增添了些许欢快的气氛。

如何谈？审问，当然不行。现在的年轻人，脾气大着呢。跟儿子打电话，几句话不投机，他就几天不给她电话，她打去，他也不接，急得她不行。与其被动，还不如主动。再说，她已经离不开这个小姑娘了。

想到这里，她从茶几上端起电热壶，一一烫了茶杯，给自己倒了一杯茶，然后又倒了一杯，递给烟云。琥珀似的茶水在豆绿色的茶杯里特别好看。小姑娘显然没料到受到如此的待遇，忙站起来，说："刘老师，我自己来，自己来。"因为这儿的茶具是她招待艺术界朋友的，茶杯很精致。烟云是因为紧张还是因为这样的杯子不敢碰，所以没有主动倒？她不得而知。

"喝吧，这茶好喝，大红袍。"

烟云迟疑了片刻，端起杯子，小心地品了一口，放下，然后把刘继华空的杯子加满，一双漂亮的眼睛探询似的看着她，放在胸前的手哆嗦个不停。

刘继华又喝了一口茶，然后才慢悠悠地说："烟云，你是不是懂戏？"

烟云扑通一声跪在地下，说："刘老师，我要拜您为师，您收下我这个徒弟吧。"

小蛇终于出洞，她反倒平和了："说说你是干什么的，为何要到我家来当保姆？"

"老师，我从小就爱唱昆曲，家在滨江县，职业艺术学院戏剧系毕业后，分到县剧团当昆曲演员。小地方，一年也排不出一本戏，演员大多给人家红白喜事唱唱流行歌、折子戏什么的。我梦想着当一个优秀的昆曲演员。偶然间看到您写的一本书《舞台生涯五十年》，看了能找到的您所有的演出，得知您有大量的舞台实践和教学经验，知道您闺门旦、花旦、正旦、巾生、丑行、拍曲、对唱词含义的理解都是名师亲授，特别是您的闺门旦在全国闻名，就想此生若能跟老师学戏，一辈子值了。看到 1986 年，您为了学艺，花一千块钱，专门跑到上海、杭州拜老师学戏，我眼前一亮，立即动了到北京来找您学艺的念头。可我们毕竟是一个偏僻的小县，没这机会。我们县近几年开发了一个新风景区，叫新桃源，来的人不少。前不久，北京一位昆曲名家老师来玩，团里让我陪着玩。我一想您也是北京的，他肯定认识您。这样七拐八问，就得知您爱人病了您不再收徒弟，为此我到县医院照顾了一个月病人，有了照顾病人的经验后，就托那位老师通过他朋友邓老师到了您家。我不敢有过高的奢望，只想哪怕每天跟您待在一起，也是好的。我想知道一个名演员的日常生活，我想只要跟您住一起肯定就能学到艺。邓老师让我先瞒着您，说您心地好，只要把病人照顾好，其他再说。看到您后，我差点儿哭了。我想象了无数次，您一定漂亮得像仙女，家里收拾得像花园，可看到您满脸憔悴，身上还沾着药迹，我就想我一定照顾好病人，让您仍做我心目中那个昆曲女神。"

"照顾病人，这可是个长久活儿，你不怕失望？"

"学戏不只是学戏，我每天看到您跟学生讲戏，我就已经学到不少知识了，比如如何站，如何用气。照顾病人虽累些，可干啥事不付出就能得到？您看您这奖盘，说是对戏剧家的奖励，也适用于各行业。再说，到你们家，管吃管住，还能学戏，我已经赚了。"烟云说着，把她那沉重的箱子提来，刘继华一看，呆了，里面全是关于她的演出剧照、碟片，还有记录她演出身段唱腔的分析。"我听说有些人家就查看保姆的东西，我就想，您若看了，更好，会尽快地收我为徒的，可您没有，我更加敬重您的为人了。"

听到这里，刘继华感觉脸发烫，幸亏那时老李叫了。如果不叫，她若发现，会做些啥？她真说不清。人的情绪每时都在变，一时就有一时的想法。

她说："好了，你去休息吧。"她想了想，决定冷处理。

她给好朋友邓世美打电话，说："你瞒得我好苦耶。"邓世美笑着说："别骂我，我明天过来谢罪。"

邓世美个子比她高，这几年发福了，性格仍似当年，笑呵呵的，还没进门，就听到了一阵笑声。因为一直在外面忙活着，她穿着漂亮时尚，穿了一件蓝底黄色印花裙子，看起来特别精神。白色高跟鞋鞋跟又尖又高，不知她是怎么走路的。

刚坐下，烟云就端来一杯红茶，轻轻关上了书房门，邓世美大大地夸奖了一番烟云，说："才到你这儿不到两个月，就知道秋天饮红茶了。"她没好气地说："你们合伙骗我。看我傻是不是？"

好朋友果然知道详情，笑着说："继华，是我们不对，可你没发现那孩子是天才吗？她一折《受吐》，听得我立马就决定收她为徒。可是人家眼高着呢，点名只要你为师。我只好割爱了。没有给你说实话，是因为你不收徒弟，只好想出这么个办法。说实话，我一听说她为了进你

063

家门，到医院学当护工后，什么话也没说就答应了。昆曲就是这么个东西，你要沾了，就下不来了，咱们不都是这样的吗？"

邓世美退休以后，又被团里聘请当专家，大家都说她是昆曲界的长青树，性格和气，跟谁都处得好。不像刘继华，除了戏，傲气得很。看到老李仍是老样子，邓世美心酸地说："唉，谁能想到当年的帅小伙变成了这样子，时光他妈的惨无人道，我给团里说说，你现在可以抽开身来教学生了。至于烟云嘛，你在家随便点几下，那孩子指点指点肯定成精，不信，我跟你打赌。"

5

初秋，在接受一家电视记者专访后，刘继华公开举行了收徒仪式，烟云跪行了大礼。结束后，邓世美送她回来时说："用得着这么大张旗鼓吗？不公布，你就给她随便教点儿，这样她已经很知足，要是行了大礼，你就得当回事。我知道你是个戏疯子，只要一讲戏，天地爹妈全忘记了。你可不能不好好照顾老李，否则我要跟你急。"

"不但郑重其事，我还要以学院派的教学法，循序渐进地教完她本科所学课程。我已经给她说了，让她在她老家给我找一个可靠的保姆，我既收她，就要为她一生负责。新保姆今天就来。"

邓世美说："那让她搬出去吧，学习时再来。我怕给你生活造成困扰，否则不就对不起你跟老李的信任了。"

"烟云还是住家里吧，一则跟保姆一起照顾老李我更放心，一个人实在太累。再则让她出去租房，租金贵不说，女孩子住到外面也不安全。说实话，我喜欢她跟我们住一起。"

邓世美笑着说："我就说嘛，烟云谁见了都会喜欢的。好吧，但记着，不要完全信任人，包括我。你心太实，防人之心不可无。"

"我信任了你一辈子，不信你还信任谁？"刘继华打了她一下，"晚上到我家吃饺子，烟云包的西红柿鸡蛋饺子可好吃了，老李昨天吃了四十个呢。"

晚上保姆一进门，刘继华又吃了一惊，声音柔和，皮肤白净，举止得体，绝非农村妇女。烟云忙说，她叮嘱妈妈要给李老师找一个可靠的保姆，妈妈说别人来她不放心，怕委屈了病人，就自己来了。烟云妈妈是一名小学语文老师。

烟云妈妈马上接口解释道："刘老师，照顾不好病人，我就对不起你培养烟云之心。我当了二十年的民办教师，家里好几亩地都是我一个人种的，你放心，我能吃苦。后来转正，到了县城工作，可是干什么活儿都不在话下。我丈夫去世时，烟云才十岁，我一手带大孩子，就盼着她能出息。孩子遇到你，算她八辈子积来的福分，如果我们母女俩照顾不好李老师，天理难容。让烟云搬出去，到外面租房子，她已经在网上联系了。我一个人能照顾好病人。"

"烟云在家住着，学习也方便，家里又有房间住嘛。再说我也离不开她。别再说了，就这么定了。"

烟云妈妈手脚麻利，照顾病人比女儿还精心。家里四间房子，她住一间，烟云陪着李老师住，书房一间，还有小一些的客房，她让烟云妈妈住。烟云妈妈说："您尽管放心，我们母女俩晚上轮流照顾李老师，您好好休息，您唱戏得保护好嗓子，一定要休息好。"

自从母亲来后，烟云坚决不要工资，说自己能学到东西，而且白吃白住，已经赚了。直到刘继华说不要工资就不收她这个徒弟了，她才说："那好吧，给我妈妈一个人就行。她还经常买菜，买水果，经常给家里买鲜花。"

烟云妈妈最幸福的事就是一次次地听刘老师给女儿讲课。讲课让她想起了自己二十年的教学生涯，想到了女儿美好的未来，她恨不能把刘继华说的每一句话、每一个词都记在心里，拿本子写下来：

当一个昆曲演员，你要先认清自己。你是唱腔好，还是身段好，长相好？明白自己的长处，就用其长处补足短处。

我感觉你唱腔不错，但字要咬准，要说普通话，身段不美，不生动，虽然大体不差，但少了自己的特质，要灵动，眼睛眉毛都能说话。不能为了唱戏，就不谈恋爱。只有有了恋人，你才能体会到崔莺莺的酬笺、杜丽娘的春梦。通晓人情世故，你的演出才能接地气。

化妆、穿着都要有一定的审美。有些演员头面太花哨，反倒累了自己，要精致，要与衣服协调，这样才能让自己更光彩。舞台，在演员眼里就是世界的缩影，别看只有一桌二椅，其实包罗万象。你属于长相单纯清澈的孩子，你的定位就不能妖，要靠清纯、典雅取胜。当然每个人物不同，你要演出她们的区别来，虽难，但我相信随着阅历增加，你会把握好的。

有时，老李高兴了，话就多，声音还大，烟云妈妈怕打扰客厅师徒二人，就悄悄地把门半闭，边给老李按摩全身，边听那声音：

我要从折子戏开始教你，《思凡》《琴挑》《受吐》《游园》《惊梦》《百花赠剑》等，得先学会近百折。我先给你示范下全折，然后再给你讲每句的唱词，明了唱词的含义，做身段才能有的放矢。然后就是对所演人物做一番深入的分析、开掘，定出人物性格的基调，预想一下在舞台上要塑造出个什么样的人物来，做到眉眼身手全是戏，亦喜亦嗔，如怨如慕，才能感人。白娘子是闺门旦，但又与闺门旦中的千金小姐不同，毕竟她已为人妻，又是蛇，所以饰演她既要有仙气、娇气，还要有凡间妻子的温柔。《游湖》时白娘子的声线很软，唱出来的感觉要让人迷醉，仿佛在她的唱腔里你看到了美丽的西湖。而在《断桥》里，唱腔则要有力度，因为此时她刚经历了争斗。《思凡》中的色空，人在空门，活泼的天性被压抑了，因此，她上场要先收，于稳中显静，不能活泼。步法、动作的幅度、速度、劲头都应以闺门旦的规范为准，但她毕竟又是一个天真烂漫的少女，虽然外貌是文静的，心里却充满了复杂的动荡，是静中有动的，这就需要通过眼神来表露，所以上场时两眼不宜凝滞无光，要若有所思的状态。不是哀愁，而是有所向往。唱到被师父削去头发时，用手狠狠一指，以表示怨愤。每天佛殿烧香换水，唱到此时，目光淡漠，情绪低沉。当唱到"见几个子弟们游戏在山门下。他把眼儿瞧着咱，咱把眼儿觑着他。他与咱，咱共他，两下里多牵挂"时，精神顿时为之一振，两眼明亮。唱到'两下里多牵挂'，侧身立于台中，右脚实站，左脚尖着地，双手在肩前反复搓动四番，目光由左至右环视，身子随着目光而微微转动，美好的心情无法按捺，唱到最末一字，左手抓住拂尘梢举起，成人字形，横跨三步，在小边台口矮相亮住。这样，就把思凡的"凡"字具体化了。《百花赠剑》中，百花公主文武精通，统领三军，因此她的形体脚步就要放一些，站姿基本使用丁字步，会武艺，因此腰立，腋下略张，左手扶握宝剑，右手握拳放于腹前。既要表现出她高度的警惕性和威风凛凛，又要呈现她女儿家的娇羞率直、纯真痴情。《琴挑》要抓住陈妙常的假正经，她心中爱着潘必正，表面上，面对人家的挑逗，还要冷着脸。可她爱着他，就要把这种表里不一的心境通过你的表演表现出来。

烟云妈妈边听边琢磨，她教学生写作文常说要生动，看来唱戏和写作文一个理儿。

这时，躺在床上的李老师又在叫，烟云妈忙问是不是想喝水，对方摇头。是不是想吃水果，对方仍在叫。她怕刘继华听见，影响了上课的情绪，刚关上门，李老师的声音叫得更厉害了。刘继华在外面问怎么了。烟云妈妈忙说："没事儿，刘老师。"说着，忽听腾的一声，接着就闻到一股臭味，一揭被子，原来李老师拉到了床上，搞得被子褥子全是。她想吐，本想捂住嘴，但听着刘继华在外面不停地讲解，瞬间就感到舒服多了。她柔声地说："李老师，怪我，没理解你的意思。你别急，我来收拾。"把病人收拾干净，轻轻挪到床单干净的一边，又出去到客厅接了一盆热水，看到刘继华在前面，烟云跟在后面，两人都穿着带水袖的绣花戏袍，一前一后拿着折扇在客厅跑。她端着盆子，小心地从边上穿过，回到房间。她拿热毛巾给病人擦了屁股，病人舒服地哼了两声，她又换了水给全身擦了一遍，把病人抱到轮椅上，系上安全带，让病人看自己喜欢看的戏剧频道，自己换上干净床单，抱起换下来的脏被褥走进卫生间。

脏东西只能手洗，她边洗边从门缝里看戏。刘继华说："'趁此悄的无人'，声音很小。唱到'那一搭可是湖山石畔'时，眼神望着地面，做出寻找的眼神。拿扇子做动作时，看着随意，但花样繁多，而且很美。唱到'这一搭是牡丹亭'时，跑了个小圈，用扇子指脚下，想必是换了地方。'线儿春，甚金钱吊转'时，扇子合起做了一个转的动作。说'昨日梦里那书生，将柳枝来赠我'，用扇指心，'要我题咏，强我欢会之时'，低头含羞，做回忆状，然后说'好不话长也'，面带梦幻甜蜜之神色。唱到'敢迤逗这'时，做了几个斜退步。她理解这是因为那个书生从前方走向小姐，小姐害羞地退了几步，眼神也从看着前方的他而转为低头。唱到'话到其间腼腆'，她有点不好意思，所以'腼腆'二字的声音收了一点。"

"他捏这眼，奈烦也天"的表演挺特别的，刘继华学小生的样子，迈着大步，双手后背，用肩膀蹭了几下。忽发现有人来了，马上恢复了小姐的神态，低头害羞一笑，好撩人春意。

她们刚一唱完，烟云妈妈就端着水递给他们说："唱得太好了，快歇歇。"说着，还没忘去看看老李。"李老师，你说对吧。"李老师嘴咧着只管笑。

病人睡着了，她立即抓紧做饭，边做边瞧窗外。刘继华带着烟云在跑。说跑不像跑，说走又比走快些，刘继华的后背都湿了。她忽感到一股醋味，才发现把醋当酱油倒进了锅里，她狠狠地砸了下自己的脑袋，骂自己今天因为心不在焉，已经犯了两次错误了，对得住外面后背都湿了的那个老人吗？她反问着自己。本想悄悄把菜倒了，后来又想，做错了事，就应当说实话。

菜刚端到饭桌，她就说："刘老师、李老师，对不起，今天我犯错了，一因为听戏，没有照顾好李老师。二因为看戏，把菜炒坏了。我自己罚自己，扣一周工资。"

"不用不用，谁没有走神的时候？再说这菜倒了醋，也好吃着呢。对了，你今天先吃，我来喂老李。"

"不用，不用，您先吃。"

"那不一样。我不能把所有的活儿都推给你。再说，老李喜欢我给他喂饭，对不对？你看他还害羞，都老夫老妻了，有什么不好意思的。今天多吃些，你看杨老师给你做了你最爱吃的肉沫茄丁、黄花鱼。好好吃，吃胖些。反正我们现在三个人抱你，能搬得动。"

"对了，烟云，如果你当我的学生，就要一辈子把昆曲学下去。我昨天在网上看到一篇文章，说英国有个女画家，她四十七岁那年，带上绘画工具和一把左轮手枪，在一名当地向导的陪同下，坐独木船穿越亚马孙河支流画植物。她毕生都在寻找的是一种仙人掌科植物——亚马逊月光花。她找了二十四年，终于找到了理想的月光花。五个月后，女画家在英格兰遭遇车祸去世，享年七十八岁。"

"老师，那个女画家叫什么名字？"

"想不起来了。"

饭间，烟云妈妈话比平常多了，说："刘老师，以前烟云要到北京来跟您学戏，我只知道您是名家，但不知道您名气有多大。她让我看了您唱的光盘，我就认定您是最好的昆曲艺术家，坚决支持她来。来后看您整天练戏，我才知道，您是怎么成名家的。您一开口，我就知道什么叫艺术家了。那是天上的月亮，那是地上的牡丹，那是大海里的鲸鱼。"说到"鲸鱼"时，这个小学语文老师不好意思地笑了，她从来没见过鲸鱼是什么样子，但她知道要捕到它很难，还知道鲸鱼浑身都是宝。

她的话逗得大家都笑了，连李老师也笑得眼睛都眯成了一条线。

烟云妈妈虽然不懂昆曲，但在这个家里，在主人和女儿每天的唱腔里，她感动了，她知道那很美。她第一次发觉自己当老师，只是一种养家糊口的职业，并没爱上它。

那么自己活了五十岁，爱什么呢？这一夜，她没睡着。

此后，她什么活儿都不让刘继华干。刘继华刚一拿扫把，她抢过来说："这不是你该干的。"刘继华刚一洗衣服，她就抢过来说："这些活儿我干，您只管唱好戏。"

文化部为了弘扬传统文化，要为老艺术家们出一套传记，有刘继华一本。她计划此书不像一般传记，谈经历，她想从演技来总结，她还挑选了自己上百张剧照的身段图。烟云一听说，说："刘老师，你写，我帮你打出来。"她整理的稿子,刘继华很吃惊,语句精练准确,烟云说那是她妈妈改的。她妈妈说,她从小就喜欢写作,现在她找到了自己以后努力的方向了。

烟云妈妈对病人可好了,有时就像给她的小学生讲故事,讲她的见闻,后来无意中听到李老师是演小生的,就把一本本剧本读给他听。还给李老师放他过去的唱片,李老师兴奋地靠在沙发上,嘴吧唧个不停。

刘继华把家里点点滴滴的事给儿子说了。儿子听说母女共同照顾爸妈,说:"我这下放心了,全力支持。"

第二天是星期天,八点了,阳光很好,烟云妈妈说要推李老师出去转转,刘继华把轮椅上的安全带帮着系好,摸摸老李的头,像对孩子一样说:"出去高兴吧,咱一起去赏花,听说植物园有菊花展,还记着去年你给我拍的照片吗? 就在水边,我手里握着一枝海棠,那照片我准备放到新书的扉页上。"

一行三人,正笑盈盈地准备出门,儿媳忽然敲响了门,老头儿病后她跟儿子回来过一次。儿媳是本地人,在一家软件公司上班。中等个儿,嘴快。起初儿子领回家时刘继华不满意,但所有的父母在儿女婚事上基本都拗不过儿女,便无奈地答应了。她跟老李说:"老头子,快看,咱媳妇回来看你了。"老李也很高兴,又是说半天,儿媳说:"爸你好吧,我给你带了你最爱吃的小龙虾。"不等老李说完,就站起身打量起烟云妈妈来。

"那先不出去了,进家说。"刘继华跟烟云妈妈说。

儿媳摆摆手,说:"让爸爸出去转转,今天天气好。妈,我找你有些事。"

原来是有事才回来的。刘继华心里一沉,但还是带着笑帮烟云妈妈把老李送到电梯口,见电梯门开了,又叮嘱道:"转一会儿就回来。"

一进门，儿媳妇已从书房出来了，说："妈，那个小保姆呢？"

"烟云去医院给你爸拿药了。"

儿媳又到阳台上瞧瞧，说："我到家里转了一圈，发现这家真成了那母女俩的天下了。屋子她们占了，阳台上也挂着她们的衣服。"

"因为你不回来，我就让烟云先住着，你跟盼盼回家，我让烟云住客厅。"

"妈，我不是这意思。"儿媳说着，坐到刘继华旁边的椅子上，说，"我是说，以后若去银行，我可以帮你去，外人总是外人。我邻居家小孩子是保姆带，小孩子一直哭，大人不知道什么原因。后来有人建议在孩子房间安摄像头，才发现小保姆趁主人不在时，给小孩扎针，还给吃安眠药。你若要安监控，我可以找人安。"

刘老师听了很生气，心想就在一个城市，你都不愿意来，还惦记着那一点儿家私，便没好气地说："我知道怎么做。"但细一想，如果她不在，她们母女对老李好不好，他又说不清，怎么办？但是安监控，绝对不可能。现在老李胖了，情绪稳定，笑脸多了。这就行了。再说自己照顾病人时间长了都有厌烦时，更何况非亲非故的人。

想到这里，说："你还有别的事吗？"

"妈，我没别的事，就是回来提醒你。"

"好了，如果没别的事，起风了，我给你爸送衣服去。"

儿媳出门时，又说："妈，防人之心不可无。"

她厌恶地说："知道了。"但一想到可爱的小孙女，便叫住儿媳妇，说："对了，给盼盼带些吃的。还有，带盼盼回来看看我和你爸爸。你爸可想盼盼了，一看到盼盼的照片就笑。"

烟云跟她妈不在时，刘继华给老李说了儿媳妇的话，对方又是一阵话，语速越来越快，她仍听不懂，把他靠在自己怀里，抚摸着他的头发说:"你说,烟云跟她妈对你好不好?好,就点头。"老李点点头,她又帮他搓搓耳廓说:"我要把烟云教好,这样她妈妈才能更尽心地照顾你。咱们按时吃药,身体会慢慢恢复的。来,喝点水,不要怕麻烦人,找两个保姆就是怕你受委屈,你难受,我过着也不好受,对不对?你不用着急,慢慢说,你要说啥,其实我都知道。我告诉你,咱儿子已经当了副师长,分了大房子。咱孙子考上了重点中学。明天我们带着你一起去看戏,是你最喜欢的《占花魁》。你猜谁饰演的秦钟?你的学生柳智勇。昨天他打电话来,我说肯定去,我背也要背着你去。虽然你病了,可咱们的生活质量仍然没下降,对不对?老头子。"

老李又是点头,又是摇头,眼泪哗哗地流了下来。她把脸贴着他的脸,也哭了。

6

中秋将至,杭州举行全国昆曲周,各大名家将上台献艺,主办方再三邀请,刘继华决定去。这既是老朋友相会之时,也是交流之机,很是难得。她决定带着老李和烟云母女一起去。

老李一听,直摇头。

"我怎么能离开你呢?再说我又不是背你。我们要住最好的酒店,要实现你曾说的逛江南。不过,这次是我带着你。等演出完,我们在江南好好玩玩,我们三个人照顾不了你?放心,我已咨询航空公司了,他们有特殊服务,一点事儿也没有。"说着,亲了一下老头。烟云妈妈脸忙转向了窗外,烟云则笑着说:"好幸福的一对儿呀。"

飞机上,她让烟云妈妈在商务舱照顾病人,她说年纪大了,怕自己忘词,让烟云跟她坐在后面经济舱对词,其实她是有意在教烟云。不知是因为出来了，还是南方的景色好，老李高兴地看着花草不停地叫。特别是在她演出时，她看到烟云母女推着老李到了剧场，她发现老李眼神好亮。对一个喜欢昆曲的人来说，它就是命，离了它，就像生活中少了盐，她太清楚了。

演出完，烟云妈妈不停地说："刘老师呀，你一头珠翠满身绫罗一出场，我就大气都不敢出了，这哪是我熟悉的那个刘老师，分明是仙女下凡呀。后面的人不停地说，刘老师多大呀？有人回答，七十多岁了。另一个人说不像呀，你看她光滑的脸上可有皱纹？你看她轻盈的步态可像老人？你看她娇俏柔美的身段表情，分明就是大家闺秀呀。充满书卷气不说，还充满仙气，戏仙之气。我没多少文化，又不懂戏，但我知道全场八个杜丽娘中，刘老师，你的掌声是最多的，只有你，多唱了两折，谢幕了三次。路上我就给烟云说了，你的目标就是刘老师。你啥时候能唱成像刘老师那样的杜丽娘，妈死了也甘心了。对不对，李老师，你也在场，你肯定听到了。"

老李咧着嘴，眼睛又眯成了一条线。

如果说烟云妈妈的话刘继华不信，那么烟云给她看的各种评论使她信心倍增，以后再有活动，她尽量参加。到北大、京都图书馆等地去讲昆曲，烟云既是她的司机，也是她的秘书，更是她得意的助手。有时，为了给读者做示范，她也让烟云现场表演。

第一次当众表演，烟云有些紧张，刘继华对她说："放松些，你现在能应对几百人，下一步就能面对成千上万个观众。"起初，她的动作是拘谨的，唱腔里带着颤音，后来就越来越自然，越来越让刘继华满意。有时，哪些地方做得不好，唱时少了几拍，刘继华都记在本子上，回家就让烟云纠正。如果说家里是私课，到了课堂上，就有了观摩的性质。烟云有基础，接受力强，学得很快。刘继华感觉烟云的风格越来越像自己了，身上有一种书卷气。

国庆节那天，市里举办戏剧文化节，邀请刘继华演《游园》，她提出让烟云演春香。主办方说："烟云是谁，没听说呀。"

她说："我的关门弟子。"

主办方一听，马上同意了。

"我行吗，刘老师？"烟云声音里虽然不自信，眉目间却有掩饰不尽的欢欣。

"你基本功比较扎实，近些日子我看你的表情、唱腔和身段都没问题。带你几场就出师了。"

演出一结束，京都各大报刊网络相继报道，艺术家刘继华风姿玉骨，重新绽放。还有一些报纸说，演春香的是她家小保姆，把小保姆都能培养成花旦，可见这个艺术家是多么了不起，真不愧是搞了大半辈子的教育。更有网站夸大其词说烟云一字不识，是刘老师手把手教的，可见老一代艺术家对昆曲的热爱，真的让铁树都开花了，插根筷子都能长成大树。

于是记者采访不断，烟云毕竟年轻，有些坐不住了，再学时就有些飘，刘继华适时提醒，让她避开外界干扰，好好学戏。只要功夫到家，不愁没戏演。

几场公开演出下来，几个团竟然都要烟云，刘继华推荐到了她原来的单位——京都昆剧团。她说："孩子，就从演春香开始吧，我相信，我教你的戏你会一个个演好的。因为你已经出师了。"

烟云妈妈一直照顾着老李，老李状态也不错，到医院检查，医生说保持得不错。刘继华完全可以把老李放心地交给她。

邓世美提醒她说："教会了徒弟，饿死师傅。你教的那些弟子，是出名了，可在你最困难时期，她们来看过你吗？"

刘继华笑着说："我教她们，又不是为了让她们来报答，只因为她们有天赋，天生就是为昆曲而生的。再说她们也带给了我许多许多，比如愉快，比如经验。大家为什么认为我唱得好，是因为学生们在后面追着我，我只有往前跑。我有工资，饿不死。再说，看着新的我重生，不也是一种幸福吗？"她说的不是大话，当学生们一个个站在舞台上说我是刘继华老师的学生时，她感觉她的生命线在延长，就像一条奔腾不息的河，她们中有五十岁、四十岁、三十岁，现在烟云又二十二岁，只要她还能唱，只要她还能动，她就要表演，就要带学生，不是为名，也不是高尚，只是为了活着，为了能干自己喜欢的事。

7

冬去春来，又是一年，刘继华的生活仍跟往日一样，看戏，教戏，演戏，陪老李说话，说他们的儿子孙子，听他说不清的话，猜他没有表达出的话语。

国庆节儿子回到家，看到家里干净整洁，鲜花盛开，妈妈一如往日般优雅；看到烟云母女精心照顾着爸爸，爸爸白白胖胖，浑身干干净净的，脾气也渐好，面带愧意地说："妈妈，儿子没有尽到责任，对不起，我代表爸爸感谢你。"她摆着手说："要不是烟云母女，我跟你爸怕也挺不过来。"

刘继华觉得烟云不能一直唱折子戏，她要给她捏一出大戏。她过去唱过《西园记》《占花魁》《牡丹亭》这些经典大戏，但她一直想拍一个原创的反映唐朝女诗人鱼玄机的昆曲大戏。连本子都写好了，可因为资金问题一直拖着。等资金问题解决了，她却演不动了。

史料载，唐朝女诗人鱼玄机原名幼微，十一二岁就已经小有名气了。经老师介绍，认识了才子李亿。李亿把她安置在外室，原配裴氏闻讯赶来，一进门，不由分说就把鱼玄机鞭打了一顿，没过两天，就逼李亿写下休书，把她轰了出去。李亿把鱼玄机安顿在咸宜观。两人日思夜想，无奈李亿受夫人制约，没法前来，过了几年，就抛下鱼玄机，和家小赴扬州任官去了。鱼玄机深受打击，此时观主已经逝世，观中只有鱼玄机一人。她在观外贴出"鱼玄机诗文候教"，顿时观中宾客盈门，香客文人与鱼玄机整日品茶谈诗。有天，她认识了身材魁梧、举止清雅的乐师陈韪，二人倾心相爱。结果不久，她发现徒弟绿翘与陈韪有了瓜葛。鱼玄机严厉责问，绿翘却反唇相讥。争斗中失手，绿翘身亡。鱼玄机担心事发，把绿翘的尸体埋在院子里。几月后，被人发现，杀头时年仅二十六岁。

这个故事，她与编剧商谈，去掉了有违人物美好形象的情节，主要突出表现一代才女两段情和不幸命运。

这个本子是她曾经深爱的一位著名的剧作家写的，她曾一度想嫁给他，但因为他已结婚，两人只好含泪分手。他说："我平生有个心愿，一定要为你写一部戏。"后来她结婚了，她曾深爱过的那个剧作家也得病死了，她大哭了一场，把本子锁进了柜子。现在，她小心地把本子拿出来，如传家宝似的交给烟云说："鱼玄机先是大家闺秀，是闺门旦。后来，因为心爱的人走了，她混迹烟花中，又要演出花旦的感觉。她女扮男装，混迹于男人堆中作诗画画，又有小生的感觉。上了刑场，又要演出刀马旦的感觉。这是一个考验演员的大戏。其中最有名的曲子'锦缠道''端正好''十二红''江儿水'，是剧作家遍请全国有名的乐家，呕心写就的。"

她最得意的三个弟子，都曾是她想把本子传给的人，希望她们完成她的事业。但她们或因学养不足，后来再没有上台阶，演技平平。或因定力不足，改行拍了影视剧。还有的，开了公司，靠昆曲发财。她们过去还到家里来看看老师，汇报她们的近况。自从老李病后，她们渐渐消失了。

这让她感到心寒。

好朋友邓世美听说她要把剧本给烟云演，一进门，鞋子也不脱，拉住刘继华说："你是不是又过了，原来不收，现在怎么又恨不得把家底都给人。你能不能别走极端？你难道不怕她又是你以前的徒弟？"

她笑着说："我还有选择吗？我儿媳今天给我打电话说，又要房产证，说她保管安全。不知怎么的，我就想哭。世美，人一生除了有自己喜欢的事干，再有一两个好到终老的伙伴就足了。我知足了。"

"如果我不在了，你怎么办？就像老李，说不行就不行了，你得学会自立。"

"是呀，不正在学吗？现在烟云每次陪我去银行，她很懂事，把我领到柜台，就离我远远的，生怕我有别的想法。我儿媳却说，那是人家有所图。你说她住得那么近，却不来帮帮我，整天就惦记着钱，我不知道我儿子是不是跟她想的一样，自己的亲人我们都不指望，更何况徒弟呢。烟云母女俩，我能感觉到她们是实心实意地帮我照顾老李。久病床前无孝子，别说别人，就是我，跟他生活了四十多年，我爱他，怜他，尚有烦的时候，更别说非亲非故的人了。你自己都做不到，还想让别人一心一意照顾病人？不现实。怎么办？将心比心，将心换心。我相信只要我对她们好，她们就会尽心照顾老李的。你不知道，老李有痔疮，大便后每天都要洗。他还尿频，有点尿就急着要上厕所，其实没多少尿，他又不愿在床上用便壶，一定要到卫生间。你看看床上，你去看看他，每天都干干净净的，这一天可以坚持，可过去一年多了，烟云母女能做到很不容易。如果我能把老李送走后再走，眼闭之前，她俩还在我身边，我就把自己那点积蓄全给她们。我教她演戏，不单是让她母女俩照顾好我和老李，我还有一个私心，希望我的艺术生命仍将延续下去。时间不可倒流，可是烟云可以实现我没有实现的梦想。这叫一举两得。"

老朋友握着她的手，半天没有说话。窗外一阵秋风过，吹得好不凄凉。

戏经过反复修改，京都昆剧团打算公演。刘继华忙得几天都睡不好，更担心老李的身体。

烟云妈妈好像看出了她的心思说："如果刘老师不嫌弃，我将永远在家照顾病人。如果哪天你认为我不行，我可以随时走，但我绝不会自己主动提出走的。为了让您放心，我已经把家里房子卖了，一心一意在家照顾您和李老师。"

这让刘继华心里更加踏实，与烟云一家不再是雇主关系，便成了一家人，亲人。

烟云妈妈一刻都不闲着，又爱干净，没事就收拾房子洗衣服。有时刘继华刚脱了衣服，还没来得及洗，她就抢过去了。刘继华说："你只管照顾病人。"她说："不，姐，你不要再说客气话。我一个人把她拉扯大，孩子就是我的一切。你帮了她，我不报答还能叫人吗？"

树绿了，夏天到了，她被窗外鸟声惊醒，以为天不早了。起来一看表，才凌晨四点。她却再也睡不着了。

她刚进老李的房间，烟云妈妈就机警地睁开眼睛，一看她，悄悄起身说："李老师刚翻过身，又睡着了。"刘继华朝她招招手，烟云妈妈跟了出来。刘继华边走边悄悄说："烟云明天要上台了，这次可是主角，我怎么也睡不着。"

烟云妈妈说："我也是，老想着你把她抬举得这么高，她怎么也不能给你丢脸。可年轻人，就是心大，觉也多。白天还给我说，她很有把握。"

她俩蹑手蹑脚地走到烟云屋子，天热，门开着，她俩朝里一瞧，会心一笑。烟云一只腿在毛巾被外面，嘴角还带着笑，睡得正熟。刘继华摇摇头："真是年轻人，你看，心有多大。别说年轻时，现在我上台前也睡不着，好不容易睡着了，总梦见自己一上台，就忘词了。想呀想呀，记起来了，却怎么也发不出声来，急得醒来，发现是胳膊压在了胸膛上。"

　　烟云妈妈说："要不，我叫醒，你再给她说道说道。"刘继华摆摆手，走进自己书房了，才说："你也休息，我再琢磨一下几个身段，对了，中午给她做些好吃的，晚上演出，不能吃得过饱。"

　　烟云妈妈给刘继华端来一杯奶，看她穿上了戏服，在镜子前不停地挥着水袖，就悄悄退出门去。回到房间，也睡不着，便拿起病人昨晚脱的衣服进了卫生间。

　　中午吃饭时，刘继华跟烟云说："今天没有人再带你了，你自己要管自己。"说了一句又一句，到了下午她忽然说："我再说你心就乱了。我上场时，刚开始很紧张，腿都是软的，感觉台下黑压压的，好像没人，只有我一个站在无人之境，很是紧张，刚唱山　句，忽然响起雷鸣般的掌声，一下子心里就踏实了。记着，在舞台上，你就是王。"

　　"明白，老师。"烟云忽然说，"老师，你上次给我讲的那个女画家我知道了，她叫玛格丽特·米。"

　　"知道名字容易，学她，就得用一生实践了。"

　　"老师，我要以您为楷模，唱一辈子昆曲。"

　　"要超过我，当戏痴。"

　　离演出还有三个小时，刘继华就跟烟云顶着烈日来到化妆间。她要亲自给她化妆，她要在台侧，一眼不眨地看一个年轻的自己在舞台上重新绽放。

好花枝 │

1

假若你恨一个人，就把他丢到"桃花源"一周。这是我的切身感受。我身处的这个"桃花源"叫沁园景区，四围皆山。近日淫雨连绵，下山路塌方，我在这孤山上已困居十天了。

此外说山也不尽然，半腰有市，名天街，虽一公里不到，店铺少说有近二十家，我闭着眼都能数出来，从东至西入"天街"高高的牌楼，依次有麻辣风情饭店、妮妮衣帽坊、女儿红酒庄、民俗博物馆、全球通网店、村姑的小可爱店、旅人摄影厅、七月七日咖啡厅、怪怪屋魔幻城、白鹤书院、阳春来客栈、茗香楼茶坊、老张木艺馆、天堂超市，还有一个仅容得下十人的酒吧。门面皆不大，却不重复。一条青石板小路贯穿全街。小溪依墙而流，繁花或爬墙或悬窗。街中五十米，皆成片地悬挂着绸面竹竿彩伞，可悦目，可遮阳，也可防雨。房屋白墙黛瓦，皆是明清时期流传下来的民居，美轮美奂，小青砖、马头墙，古朴雅致；护栏、天井，结构严谨；石雕、木雕、砖雕，雕镂精湛。

若天气晴好，依山势而建的民居晒架上就会摆满成片的圆竹匾，里面有绿茶叶、红辣椒、黄水稻，吸引了不少摄影爱好者。天街西头的广场上，有棵参天红豆杉，葱郁可人。沿树右旁下山，就是梯田状的油菜花地了，间或有枫树、樟树、银杏，足有五六百年。路边亦有小庙、茅屋，古朴盎然。山底还有两个相邻的湖，名为同心湖，远远望去，就像外国美人的一双浅蓝眼睛。路边亦有一些煽情的路标，比如"诗意的栖居，长寿的故乡""哥种的不是油菜花，哥种的是心情"。

还有一座拉索桥，名情人桥。桥下一条小河缓缓流过，远远就能听到水声。

我这么一说，你肯定说这不挺好嘛！我第一次听到主办方说，到沁园采风二十天，又在我梦想的南方，又是盛春，油菜花开了百分之八九十，便给单位打报告，休年假。第一天来，我就喜欢上了这地方，还打算在此买房呢，可现在，我恨不能肋生双翼，赶紧逃离。

刚来那天，我十分钟就逛完了大街，认识了所有店里的老板。第二次再进店，他们都起身招呼，搞得我不买东西都不好意思进去了；可不逛街，我就得一个人在充满刺鼻的甲醛味的房间呆呆地望窗外那一排排黑乎乎的屋顶，听淫雨击打瓦片单调的呻吟。

因为是新开发的景点，玩的地方少，平时游客白天来，天黑前也下山了。

雨中，白天还好说，逛逛街，聊聊天；夜晚，就难打发了，天街静悄悄的，加上酒庄老板哀怨的笛声，让你更觉无尽的寂寥。

此时，已近中午，大雨连绵，街道冷清清的，除了原住民，几乎没一个游客。扭曲的街道如蛇，在灰蒙蒙的雨雾中影影绰绰的，让人好生恐惧，我忙躲进麻辣风情饭店。

往日这时，这家天街上唯一像样的饭店里，早坐满了顾客，特别是靠窗的位置，几乎天天爆满。我每天十点半，就拿本书坐到窗前占位置了。我喜欢坐在一角安静的窗前，望着玻璃窗外漫山遍野的油菜花，看倏来忽往的雾，听南来北往的人闲聊，可现在，窗外的花开了却没人赏。美景须有人衬，愈热闹，方显景之美，虽然我喜静。

女儿红酒庄的刘老板一个人在南边靠窗位置喝着酒，看我进来，招手叫我坐他对面。我摆摆手，仍坐老位置，因为有柱子隔着，相对安静。服务员是个小个子大眼睛的四川姑娘，此时懒懒地倚在吧台上，不停地翻着手机。我每次都要一碗米饭、一碟土豆丝。这天我刚一落座，她兴奋地迎上来说："还是老样子？"

我说："今天换个菜，来个水煮鱼。"

小姑娘意外地看了我一眼，说："你一个人怕吃不了。"我说："慢慢吃，反正也没事干。"小姑娘理解地点点头，迅疾朝厨房方向大喊了声，水煮鱼。喊完，坐到我旁边，望着窗外，长长地叹了一声，我问："你整天待在这儿，烦吧？"

她还没说话，跟我们隔着两个桌子的刘老板边喝酒边说："生意在哪儿，家在哪儿，在家，有什么烦的？"话虽如此说，他喝了一口酒，也嘟囔道："这鬼天气，怎么没完没了地下，下……下得人心都长青苔了，更别提生意了。"听说他原来是一个歌舞团的司笛，退休后被景区老板请上山的。

我没滋没味地吃着饭，服务员仍在吧台上玩着手机，酒庄老板高一杯低一杯地喝着酒，我们都没再开口。我离开时，酒庄老板忽然说："作家，你若无聊，可到民俗馆去瞧瞧，那儿最近张罗着要唱戏，昆曲你喜欢吧？"

我老家陕西的，秦腔一直是我的最爱，昆曲在视频上看过，没字幕，我一句都听不懂，但它词美，不少文学作品和影视剧中都提到昆曲，不妨去看看。这么想着，我朝街西走去，也就是说红豆树就长在离它不远的地方。民俗馆我只进去过一次，黑漆大门不知是原来的，还是故意做旧的，很显年代感。门槛又高又笨。进得门来，迎面是一个面朝里开的戏台子，约两层楼高，里面大厅墙上是此地民俗风情介绍，字是手写体，不少地方因墙皮掉落，字已看不清了。戏台上落着几只喜鹊，在安静地觅食。院墙地面青苔葳蕤，却透着凄凉，只有天井露着一方窄窄的天，连绵的雨水正是从此落进了院子与戏台相间的水渠里。整个大宅阴冷潮湿，不像我们北方的院落，亮堂，豁大。大厅、房间，好像也没窗户，黑不说，还有着一股说不清的味道。

站在红豆杉树下的平台上，我望了望漫山遍野的油菜花，瞧了瞧雨中的民居，踢了踢脚下的青石子，再望眼民俗馆闭着的黑色大门，感觉一股冷气袭上心头，忙回了住处。

2

午休后，我打着伞再次走进天街时，各家商铺还在沉睡中，静得我都能听到自己的脚步声。刚走至街中的水车旁，忽听到一阵昆曲，对了，是《牡丹亭》里最有名的"皂罗袍"，就是迷得林黛玉心动神摇站立不住的那段。我仿佛看到一个古典丽人在向我招手，忙推开民俗馆沉重的原木大门，先瞧戏台，空无一人，声音好像从戏台对面的厅堂传出的。我循声绕过吊脚楼似的戏台，穿过天井，却再无声音，只见大厅里一位满头白发的老太太在扫地，并无丽人影踪，顿失兴致，蹑足转身出门。

往回走时，隔着玻璃，我看到女儿红酒庄刘老板正在擦黑色的酒缸，看我过来，招手让我进去，问我去民俗馆了吗？我说："去了，好冷清，只有一个农村老太太在。大门上倒是贴着一张招收昆曲演员的启事，是手写体，因风吹雨淋，有一半字也看不清了。"

酒庄老板递给我一杯茶，说："作家，你可别小看这位老太太，她可是全国著名的昆曲演员，叫杨纯梅，一辈子唱杜丽娘，二十一岁就获得了梅花奖，奖拿得都手软了。年轻时，那可是风华绝代。在国内外演出了上百部剧目，教出了十余位梅花奖得主。"

"啊？真没看出来。她那么有名，跑到这儿来，不是大材小用了嘛。"

"她之所以到这儿来，是受沁园景点的总经理郑总的多次邀请。说到郑总，我要给你说叨说叨，那可是个神人，你可不要小看我们这些住户，都是郑总挑选出来的，是各行业里懂行的。比如木器店老板，他做的博古架可是一绝，你有空去看那些刻在家具上的花雕就知道他有多牛了。郑总的母亲一直喜欢看杨老师的戏，经常请杨老师到家里做客，据说，两人还拜了干姊妹。郑总开发这个景点后，按照母亲的遗愿，专门高薪请杨老师坐镇民俗馆，让她招昆曲演员来，使游客有戏看。他说，景点，不能没有戏音。有戏，母亲就在。不少年轻的昆曲演员听说享誉国内外的昆曲皇后亲自执教，纷纷报名，只因为现在景点刚开，又加上下雨，演员还没到。杨老师一来，就说她喜欢这个地方，不但保证天天有演出，还要每天给年轻学员授课，使他们从这儿走向全国的舞台。老板说，杨姨，你按你想法办，我全力支持。这杨老太太脾气古怪，从来不跟我们街上人聊天，买东西，买了就走，多余话一句都不说，傲得很。"

人就是这么世俗，包括我，因为是名人，还是其他，反正酒庄老板的话，使我好奇心大增，好想立马去看那老人，但天色已晚，便决定第二天再去拜访。

回到屋里，我打开电脑，搜索杨纯梅的信息，果然铺天盖地。她盛年演的杜丽娘电影网友留言上千条，真担得起刘老板的评价：风华绝代。

第二天上午当我兴致勃勃到了民俗馆，她却不在，守门的老头说她散步去了，也是，雨终于停了，她当然得出去走走了。

我又沿街走了一圈，不时伸头往各店里瞧瞧，也没找见杨老师，心里快快地再次来到民俗馆，大门仍关着，我信步下坡，闻着花香，漫步在乡间小道，心情愉快了许多。

梯田状的油菜花丛层次盎然。雾忽浓忽淡，飘来荡去。小路由各色鹅卵石砌就，倒也不滑。忽然我看到了她，老人在一号观景台前正跑步呢。对了，那下面就是同心湖。我几乎是小跑着奔向她。快到时，有些难为情，为昨天对老人的轻视，今天一下子这么热情，显然不合适，便装出散步的样子，漫不经心地掏出手机，拍了几张油菜花，余光却一直没有离开杨老师。她估摸六十多岁，皮肤白净，身材微胖，举手投足，是有那么一股演员的劲头。比如，她瞧花的神态，摸树叶的动作，就跟我们常人不一样。她穿着红色马甲，里面白色羊绒衫。脖子间，系了一条白色的棉布围巾，神色迷离。与那个我初次见到扫地的妇人，判若两人。

杨老师也许跟我一样待寂寞了，扫遍漫山遍野，就我们俩人。她擦了把汗，走到我跟前，微笑着说："你想拍照吗？我帮你拍。"那声音一听，就是专业演员，既柔又亮，如果你没看她本人，会疑心是小姑娘发出的声音。

我当然求之不得。她照相很认真，每拍完一张，都要端详半天，看完摇摇头，告诉我不要站得太端正，要放松一些，做些动作，比如笑一笑，头歪一下。"不，太板了，像这样。"她说着，伸出兰花指，做了个指花的动作。果然是老戏骨，举手投足都那么让人迷恋，我便说："杨老师，你好美，我给你拍。"

她摆摆手，说："照相是年轻人的事。"

我说："杨老师，我看过你演的电影版昆曲《牡丹亭》，每个镜头，都是一幅移动的仕女图。"

她摆摆手，淡淡地笑道："那都是过去的事儿了。"说着，指着远处的情人桥说："我自到这儿来，还没有上过那桥。"

我试探道："要不，咱们过去瞧瞧？"她点点头。

我刚走了几步，看到脚下亮闪闪的玻璃栈道，腿肚子就发软，再看对面，还有三四百米，想退回。她却说："没事儿，桥稳得很，再说，这景点好多人走呢。"说着，走到前面，拉着我的手，我跟在后面，心扑腾扑腾跳个不停，闭着眼过去后，胳肢窝皆汗。"哈哈哈，快睁开眼，现在过桥了，"她笑声清脆，笑完问我，"你是做什么工作的？"

我说："军人。"

她一双小眼睛睁得老大，嘴唇半张着："军人，胆这么小，还不如我一个老太太。"可能怕我难为情，忙指着旁边一树红花，说："猜猜看，这是什么树？"我说是梅树吧，她摇摇头说："是紫叶桃。那个结了一串串红花的不是桃树，它才是梅树，榆叶梅。还有路边那棵树，你知道是什么吗？"

我望着一棵上面长着几片绿叶和小果子的小树，摇摇头。

"你过来，细细瞧。"我犹豫了一下，怕泥脏了鞋，但又好奇那果子，便小心地踩着田埂，走上前去。"你看，这树是无花果，它的果子跟叶子是一起长的。"她说着，还让我摸摸，"你看这果实累累，好可爱。"

无花果我是第一次见，忙掏出手机。我不是照相，而是悄悄打开搜索软件，想确认一下她说的是否准确。一查，果然一点儿没错。

杨老师不但知道沿途植物的名字，还听得出是哪种鸟在叫，连地里长的卷心菜、芫荽、荠荠菜，都能说出名字，还知道怎么做好吃。这一趟走下来，我感觉自己了解的沁园，好浮皮潦草。原来万物皆有名，按杨老师的话说，皆有自己的气息。

没错，杨老师说的就是气息。

后来，我每天写东西累了，就到民俗馆去玩。我发现原来那个死气沉沉的古宅天天在变，门楣上不但挂上了红灯笼，大门两边还贴了对联，红纸，金粉字：此曲只应天上有，人间能得几回闻。横联：好花枝。原来写着"民俗馆"的木牌子对面又多了一个牌子，上面写着：昆曲园。

原来纸做的招生启事换成了电子屏，不停地来回变换着。院内传出了断断续续的吹拉弹唱声，给寂静的小街增添了一股说不出的韵味。

更吸引我的是门两边的墙上，挂着昆曲《牡丹亭》里大家闺秀杜丽娘的演出剧照，每幅照片下面还配以文字。比如"杜丽娘照镜理妆"的剧照下，写着这样的文字：所谓美人者，以花为貌。"游园的杜丽娘"配的文字则是：所谓美人者，以鸟为声，以月为神，以柳为态。"倚在梅树旁的杜丽娘"配文是：所谓美人者，以柳为态，以玉为骨，以冰雪为肤，以秋水为姿。"读书的杜丽娘"配文是：所谓美人，以诗词为心。最后一张是杜丽娘写真的剧照，下面配的文字则是：所谓美人，以情永生。

不少女孩在剧照前留影，亦有不少跟我一样走进了民俗馆。

杨老师老远看到我，忙招手，把我领到大厅，让我看她布置得怎么样。

大厅摆了十几张长椅，中堂桌上两个大花瓶里插满了山里的野花。堂屋正上方的投影上，循环播放着《牡丹亭》的各个版本的演出片段。杜丽娘们或妩媚，或天真，或典雅，或华贵，或奔放，每个女演员都在演自己理解的杜丽娘，不，或者说，她们都在借杜丽娘演自己的故事。舞台上虽一桌一椅，你却发现在演员眼里充满了万物。杜丽娘摘花，嗅，翻扇合扇时那纤细的手指，自然而美妙。还有水袖，或翻，或投，或拿，或搭肩蒙脸，或上翻下抛，变化多端，我想，也许"长袖善舞"一词就是从演员的水袖中来的。舞台背景的竹子，摇曳多姿，演员的声音听得人心都要化掉了。虽然年代久远，可屏幕上再模糊的画质也挡不住那美。

"我选的她们，都是全中国最好的昆曲演员！演得最好的杜丽娘！好演员的标准，就是台风要好。台风你知道吧，就是扮相、神采、气质和艺术火候的综合，是演员在台上所体现的形与神。刻画人物，就是要表演细腻，水袖甩到什么高度，落到哪儿，都是有讲究的。不恰当，就不美。"杨老师看我很有兴致，便不停地给我解释着。

有人进来，杨老师说："你自己看，我带他们参观下。"

我走进左边房间，墙重新粉刷了，上面镜框里是打印的民俗介绍，还配了很有艺术感的摄影作品。右边房间的墙上挂满了昆曲演出剧照，最中间是汤显祖的画像，围绕他的是昆曲《牡丹亭》剧照中一色的杜丽娘们，下面是每个演员的生活照和简介。

"这是我师姐，她是第一代杜丽娘。我是第二代。"杨老师走了进来，给我一一介绍道，"那个艳光四射的大眼睛的杜丽娘，是第三代，也是我带出的最满意的爱徒，正当盛年。她，美在不羁，观众评论她这个杜丽娘是觉醒的女性。为这事，我跟她争论过好久，我说她把杜丽娘演过了，奔放有余，含蓄不足。一见秀才就笑嘻嘻的，不像大家闺秀。你猜她怎么说，她说杜丽娘是什么样子，只有作者知道，可他死了。老师，我不能照着您的模子演，那就不是我了。艺术贵在创新，更贵在超越，老师，你说是不是？一句话把我噎得够呛，演员嘛，出名了，就有了个性。"

我又把她的简历看了一遍，她的确不简单，都到美国、法国去演出了，风头赛过杨老师当年。

杨老师看我瞧一个三十多岁的杜丽娘，忙说："这个是第四代，我给她起了个外号叫小痴儿，简直跟我年轻时一个样，为了争角色，六亲不认。有一次，为了演杜丽娘，从北京跑到我家，非让我给团长打电话走后门，说，哪怕只让她演十场，然后她就让角色。我说，这事我不干，别说是我的学生，即便是我女儿，我也不能干这事。小痴儿就住到我家里不走，整天给我唱戏，给我做饭，看我腿不好，又不停地给我按摩，搞得我实在没办法，答应试试。她一把抱住我说，老师，演二十场！二十场行不行？女演员在舞台上的日子，是手指头就能数得过来的。那双眼睛，怎么说，反正我拒绝不了。有人爱钱，有人爱权，可一个爱上舞台的女孩子，你能说她不对吗？"杨老师说着，摸着小痴儿那双大大的眼睛，叹息了一声，说："唉，朝也盼，暮也盼，盼着她们成名，成名了，就很少再见到了。"

我把小痴儿的生活照和演出照对比看了半天，不禁道："她一穿上戏装，好像立马换了一个人，这么惊艳。"

杨老师笑着说："那当然，戏装按简简的说法，就是梦的衣裳。简简是我目前收的年龄最小的学生，就是最边上的那个，十六岁。你别看小，也厉害着呢，已把杜丽娘唱到了国家大剧院。那天唱完，她给我打电话说，老师，演出前，我腿就一直打晃。可一上场，我一点儿都不紧张了，为啥？因为我发现观众席上不少观众一直拿着望远镜望我，我就自信满满了。"

"她们现在呀，个个都比我有名，舞台就是这样无情，永远是长江后浪推前浪，我不下去，她们怎能上来？再说，她们一代代把杜丽娘延续下去了，我还有什么不知足的。"

我看着墙上一张张照片，视频上一幕幕表演，忽然好想结识她们。我初进来时，她们只是照片中陌生的人，可现在，听了她们的故事，我忽然感觉她们已走下舞台，仿佛与我同在天街上，我一下子觉得这个小街变得厚重了。

杨老师指着汤显祖的画像说："没有汤显祖，就没有杜丽娘，是汤显祖养活了我和我的姐妹们，不，还有老师们。你好好写，不瞒你说，我读了不少小说，我最喜欢的是《红楼梦》《安娜·卡列尼娜》。你别惊奇，我学戏时，老师就给我说，演戏就要琢磨角色的真实心态。怎么琢磨呢？就得读书。听说你是作家，我问你，你知道《蝴蝶梦》这个戏出处在哪儿？"她指着她几年前演出的一幅剧照问我。我看了剧情介绍，说的是庄子戏妻的故事。此事听说过，却不知确切出处。

杨老师说："这来自《警世通言》里的《庄子休鼓盆成大道》，讲的是庄周修道，归家途中打瞌睡，梦见骷髅一段点化，感慨人生虚无。又见一位寡妇急着摇扇子，把去世的丈夫的坟墓扇干，是为了早早出嫁，更觉世间情薄。为试妻子田氏之心，庄周装死，幻化美少年楚王孙迷惑田氏。果然田氏爱恋王孙，与王孙成亲。王孙头痛，为救他，田氏竟斧劈庄周取其脑髓。庄周在劈斧三响中惊醒，原来是一场梦。我演的就是庄生的妻子田氏。你不能把田氏演得太单一，就是大家认为的那种薄情女人，丈夫刚死，就爱上了别人，你要仔细分析她的心理动因。她跟庄生结婚，并不是真爱，是因为父亲做主，又跟着庄生到深山老林居住。庄生迷道，常年在外，她的情感岂能不失落。所以我演时，演出了她的春心，演出了她对英俊的王孙真正的情意，这样人物就丰满了。"

我说："看来演戏跟写作一个理儿。"

"对呀，"杨老师又指着另外一幅剧照说，"不少昆曲都来自优秀的作品。你看，《白蛇传》也来自《警世通言》，但冯梦龙整理的小说不感人。白娘子痴迷俊俏模样的许仙，贪恋人间。而许仙，留恋的无非是白娘子的美色，又怯懦，又恐惧，只是个平常人，恩爱时柔情蜜意，发现真相时埋怨，逃避，不惜帮助法海把白娘子压到了雷峰塔下，永世不得翻身。后来，经多人改编，《白蛇传》昆曲加上了白蛇为救许仙不顾生命危险盗仙草，怀着身孕水漫金山，还加上了许仙悔改的细节。这样，故事就感人了。所以，是你们作家，成就了我们演员。"

我听得脸一阵红、一阵白，没想到我一个大学文学系毕业的作家，却由一个昆曲演员给我讲戏剧，不，讲文学课。我忙掏出手机，笑着说："我得记下来，平时学得太少。"

可能是我的虚心激起了杨老师的兴致，她把我拉到旁边坐下，如在课堂上给学生讲课般，说："大家为什么爱看《牡丹亭》？因为演得真，演得美。杜丽娘游园时，要强调她是第一次去花园，所以进门时，她要用折扇遮下眼，为啥，因为花园里有阳光，刺眼，这样就突出了她的第一次进园。走步子，要有紧有松，有快有慢。撩裙子的动作，有两次，你不能重复。过门槛，迈腿幅度要大，而遇到地滑，迈腿幅度就要小。同样是翻身，第一次自己翻，可以掌握。第二次跟春香一起翻，就须两人配合。春香已去过花园，在花园她是主动的，但不能喧宾夺主。杜丽娘的睡态要美，梦要演出醉了的感觉。她第一次遇到心中的爱人的神态要把握准，惊喜不能没有，又不能过火。她行路的姿态，用腰的姿态，脸上的肌肉、眼神的运用、害羞的程度，都要细细琢磨，反复练。有时一个抛水袖的动作得练上千次，还不一定做得美。先生给我们上课时，已四十多岁了，个子很高，瘦，可是他演起女人来，那笑，太像个少女了，我就在那一刻迷上了他。哎，就是汤显祖旁边的那位。那同样是一位杜丽娘。"

"迷上了老师？"我说着，朝她诡秘一笑。

她先是嗔怪地瞪了我一眼，把我拉起来，跟她一起朝一位穿着西装的男人照片鞠了一躬，又让我把一束她刚摘的野花放在西装男人剧照、作品集的陈列柜前的花瓶里，说："先生是戏剧大家，他演了一辈子男且，杨玉环、崔莺莺、林黛玉、祝英台等这些闺门旦，他还演过刀马旦。刀马旦你知道不，就是女将。唉，就是这样的。"杨老师说着，指着陈列柜中的一幅穿蟒扎靠、腰别宝剑、头戴翎子的女将剧照说，"这是先生演的百花公主。他经常跟我们讲，杜丽娘做梦要表演得有层次。做梦是一层次。醒了，还在梦里，是第二层次。从梦里回到现实，是第三层次。从现实回想梦里，是第四层次。此时虽然没有台词，但是音乐很美，配合着梦，往前走几步，好像柳梦梅出现了，她很难为情，想到刚才两人欢会的情景。往下一看，在家里，她失望，一个跟跑好无奈，这就把人物的心情表达出来了。《惊梦》中的"山坡羊"唱到"迁延"，下蹲动作，转身停顿，反过来一个水袖，脚放好了，眼睛要看着观众，不能斜视，然后下去，起来要往右边走。再下去起来时要往左边来，不能夸张，否则就难看了。小生碰她肩膀时，要有感觉，因为她从来没接触过男人，碰到书生既难为情，又半推半就。她走到他面前，要羞涩地转，下场时还不能放松，看着他，不舍得下。"

　　我们走到大厅里，她指着屏幕上，说："现在唱的这出叫《写真》。杜丽娘游园回来，怎么进入写真的环节呢？你看，戏是这么转的。杜丽娘病了，春香说她瘦了，·杜丽娘就要照镜子。不能直接拿上镜子就照，要曲折，先是春香拿着镜子，杜丽娘看了一眼镜中的自己，愣了一下，要镜子。春香不敢拿镜子给小姐，怕她难过。杜丽娘还是接过镜子，站起来，往前冲了一步，又照，后退。为啥？不相信自己瘦得那么厉害呀，又拿起镜子照。她在病中，要表现出她拿镜子时的虚弱，这样就抓住了观众。她看清自己的脸后，一下子呆了，停顿，又看镜子，伏在桌上哭了。为啥？发现自己瘦了，所以才想把美画下来。"

　　"是不是就顺利地接上来了？"

　　我点点头，说："好细致，我们写小说把这叫衔接。"

"对呀对呀，你再看她画像的过程也要处理好。我认为她画的是工笔，作为演员，你心里要有数，不能随便拿笔胡抹几下，要像真画一样。为这，我还专门请教过多位画家。先铺纸、压纸，再擦镜子，对着镜中人淡扫轻描。唱到'描进'顿下来，再看镜子的自己。看了以后，要带着笑，一手拿着镜子，还要欣赏，画嘴，画眉毛。画头发时，动作稍微大些，手指头发，眼睛要看画，感觉画得不够，又加一点，把笔放下。'个中人全在秋波妙'，杜丽娘认为眼睛很重要。人画好了，她忽然想到手里该拈着青梅，因为寻梦时她看到后花园梅树上梅子累累，非常可爱。要体现她身材美，你就不能让她直直地站着，要倚在湖山石边。为什么？因为她在梦境时，和年轻的书生两个人就在湖山石边欢会。她又画树，她要把她梦中的情景全部画下来。画完，又看了一遍，感觉好像少了一点儿东西，她边走边想，于是添了芭蕉。画完了，她有个小挪步，因为她是病人，体力不支，步态稍有些踉跄。画完，她拿起画，吹了吹，因为墨没干。然后一个腾步，累了，叫春香让花郎找店家细致地装裱好，因为这是她的心血之作，寄托了她所有的梦想。当她画完，告诉春香她梦里有个人，春香问是长什么样子。她回答那人年可弱冠，风姿俊雅，手持柳枝，让她题诗。春香问她题了没有，问得很紧，她不得不说，'后来那书生向俺说了几句知心的话儿'。说到这儿时，杜丽娘双手抱肩，巧妙地把'抱'字用动作说了出来。这样既把她的秘密告诉了理解她的春香，又表现出了少女的害羞，是不是这样处理更妙？你是作家，最有发言权了。好了，我们再接着往下看。春香因为看到她做了抱的动作，要打趣她时，她忽然说是'梦'，是不是故事有了波折？然后三个害羞转向的动作，就把青春少女的形象跃然呈现在了观众的眼前。在这演的过程中，要强调她的身体不支，为后来的生病做铺垫。"

杨老师看我不懂，又拿起桌上的一把折扇，做起示范来。她的一立、一坐、一挥袖、一展卷、一投足、一握管，形随音转，身段娴熟，蓄势而传神，吐字板眼清新、含而不露。

搞得我晚上做梦找了一夜的湖山石、牡丹亭，醒来发现自己仍住在散发着甲醛的异乡宾馆里。

4

我上网查了五代杜丽娘们的相关介绍，又分别观看了她们演的《牡丹亭》。第二天吃过早饭，到民俗馆找到了杨老师，告诉她我感觉世界好像一下子给我打开了另外一扇门，这扇门让我好奇又醉心，我没想到昆曲这么有意思。

杨老师正在擦拭剧照上的镜框，一听我说，腾的一声从椅子上跳下来，差点摔倒。我忙扶住，她却睁大眼睛说："你看的是哪个版本，谁唱得好？快，说说你的感受。"说着，掏出纸巾拭了下椅子，让我坐下，又给我沏了茶，然后就目不转睛地看着我。

"我先看了现在活跃在舞台上的年轻旦角的戏，虽然她漂亮，却不打动我。觉得把个思春情炽的杜丽娘演拘谨了。而你师姐演的杜丽娘，很古典，举手投足，都像一首诗。你的爱徒演的杜丽娘，真是一个觉醒女性，即便《离魂》，可能因为有来生的希望，虽忧伤，可让人并不悲观。而杨老师你演的杜丽娘眼里，能看到青春生命的亮光。比如唱到'蓦地'轻抬头，'游春转'左手自右前方开始，波浪式小弧形平拖至左，亮眼神的加入，很有喜意。还有落扇，我对照了全国好几个著名昆曲演员的处理，有人啪地把扇扔在地上，结果下去时忘了拾扇。因为她那场，春香没再出场。有的将扇落地，不仔细看，还没发现，而你将折扇缓缓落地，那节奏掌握好妙。你的每一个唱腔、每一个体态、每一个眼波流转，里面都有深厚的历史传统，又包含着个人不断的琢磨与丰富的感悟。进到花园里，如少女样左看右看，有阵小碎步，慢慢地像蝴蝶一样飞上去，然后一个小顿步，靠在牡丹亭上，然后往右方看花，眼神里全是戏。拿掉垂杨线的动作，既调皮又优美。然后回过头来，看到一串串榆钱去摘的那动作，要是画家画下来，肯定得奖。梦到秀才时，我感觉你不是在舞台上，就在一个大花园里，身边真有个秀才柳梦梅。你学秀才走路，他靠你肩膀时的慌乱，你演出了那种甜蜜与羞涩。唱到'做意儿周旋'时，动作好缠绵。梦醒后，无力地倚在梅树上，像靠在秀才身上。看到这儿，我眼角湿了。杜丽娘离开花园时，一步三回头，你戏做得好足，让人回味无穷。"

"哎呀，不愧是作家，观察得好细，我自到这儿来，还没人这么仔细地跟我说昆曲，好高兴，我以为现在的年轻人都不爱看昆曲了。你看多了，就知道我们五代杜丽娘，各有特色，每个人都无法替代，每个人都代表了一个时代的审美追求。"

一听这话，我眼睛一亮，说："杨老师，你们五代杜丽娘要是同台演《牡丹亭》，肯定棒。一出戏，既有老演员的炉火纯青，又有年轻演员的青春靓丽，观众各取所需，如果演好了，说不定能引起昆曲界轰动。不，也许全国轰动、世界瞩目呢。"

"这个主意好，这个主意妙，这个主意我相信我们五代杜丽娘完全支持。快喝点水，我记下来，人老了，忘性就大。五代杜丽娘，同台演出，多么棒的主意呀，我怎么就没有想到呢？师姐、爱徒、小痴儿……你们这些坏蛋一个都不能少。"杨老师说着，找了半天，最后拿起旁边的一张报纸，戴起老花镜，在空白处写起来。老花镜架到鼻梁上的样子，鼓着嘴，一笔一画地写字，好萌。

"你师姐人静，戏净，身段好。可惜视频里只有她早年的两出戏，她唱得那么好，为什么激流勇退？这么多年，再也没有她消息，你是她师妹，想必最清楚。"我迫不及待地问。

她合上笔，却没回答我的问题，喃喃自语道："我老了，也胖了，可我照样演出。十年前，我还唱了不少戏，《烂柯山》中的崔氏，《蝴蝶梦》中的田氏，可我最喜欢唱的还是《牡丹亭》。我们唱昆曲的，不唱《牡丹亭》，就感觉没有唱到昆曲的巅峰。不唱一次杜丽娘，就感觉不是昆曲名旦。谁不爱少女时，谁不恋青春？演员，只有在舞台上，才能找到自己的人生价值。师姐她这个人，怎么说呢，聪明伶俐，天生的好演员。这次一定要叫她来，我们都老了，说不上哪天就再也站不起来了，不能留下遗憾。对了，你这几天看了那么多昆曲，你说，我跟我师姐，谁唱得好？说真话。"

"你们都用自己一生的体会在演绎着心目中的杜丽娘，难分伯仲。"

"你这话我爱听，虽然我知道这话里有水分。"杨老师虽如此说，还是高兴得眼睛都眯成了一条线，"我师姐最大，七十六岁了。我最小的学生十六岁，这样的组合一定很有意思。我少说唱了四五百出杜丽娘，可每一次，都有新的感觉。我的爱徒，演出正盛时，却去了美国，学什么企业管理。我知道后，连哭带骂，骂了她整整一上午：'多少优秀的昆曲演员，因为年龄、声带等原因上不了舞台，不知多羡慕在台上的。可你倒好，正是黄金时期，却放弃了舞台，要是走了，我就不认你这个学生了。'可她就是犟脾气，我再怎么说也改变不了她。她出国时到我家来告别，我连门都没让进，只隔着门丢了一句：'叛徒！'她走后，我哭了好几天。为了教她唱戏，她哭过，恨过我，可得了奖后，兴奋地抱着我直哭。四年前，她终于回国了，跑到我家里，给我说：'老师，我离不开舞台，钱再多，可心里是空的，我找不到自己。'后来就频频演出，据说档期都排不开。我看了她最近的几场演出，可以说炉火纯青。还有小痴儿，这个戏疯子，跟我一样，戏痴，现在快三十了，恋爱老谈不成。给你说个真事，有次别人给她介绍了一个博士，学软件开发的，模样、个头都不错，我以为这次八九不离十了。可你猜怎么着，俩人第一次约会，在饭桌上，她问人家小伙子知道杜丽娘是谁不？小伙子说是不是一个流行歌手？她立马把饭桌推翻了，扭头就走。她现在风头正健，我告诉她，我还有许多戏没有教她呢，让她唱每一出戏，都要认认真真演，出名易，保名难。还有最小的简简，来了你就知道了，她扮相美，身段不错，唱腔嫩，缺的是舞台经验，跟师奶奶师阿姨师姐们学戏，她肯定高兴得很。不足是贪玩，才十六岁嘛，每次排练，我都得哄着，敲打着。我说：'简简，别看你到国家大剧院演出过，可这不代表你就是杜丽娘，只是因为你年轻，青春饭不能吃一辈子，要长久在舞台上，还得靠本事。'她抱着我说：'老师，知道了，知道了。'

"哎，不跑题了，说正事。我这人想到就做。"杨老师说着，掏出手机马上给景区郑总打电话，还不时地重复着对方的话，"你说，请她们，一切费用你全包了？啊，好的，好的，谢谢郑总支持，我马上联系，马上联系，你放心，这事我一定要搞成。"放下电话，她激动地说："郑总说这些名演员一来，肯定就带活了景点旅游。毕竟这个新景点，还没多少人知道。他说，他要加紧修路，增加人文景观，请更多的高人来出谋划策。他还说我们五代杜丽娘同台演出时间定在十一，那时游客多，说不定一炮就打响了。哎哟，只有半年时间了，我是不是有些太急了？心老跳个不停。你看，我就这个脾气，从小就这样，我妈说着急吃不了热豆腐，可我都老了，还改不了这脾气。哈哈。"

"你是担心她们能不能来？她们不是你的师姐，就是你的学生，肯定能来。再说，沁园风景还是很美的。"

"你既然那么爱听戏，爱听她们的故事，就搬来跟我一起住，刚好也帮我出出主意。这个活动要办好，就须想细，必得让她们没理由拒绝。"她说着，朝大厅四周瞧了一下，说，"还有这所老宅子，要发挥它的作用。你看那戏台，有几百年历史了，好演员还没在台上站过呢。还有，我带你到后花园看看，你就知道里面有多美，咱们是不是也像杜丽娘一样，来个游园？"她说着，又笑说，"我是老年的杜丽娘。"

后院除东西两侧几间厢房外，中间有个小花园，一石桌，四石椅，刚下过雨，桌椅上还泛着水光。几丛山茶，开着粉色的花。还有一小片草坪，绿茵茵的。两棵芭蕉树，叶子肥绿。还有几株梅树，倚在墙角，枝条秀美，远远看去，好似粉墙上的一幅图。

"不错吧，在市里我有套四居室，在八层，我一点儿都不喜欢。到这儿，我第一眼瞧上的就是院里的戏台子。第二眼看到这花园，就不想走了。"杨老师说，"你看，天再热些，咱们坐到这花园里，喝着茶，听着戏，多美。现在，前院除了看门人和器乐班几个老师，就我一个人住这后花园，晚上还是有些冷清。"

我还在犹豫。杨老师又说："房子，跟人一样，太孤单了，易生病。来吧，咱娘儿俩说说话，我一个人在这儿待久了，都感觉要发疯了。"

一听"娘儿俩"，我马上说："好的，我明天搬来。"

"现在就搬，我跟你一起去。整天到外面吃，也不干净，我给你做好吃的，我们南方人，可会做菜了。你要是喜欢昆曲，我就给你讲讲戏和人。只要你了解了它，就知道它有多美。真的，我敢保证，你迷上了它，再想要摆脱，可就难了。"

5

我跟杨老师住在一起后的第一件事，就是动员我每天跟她跑步。

我说："跑不动，现在部队抓得紧，又是射击，又是考体能，许多年轻人身体都吃不消，纷纷转业。我都四十岁了，还要跑三公里，现在好想跟同龄人一样，选择自由职业，周游世界，睡到自然醒，过没人管的自由日子。"

杨老师看了我半天，好像不认识我似的，问："你这么年轻，就不想干了？你爱部队吗？"我说："当然！从十六岁参军，到现在二十多年了，怎么舍得离开！只是现在部队训练特严，身体有些吃不消，比如说这长跑，简直要命。"

"那就走，跟我这老太太去跑步。天天跑，我就不信跑不过。"

我还在犹豫，她一把把我从床上拽起来，又是给我递衣服，又是帮我梳头，嘴上还不停："坚持跑步以后，你就知道好处有多少了。"

当我气喘吁吁地跑了一公里，无力地坐在路边椅子上时，她说："不错，不错，以后咱们每天跑，你一定会考及格的。对了，我刚才又想五代演出的事，不能全剧演，我跟师姐身体吃不消，年轻的演员又撑不起。"

我擦着汗，喘着气说："我意见也是，就演到杜丽娘离魂结束。"

"太好了，我也这么想。"杨老师一把拉住我说，"从《游园》《惊梦》《寻梦》《写真》到《离魂》，基本都是独角戏，没有闹腾的枝节相扰，很考验演员的唱念做打。虽然《离魂》悲伤，但杜丽娘离世后，马上出现她金蝉脱壳后复生的特写，这样既忠实于原著，又为后来的重生做了伏笔，还给人希望。柳梦梅我让我最近招的一名学生演，最近她迷上了演小生。她那风流俊俏样，很适合，正愁没舞台上呢。哈哈，六个女人，这出戏肯定精彩。不，七个，还有春香，刚好七仙女，美花枝。这么一来，学生肯定越来越多。"

"光在景点打广告不行，我给你在朋友圈上发帖子，我有艺术界的朋友圈，全放上去。"

"好呀，好呀，学生越多越好。不上舞台，我就越来越想带学生。教学，也是一种享受。我纯是热爱，不收钱，没儿没女，我要钱干吗。"杨老师顿了顿，又说，"对了，再加上一条，边学边演，选优秀的学生当主角。她们肯定喜欢。"

我忙按她的意思做了修改。

我说："发吧？"

她闭着眼睛想了一下，说："我再想想，我再想想，得细点。对了，加这么一条，三个月可以学好折子戏，一年争取唱全戏。走，回家细说。"

屋内比外面还冷，我们就坐在床上盖着被子说。先是躺着，说到兴奋处，干脆爬起来，倚在床头又兴奋地说。窗外小鸟不停地欢叫着，好像也赞成着我们的策划。

"同台演出的事，我越想越兴奋，比我第一次上台还有激情。你快给我量下血压，是不是增高了？"杨老师说着，拿出血压器。还别说，真的。比往常高一点。

"没事儿，没事儿。"杨老师说到她第一次演出盛况，很是愉悦，道，"那时我二十岁，有一阵儿，光收到观众信就收了四十多封。有一个人，自称是个大学生，坐到我们剧团门口不走，非要看我卸了妆后的面容。看到我出来，一把抱住我说，如果我不跟他结婚，他就杀了我。说着，还拿出了刀子。要不是我老师提着椅子出来，不知要出什么事呢。"

"能想象到，那杨老师你找的爱人一定很帅了？"

杨老师递给我一只芒果说："他是挺帅，但我儿子一岁时，他就离开了我，说我心里只有戏。年轻时，我恨他，现在我好后悔，那时不懂生活，只想着上台。后来爱人走后，我把儿子送到妈妈家，就住到单位，吃食堂。说实话，儿子长到十八岁，一直到走，我都没给他做过一顿像样的饭。他最爱吃糖醋鱼了，可我没有给他做过。我活了大半辈子，一直爱戏，老天也没亏待我，我得了戏剧最高奖，到国内外多次演出，可以说功成名就。可最近，可能年纪大了，老在想，值得吗？时有后悔，可一听到笛声，听到鼓响，马上又觉得在昆曲中生活，这样的一生过得值。你不能理解，爱上昆曲，就像吃了鸦片，欲罢不能。"

我说："杨老师，你能否给我唱一出《牡丹亭》？那些视频音频，都是过去的，不过瘾，哪怕就一折，也就三四十分钟嘛，求求你了，杨老师。"

她摇摇头说："老了，不好看。唱戏，还是年轻人唱，有看点。"

我说："看戏看门道，我也人到中年了，我要真正体会一个爱了昆曲五十年的艺术家的风采，我要写你们昆曲演员的小说，现场连一折都没听过，怕写不出那味道。"

老人眼睛一亮，马上又暗淡了，说："等我的师姐爱徒们来了，给你表演，她们一个比一个唱得好。"

"杨老师，我就想听你的戏。总感觉屏幕上的那个杨老师离我好远，而你又在咫尺，我当然要亲眼领略昆曲之美、名伶之美了。"

她想了想，说："那这样，我想一想。好了，睡吧。"

第二天天一亮，我又求杨老师，她半天才说："好吧，我就豁出去了，反正年纪大了，脸皮厚了。"说着，像个少女似的，歪着头，做了一个含羞的表情。她这么一个动作，让我心情大好，原来人有颗少女心，是多么弥足珍贵。

我以为她会随便唱一折，她却说要唱就按正式演出来，也就是说要彩唱。小锣可以不要，笛子必有。然后她又说，晚上不惊动别人，在院子悄悄唱，让酒店刘老板笛子伴奏，他人和气，不怕他笑话。

我以为她要唱《牡丹亭·游园》中有名的"皂罗袍"，她却说唱

《寻梦》。我嘴上说"好呀，好呀"，可在我有限的阅读和观剧记忆里，《寻梦》除了伤感，好像没太多印象。但是杨老师能开口，我已经知足了。她说："这出戏不长，半小时左右，但因为是独角戏，很考验演员的功力，你给我完整地录一下，我要看看我每一个动作是不是准确又美。"

晚上，我说咱们到麻辣风情去吃饭，她说演出前她不会去外面吃饭，在家里也只是喝点稀粥，保持身体与心灵清爽，这样演戏才更有效果。

我要了碗清汤面，让饭店的小姑娘一会儿到民俗馆来看戏，路过时，又悄悄告诉了邀请我到沁园来创作的书院院长，让她找几个爱看戏的人，装作无意间串门。我想谁唱戏，都喜欢有人看。到民俗馆时，离唱戏的时间还有一小时，我想帮杨老师的忙，看门人却说："你不要去，杨老师和化妆师两小时前就化妆了，她上场前，外人一律不见。她演出前半小时就守在舞台口了，不坐，怕弄折了戏服。她让咱们像真正的观众一样，坐在下面看戏。不，给她挑毛病。她说好久没上舞台了，心里没底。前不久，有关部门为保留资料录过一次《牡丹亭》，她看了录像后很伤心，说扮相太差，不能放。年纪大了，尤其对旦角来说，很残酷，这次她要在吊眉勒头缠好水纱后，把面部皮肤松弛的地方，比如眼袋，或其他地方，都要用透明胶布绷起来。"

守门人说着，端来一个火盆，解释说这是杨老师让准备的，说北方人不习惯南方的冷。虽是春天了，南方的晚上还有些凉，好在有火盆，还不冷。离演出还有半小时时，酒庄刘老板进来了，还没坐下，木器坊老板也推门而入。刘老板递给他一支烟后，边掏摸提来的水果和干果边对我说："我跟杨老师认识得最早，却托了你的福，才能看她的戏。"说完，拿着他的笛子，一会儿擦，一会儿试音。胖胖的木器店老板吸了一口烟后说："要演戏？谁演？我本无聊，又没地儿去，想到这儿跟你们打牌的。谁想遇上了唱戏，真不错。"他说得像真的一样，我敢肯定他知道杨老师今晚要唱戏，那么谁告诉他的呢？肯定是酒庄老板。杨老师一向高傲，她不会告诉别人。这时，书院经理带着咖啡店和"村姑的小可爱店"几个姑娘小伙儿也进来了。我朝他们感激一笑，酒店老板说："来来来，吃水果，年轻人喜欢看戏，这是好事呀。今晚天总算争气，没下雨，如果一夜不下，估计明天就有游客上山了。好了，我去忙了。对了，我还找了个敲小锣的，既然杨老师这么认真，咱们也要尽心为她服务，对不对？"我意味深长地看了他一眼，他脸一红，扭头就走。

不一会儿，一阵悠扬的笛声响起，我发现戏台上的幕布下有脚步移动，想着，肯定是杨老师站到幕后了。

果然，随着戏音声起，杨老师袅袅婷婷地走了出来，开始唱"最撩人春色是今年"。

后面的小姑娘马上说："嗓子真好。"

"别说话，看戏。"旁边一个小伙子制止道。

"他兴心儿紧咽咽，呜着咱香肩。俺可也慢掂掂，做意儿周旋。等闲间，把一个照人儿昏善，这般形现，那般软绵。"唱到这儿时，杨老师的表情，可以说，简直就是少女样，我们都不敢相信台上那是一个将近七十岁的老人，而唱到"忒一片撒花心的红影儿吊将来半天。敢是咱梦魂儿厮缠？"，那失落的心情，又让人伤心。

《寻梦》中杜丽娘的情感有个分水岭，前半部分重温旧梦，后半部分怅惘失落，体现这一分水岭的道具全在她手中的一把折扇，杨老师唱"江儿水"前有一个丢掉扇子的动作，之后思想感情就全变了，失望以至于绝望。

当她唱到"难道我再到这亭园，则挣的个长眠和短眠"时，我听到身后有啜泣声，原来是书院经理，咖啡店小姑娘也在抹眼泪。这时，我

105

才发现门后站满了观众，几乎是天街集体出动，大家齐声鼓掌。

一个耳朵上挂着耳环的小伙子说："唉，要是杨奶奶再年轻些就好了。"

看门人摇着手说："杨老师这一辈子不容易呀，孤身一人，只有戏，是她的一切，是她的命根子。她给我讲过，她小时候学戏吃了很多苦。冬天，在房间里练功，手生了冻疮也得咬牙拿大顶；夏天练功，戏服舍不得穿，就把旧衣服改做"戏服"套在身上，汗水湿透了"戏服"，第二天还没干就得继续穿上；唱戏要勒头，一勒头就头晕呕吐，为了锻炼自己，她就勒着头睡觉。"

"明白了，看戏，看戏。"后面一个瓮声瓮气的声音不耐烦地打断了守门人的解释。

我边看着舞台上的杨老师，边想着她给我讲的学戏生涯。

她说年轻时向先生求教，先生发现她只专注学戏，对外界一点也不留心，便告诉她，要从大自然中体会美，这样心中有物了，表演时眼中才不会空洞无物。

大约是受教于这样名师的指点，我在杨老师的杜丽娘眼眸之间，窥到了撩人的春色、湖山石边的欢会、垂杨线的牵绊、大梅树的累累可人……我才明白，《寻梦》妙在对梦的回忆，对梦的模拟，以及梦醒后的失望。

杨老师刚一唱完，旁边就有年轻人说："再来一出，杨奶奶，再来一出。我还没看够呢。"

我说："老人年纪大了，让她歇歇。"

站在舞台上谢幕的杨老师却说："好的，好的，那我再接着把《写真》唱完。"

不知是有人告诉了景区郑总，还是戏声引来了他，要唱《写真》时，他进来了，还带着十几个领导模样的人。杨老师一演完，他就跑到后台说："杨老师，我把你请来，看来对了。你这一上台，我就知道我的好日子要来了。"

听到她咳嗽，看她穿着单薄的戏衣，我忙把大衣披到她身上。

可惜老了，唱得力不从心了。杨老师扶着我，走回房间。

"说实话，杨老师，跟你五十岁时唱的《牡丹亭》电影版相比较，我还是觉得现在更有味。"

回到房间，杨老师坐下后，也不换衣服，说："你是安慰我，肯定年轻时美呀。跟你一般大的年纪，我浑身有使不完的劲儿，把我儿子往妈妈家一丢，就排戏去了，就因为老排练，我跟我丈夫感情淡了，离了婚。儿子走后，我就明白了，我这种人不适合结婚生子。我师姐离开时，我大哭了一场，我就想不明白，她出身书香门第、学养深、扮相好、身材好，演技更是出神入化，为什么说放下就能放下？我曾多次在不同场合跟人说，在新中国昆曲界，我最服的就是我这个师姐。我比她有名气，是因为我吃尽了苦头，老天才给我做了这些补偿。连先生都说，老天爷是被我的精神感动了。我第一次上台，是跟先生上台，我演春香，激动得一夜都没睡着，起来看了好几次表。先生那个气质呀，你简直学一辈子也学不出那味道来。先生跟我讲，舞台小，上台的位置，把握好，至关重要。有些演员唱戏时，两人都在一条线上，就不美，最好两人在对角线上，既能体现出两人的层次，又不挡对方。还能互相照应。"

只要说到戏，我就知道她停不住了，看她也不换衣服，我忙打开我给她新买的电暖器，又倒了一杯热茶。

她喝完，看我不停地在本子上记，又说："先生说，演员眼神，不能直呆呆的。就是说眼中要有货，要代表人物每时每刻的心理变化，不能空荡荡的。还要理解唱词的意思，比如'惜花疼煞小金铃'，小金铃是什么，你得弄明白，才能演出这种效果来。有些人说，'金铃'是指过去大家小姐腿上系的小铃，一走就响。我查了书，《开元天宝遗事》中说，小金铃系于花梢上，每有鸟鹊飞来，园吏拉铃惊鸟。为惜花，常常拉铃，连小金铃都被拉疼了，可见其何等惜花。我再对照上一句'踏草怕泥新绣袜'，从曲文对仗来看，以鞋对袜，最见工整，'疼煞'的形容也才贴切。但要拿身段的对衬来讲，上句'绣袜'指脚下，下句'金铃'应指树上，这样表演时，我眼睛就朝向花间瞧。当时舞台上地毯小，为了显出先生，我站在边上，结果，地毯打折了，把我绊倒了。那可是我第一次上台呀，一下子眼泪就出来了。先生却不慌不忙地马上加戏，春香，路滑吧。我忙说，小姐呀，是青苔绊到我了。观众以为是我们新加的戏，一点儿都没看出破绽。先生天生就是为舞台而生的，他给我说，纯梅呀，我告诉你，为什么那么多漂亮的女演员，我只选了你？一个字，痴。痴是成功的前提。老师会等到你大红大紫的那一天的，一定的，好好演。到那时，你得给老师买瓶酒，老师只喝茅台。后来我出名了，可我最满意的是我三十二岁时演的《游园惊梦》，现在只有剧照，要是有录像就好了。那时，我青春年华，好想让先生坐在观众席最佳位置，一一看完，然后笑得眼睛都没缝了，说，小家伙，快给我买酒去。可是他没等到那一天就走了。走时，六十出头。比我现在还小。"

杨老师说到这儿，忽然咳嗽起来。我忙帮她把戏服换了，穿上毛衣和羽绒背心，让她坐舒服了，递给她热毛巾，她摆摆手，用手拭去眼泪，说："先生平时可严肃了，教戏从来不笑，但当我们掌握了一个动作后，他就拉着我跟师姐的手说，走，老师给你们买好吃的，想吃什么，随便点。那时，有什么好吃的，小孩子家家的，最爱吃的是雪糕、汽水、桃酥、饼干什么的。对了，我最爱吃杨桃，他就给我买黄黄的大杨桃，然后看着我吃。我说，先生，你别看嘛。他偎着头，双手交叉抱着肩，说，快吃，吃完再吃一个。这个时候，学戏的一切累都不在话下了。为了让先生高兴，我跟师姐比看谁先背会台词，看谁先学会一出戏，看谁得到先生的表扬最多。我把先生对我跟师姐的表扬全记在本子上，我比师姐多，我就高兴。我比师姐少，我也不难过，就悄悄地看着她学艺。师姐从来不防我，她说，我被你感动了，要学，就大大方方学。"

我拉开被子，把一只热水袋放到杨老师被窝里，她说："你妈妈有你这个好女儿，好幸福。"

但事实却是妈妈生病时，我在部队，去世时，连面都没见上。

"被窝好热，你看，我生活能力多差，可能人老了，总感觉晚上被窝冷，却从没想起买个热水袋，谢谢你。我师姐老说我是个生活中的低能儿。她在时，就一直照顾我。有次我们到外地演出，一泡尿憋得我一下车，就四处找厕所。看到一个厕所就往里冲，师姐在外面连喊，纯梅，那是男厕所，我说我顾不得了，你赶紧给我挡住外面。这样的事，太多了。"

"杨老师，你跟师姐合作过多次吧。"

"当然了，最难忘的是第一次。"杨老师说着，又跳下床，从桌子抽屉里拿出影集指着一张黑白演出剧照给我看，照片上写的是一九八五年夏。

"那时，我演春香，师姐，当然演杜丽娘了。"

"你们好年轻呀。"

"那时，师姐三十出头，我二十三岁，刚结婚。结婚那天，我们团加班排《牡丹亭》整本戏，第二天要彩排，我跟丈夫商量不请假了，晚上在家炒几个菜请几个朋友吃顿饭就行了。晚上下班时，我买了一大堆熟肉准备叫师姐到家吃饭。大家都走光了，我也没找到她，最后在排练厅看到她一个人在排练。一会儿演杜丽娘，一会儿扮春香，我忙放下东西，说，小姐我来了。

"师姐摸着我的头发，说，呆子，快回家去，否则你丈夫要骂我不近情理了。

"我说不理他，他连这个都不能理解，还配当我丈夫吗？那时家里也没电话，我也没想那么多，跟着师姐把整部戏走完，才走出排练厅。

"师姐帮我提着肉说，好香呀，馋死我了。看来，戏不能当饭吃呀，都快饿死了。

"我说，当然能呀。就是因为唱戏，我有了工资，有了房子，有了名气嘛。要不，我还是大别山里一个农村女孩子哩，缺衣少吃的。打开，咱们吃点。

"那怎么行？得跟你爱人一起吃。呀，都九点多了，快走。师姐个子小，体重还不到一百斤，蹬着自行车，带着体重一百二十斤、身高一米六八的我。看着她弓着背，使劲蹬着车轮，我就坐不住了，要跳下来带师姐。她说今天是你少女的最后一晚了，让我再送送你。感动得我伏在她背上，想流泪。那晚，月亮又圆又大。微风吹到脸上，特别舒服。行人没几个，偶然几辆车路过，好像整个大街都是我俩的。师姐说，梅梅，我们对一下戏，《游园》中的那'好姐姐'怎么样？按说这出戏也唱了十几场了，我怎么还这么没底，总害怕出错，咱们整天排，不就是等在舞台上亮相的那一天吗？

"我说：好呀好呀。

"师姐清清嗓子唱道：遍青山啼红了杜鹃，那荼蘼外烟丝醉软。春香呵，牡丹虽好，他春归怎占的先？

"我马上接道：成对儿莺燕呵。

"师姐说，声音不甜，要把欢快的情绪表达出来。

"我忙又唱了一遍，然后我们合唱：闲凝眄，兀生生燕语明如剪，听呖呖莺歌溜的圆。

"师姐仍不满意，说，唱的要真的听到燕子、黄莺的叫声。这样，周末，我带你到百鸟园听听鸟叫声，你就更有体会了。还有，刚才排练时，出花园门的位置你记错了。进门时是在左侧靠近舞台的三分之一处你抬的脚，你就不能出门时在舞台三分之二处抬脚。舞台虽然看不到，但咱当演员的心里要有数。

"谢谢师姐，我说着，头靠在她的后背上，感觉好温暖。她手伸到后面，拍拍我的肩说，梅梅，咱们好好唱戏，唱它一辈子。

"我敢说，那个春天的晚上连空气好像都是甜丝丝的。当我提着肉和师姐拿着花了一个月工资送我的上面绣着大牡丹的绸被面回到家时，一桌子菜也没动，空酒瓶满地都是，我的丈夫不知去向。

"师姐说，完了，是我害了你。

"我说，别理他，走了一辈子别回来才好呢。一个男人这么小心眼，我才不稀罕呢。在我再三劝说下，师姐吃了几口饭，就让我跟她一起去找我爱人，我说，师姐，别理他，我们继续练戏。咱不能给团里丢脸。"

"你丈夫……"我试探着问。

杨老师喝了一口水，说："他是个小科长，当天晚上倒是回来了，我赶紧按师姐教我的，给他倒洗脚水，赔礼。说实话，我还是想当一个好妻子的，学做饭，带孩子。可是不由我，心老往戏上跑，其他事就心不在焉了。我把豆腐丝当成面条下到锅里，把醋当油倒进锅里是常事。给儿子开家长会还睡着了。端菜，满地都是菜渍。洗衣服，经常少洗一只袜子。我有愧，可我就是不能把两件事都做好，没得办法，人笨嘛。我能背出一百多部戏的台词，却记不住儿子上学每周的课表。我能琢磨出角色无数种细微表情，却没发觉丈夫的心已留在别的女人身上了。他是个机关小科长，以自我为中心，家务活儿啥都不干，人不坏，只是我们不是一个道上的人。"

说着，杨老师把目光望向窗外，半天又说："我脑子一根筋，台上台下没分清，可是谁又能分得清呢？听说师姐现在后悔自己唱戏没坚持下去。后悔有什么用，世上哪有后悔药可买。"

"多少年过去了，那晚她骑着自行车带着我唱戏的情景，我永远也忘不了。她不时地扭腰伸胳膊做动作，自行车差点骑到了河里，现在好像还在我眼前浮现。可那样的时刻毕竟很少。她不走，我当不了主角。她走了，我老梦见她。人就是这样，好矛盾。

"师姐一走，我的好事就来了，一个有名的电影导演到团里来拍电影版的《牡丹亭》，团里让我们三个演员去试镜，我当时自信得很。那时我四十八，身材也好，脸上也没皱纹，一试镜大家都叫好。儿子刚考上戏剧学院，说请几个朋友吃饭为他助兴，我没陪他，因为拍摄任务紧，要赶在元旦公映，结果，他喝多了，出门遇上了车祸。从那以后，我就整宿睡不着觉，一闭眼，眼前全是他血糊糊的样子。小时候，我带着他到排练场，他可喜欢唱戏了。他长得俊，老说自己要演柳梦梅，让我别老，等着他长大，跟我配戏。我每天以泪洗面，要吃药才能睡着。可能是激素使我发胖，等我醒悟后，已经晚了，我尝试过一天只吃一顿饭，不吃肉，不吃主食，跑五公里，每周游三次泳，吸脂、塑身，可身材再也恢复不了原样啦。想起我儿子出事前，我还不到六十公斤。怎么办？光哭也没用呀，戏还得唱，其他我也不会。你看窗前这株黄玉兰开了差不多两周了吧，我每天都看它，拍照，虽然花苞散了，色泽淡了，可它精气神还在。只要看到它，就感觉日子还蛮有希望过下去的。昆曲相伴我五十余年，是我生活中最重要的一部分，它给我养家糊口的饭碗，给我精神上的陶醉，给我一定的社会地位，拥有那么多的观众，虽然它不会让我大红大紫，但它给我一生的支撑和陶醉。只要我还能动，还能演，演到八十岁，都没问题。"

我还愣在她的话题里，她打了我一下，说："快，今天锻炼的时间到了。"她穿着棉质睡袍，脸上贴着面膜已躺到床上了。我忙按住她的脚，她开始做起仰卧起坐来。那时隐时现的少女穿的棉质小内裤让我想笑。

每次，我只能做三十个，她每天比前一天多做一个，在我离开时，她能做五十个了。她说，演员没有好身材，动作做了也不好看。

为了好身材，她晚上只吃菜，不吃主食，有时看我吃米饭很香的样子，就像个小孩子一样，说："要么给我来一勺，就一勺。"一勺也就小半碗，她吃得很慢，边吃边说："吃完了，咱们再去跑步。"

这一次，我终于用了二十一分三十五秒跑完了三公里，也就是说，我跟杨老师跑了十次，按军人的体能考核标准，体能终于达标了。

6

白天我在屋里写作，杨老师到大厅处理公务。到了晚上，我跟她吃饭时，她又说起了演出往事。她说："这些陈年往事是不是有点白头宫女话天宝遗事？"我愣了一下，看来她的确读了不少书，便说："没有呀，我最喜欢听了。"

"唉，"她长叹了一声说，"住在这样的大宅子，说说往事，真是我过去梦想中的事，现在这么好的条件，要是放在我们演出盛年，那该多好啊。"

我说："凡事都不完美，真懂戏的人，一定会喜欢。老演员用眼神就可控制舞台，演员到晚期，都是以魂演戏。老演员，我们不看她扮相是不是漂亮，嗓子是不是亮，我们看她演的那个味儿，也就是人活的灵魂。再说，昆曲是个不老的剧种，现在老演员出山，一个比一个棒，年轻演员绝对比不了。"

"我是怕郑总失望，毕竟人家掏钱嘛。知遇之恩，当滴泉相报。"

"生意人，鬼着呢。再说，你听听，你的嗓子多美。"我说着，打开手机，放起了杨老师线上演唱的《牡丹亭》。

听到自己的演出，杨老师又兴奋了，边听边擦眼泪，说："明天，我给你包饺子，我知道你们北方人爱吃面食。你写作时，我到山坡上挖了些荠菜，水灵灵的，你不知道有多鲜嫩，包饺子肯定好吃。我也因为先生是北方人，学会了包饺子。每次只要我把饺子拿去，他像小孩一样兴奋，跟他爱人说：'快，把蒜拍碎、切根小香葱，里面再倒上山西老陈醋、六神酱油，就着这鲜嫩的荠菜饺子，简直绝配。'"

我有次无意中说："天街什么都有，就是没有卖馒头的。"

"这有何难，我晚上就给你做。"杨老师兴冲冲地到超市买回发酵粉后，才说，"其实我从来没有蒸过馒头，可是我师姐会，因为她丈夫是北方人，所以她给我讲过，用发酵粉，把面发起来后，就可以蒸了。"

"我只不过是顺嘴一说，其实米饭也很好吃的。"

"哎，说到做到。再说网上也有，咱们边学边做。"

"对对对，小时候我看到我妈也做过。我其他不会，但揉面还是可以的。"

说着话，我们就做起来了。因为要发面，我们一起床就开始动手。加酵母粉时，杨老师拿不定主意，我更紧张，因为小时候吃过没有发成的馒头，像铁块。我妈妈蒸馒头前，先要做个小面块，把它烤熟，查看酵面的多少。杨老师戴上老花镜看了酵母粉袋上的说明，说："一包酵母粉可发面 1—2 千克，咱们做十个馒头，差不多，三分之一干酵母就够了吧。"我心里也没底，说："应当是吧。"杨老师拆开干酵母袋，用勺子取出两勺，溶化后，倒进面里说："是不是少些？"我说："那就再加半勺。"她想了想，说："加三分之一好不好，三是我的幸运数字。"一听到幸运数字，我又感觉这个老太太好可爱。

"真的，你别笑，我是在昆曲第三期高研班学习的。八三年，扮杜丽娘到北京演出，你不知道，人民剧院座无虚席。九三年，我到法国去演出，飞机座号就是三号。现在，你看到咱们民俗园门牌号了吧，33号。"

又加了三分之一酵母粉，杨老师开始和面，我负责倒水。用热水还是用凉水，我们都不知道，我说上网查。网上有人说，用一半开水，一半凉水，和两种面后再揉到一起。说起和面，笑死我了。杨老师说面太干，我加水。她说面太稀，我加面。本来计划先试验只蒸十个馒头，结果却出来了二十五个。

发酵过程中，杨老师回来了两次，面没一个泡泡，说："完了，面没发，今天吃不上馒头了。"杨老师还要倒酵母粉，就在拿起准备倒时，又说："凡事都得有时间，咱们再等它一小时，好不好？咱赌一把。"

又过了一个小时，她回来，面还是没发。

我说："会不会是开水温度太高的缘故？"

"有道理。既然原来的发酵粉已经不起作用了，咱们再加上些，试试。"

果然，发了的面蒸出的馒头又大又白又软，杨老师让我送给酒庄刘老板五个，然后把看门人叫来，我们美美地吃了一顿，第二天就全吃光了。

这只是小插曲，只要跟杨老师在一起，说到任何话题，她都会转到演戏上。比如，有次，我说到写作，说最近老写不下去，有些烦，其实我意思是在她这儿时间久了，我想搬回去，结果她马上说："可能是你不了解你写的人物吧，比如说，我们闺门旦演员和正旦就不同。对了，小薇，你知道闺门旦和正旦的区别吗？"

我怕她再详细给我解释，忙说："一个演少女，一个演已婚女性。"

"对了，答对了，看来平常我给你讲的你都记着呢。"杨老师说着，给我伸出了大拇指。接着，又指着房间正中她的演出剧照给我说："我最爱演少女，大家都说我演得像。先生初教我学戏时就告诉我，学闺门旦的同时不能学正旦，因为正旦和闺门旦在其他方面虽相似，但在腰部身段上很不同。正旦用腰是前后动的，闺门旦则是左右动的，对，像我这样。"她说着，站起来做了一个动作。"还有，她们一个是少妇，一个是少女，眼神的掌控上，也有区别。还有正旦一般以唱念为主，做功不能像闺门旦那么花哨，身段比较简单，动作幅度较小，主要靠唱腔、脸部表情和眼神，穿戴也要素淡，比如穿黑色的、灰色的、蓝色的、不绣花的褶子。说到这里，小薇，我又要考你了，你说闺门旦穿什么衣服你最喜欢，结合我表演的杜丽娘，你说说我的戏装色调哪种最美？"

手机一响，我分了神，杨老师又重复了一遍，我忙说："我喜欢你唱《游园》时，那件水粉色的褶子，上面绣着花，很漂亮。《惊梦》时的豆绿色，《离魂》时的那种白色，都好看。"

"可以得九十分了，不过衣服是一方面，作为闺门旦，身段还是第一。假如你手指的方向是平的，那么你的眼神看着上方就是错的。动作再优美，再准确，眼神不跟到位，也仍然是差之毫厘失之千里。有的人长得并不一定漂亮，但站在台上很有光彩，关键就在于眼神和表情运用得当，没有表情就没戏。比如这个动作眼神要向左边领，那个动作眼神要向右边领，为什么向左不向右，就要根据戏情戏理和舞台调度的需要。"

我极力装出感兴趣的样子倾听着，因为她满头白发，我不忍拒绝。

她咳了一声，我像得到了解脱似的，马上端起杯子递给她，想让她歇会儿。她喝了一口，又接着说："我当年演杜丽娘时，十八岁，那个红你想不到吧。"

　　我说："能想得到。"说着，掏出手机，装作要接电话的样子，逃出了民俗园。

　　我一出来，就遇上了在红豆杉下坐着抽烟的酒庄刘老板，他可能看到我的不耐烦，便说："杨老师是个戏疯子，好不容易找着你了。时间一长，你肯定烦了。那天看完杨老师的戏回来，在路上，我听到一个小年轻说，一个老太太演少女，装嫩，好恶心。我听了心里很难过。现在的年轻人，哪会顾及一个艺术家的感受？按说她的年纪跟我差不多，可我真的怕伤她。我们作为她的朋友，应当提醒她，离戏台远些，晚年过上踏实的生活。认老，也是生命的觉悟。"

　　"她唱《寻梦》时，你没感觉到不对劲？她跟春香对戏时，春香那么小，她都可以给春香当奶奶了。街上有人跟我说，杨老师现在常到他们店里去，不但给他们送她过去的演出光盘，还在他们店买了许多她根本用不上的东西。她又不喝酒，自从那晚我给她伴奏后，她也到我酒庄来买酒。据看门人说，买了都给他喝了。我不知道我们是害了她，还是在帮她。景区郑总有次跟我说，他看着杨老师一个人在家孤单，觉得给她找点事做，日子可能过得充实些，根本就没想挣钱，或者说就没想借她来搞活昆曲，说培养青年演员，起初只是顺嘴一说，没想到杨老师当真了，整天打电话，贴启事，连一年的课表都安排好了，他也只好由着她了。她把你当女儿看，你给她说说，别难为自己，行吗？"刘老板说完，看着我，那眼神，让我不忍拒绝。

　　起初听到他这话，我很不舒服，可把手机打开，细细地看完我录的杨老师演出视频，说实话，酒庄老板说得对。我才明白了那天晚上看她的演出时，我为什么难过。不是为杜丽娘，是为年老的杨老师。她穿着绣着梅花的褶子，头饰点翠鲜艳，金光闪闪，水袖遮脸，扇子轻摇，可眼袋明显，面部表情有些呆滞，可能是贴了胶带的原因。我感觉心里刮刺刺的。可那嗓子又是少女的，糯糯的、甜甜的，好像在用她一生来表达着心中的爱。那微笑是少女的，那满身的激情是少女的。我既想看又怕看，心里好矛盾。

第二天晚上吃饭时，我本想开口，可看到杨老师又做了四五个菜，还倒了红酒，便止了口。杨老师兴致勃勃地说："昨天看了你给我录的像，我发现有几个动作做过了，今天我又琢磨出了几个新动作，杜丽娘伤心时，水袖应当这样更好看。"她说着，拿起围巾搭在胳膊上做了起来，真是挺美的。但她转身时，忽然一踉跄，差点绊倒，我忙扶住她，劝她歇歇，身体要紧。

"没事儿，我可能猛了点，年纪大了，有些地方力不从心，特别是往下蹲的动作有些迟缓，是因为腰疼。"昨晚，我给她身上贴了好几片膏药。

"'摇漾春如线'，你是作家，给我讲讲什么意思？"

"大概指春意和春情吧。"我应付道。

"对的，对了，不愧是作家，唱'摇漾'时把盖在镜台上的手绢撩开，伴着'漾'字的尾音，杜丽娘从镜子里看到自己美丽的面容，不禁感叹。所以，下面唱道'春如线'，'春'吐字较重，展现她当时的感叹……师姐常给我说，我们当演员的，要深深琢磨体验到剧中人的性格与身份，加以细密的分析，然后从内心里把它表达出来。还有，当演员，你不能光自己唱好就行了，你还要跟搭档、乐师、舞美、服装、布景、化妆、灯光等人配合好，戏剧是一门综合艺术。有次我演出，我脱了披风斗篷，演春香的小演员可能走神，没接住，结果衣服差点绊倒了我。

还有……"

"不好意思，杨老师，我得回宾馆，报社要篇急稿，明天要。刚来了五六个短信。"说着，我心虚地把手机递给她，想告诉她自己没说假话。

她的眼神马上淡了，说："好了，忙你的正事。"我真怕她伤心，便说："我争取后天过来。"

我不是烦她给我讲戏，而是怕她拿师姐与她相比。刚才，我在网上看到三十年不登台的杨老师的师姐，竟然复出了，唱的也是《牡丹亭》，各大网站都登出了演出剧照。扮相、唱腔、身段，满满都是少女状。

经常上网看戏的杨老师，肯定也看到了，我怕万一自己说错话，伤了她的心。

回到宾馆，我又有些后悔。如果我在，她伤心了还有人安慰，可现在，她一定彻夜失眠。这么一想，我冒雨来到民俗馆，大门已经锁了，叫门怕影响了看门人休息，只好返回。雨，唰唰地下着，如我烦躁的心。结果，我失眠了，凌晨五点，才沉沉睡去。

手机铃声吵醒我时，我一看表，已经八点了，是杨老师。她说："你快看，我师姐复出了！"

我装作没看到的样子问："是吗？在哪个台？"

"你在网上，搜一下，全是我师姐。她真的复出了。我看了她的演出视频，一夜未睡。半小时的戏，我连看了三遍，第一遍是欣赏，第二遍是挑刺，第三遍是学习。客观地说，她无可挑剔。你说，她咋还那么美？身段、唱腔、扮相，仍如原初，不，演技比年轻时更炉火纯青。身材保持那么好，穿着件水粉刺绣褶子，就是年轻的杜丽娘嘛。唱戏咱先不说，她竟然还写了本书，看来这么多年，她一刻都没放松。她比我大整整十岁呀。你好好看看，她无论是水袖的抖、折、搭、翻、抛、打、

119

垂、盖，还是扇子的开、搭、扬、摇、抖、窜、翻，都在变化多姿中巧妙地揭示了杜丽娘的内心活动。你赶紧看，看完咱们再细细交流。你说，老天对她也忒偏心了。她说不演了，马上就不演了。说上台，立马上台，好像世界就是为她一个人存在似的，凡事如意，家庭幸福，丈夫把她宠了一辈子。更让人可气的是，她儿媳妇竟然生了一对龙凤胎。孙子都上中学了，她却还能站在舞台上演少女，真是，让人又恨又爱。"

"好的，杨老师。"

刚挂了电话，她电话又打过来了："小薇，你别烦，要写好小说，就得吃透人物。我的师姐，应当是你作品中的主角。"

我说："好的，起床马上看。"

"好好好，别感冒了。"

挂了电话，我仍懒得起床，钻在被窝里打开电脑，在网上又搜到杨老师的师姐刘继华复出的另一出戏《长生殿·絮阁》。我看完，真不敢相信那个又娇又嗔又美又醋劲十足的杨玉环，是一位将近八十岁的老人演的，说她烟姿玉骨，丝毫不夸张。别说李隆基，就是我，都觉得她应该得到所有人的宠爱和怜惜。视频只有十五分钟，图像还没一块火柴盒大，可她一上场，用眼神和身段就把我拢住了，让我全身心地跟着她走。她好像不是在扮演杨玉环，她就是杨玉环，举手投足，美得不可方物。我抑制住还想看第三遍的冲动，又搜到杨老师前几年唱的同一折戏，说实话，一折都没看完，我只闭着眼睛听，杨老师那沉厚忧伤的唱词，让我情怅然，泪暗悬。

天黑了，雨滴打在瓦上当当地响着，搞得我心烦意乱，我还是不知道见了杨老师该如何说。又打开杨老师的师姐的《牡丹亭·惊梦》看起来，反复地看。边看边想，如果把杨老师的唱腔和她师姐的扮相、身段结合到一个人身上，会是什么效果？这时门响了，是杨老师，她浑身

120

是泥，站在门口，手里提着一个塑料袋，笑着说："我带了几个大包子，我们南方人，做的肯定没你们北方人地道，不过，这可是我亲手包的。"

我眼泪忽然就涌出来了，说："杨老师，我看了刘老师的演出……"说着，就要关电脑，她摆摆手说："今天咱不谈戏，咱娘儿俩拉拉家常好不好？你在北京工作，经常回去看你妈妈吗？"

"我妈走了。"我说着，看着她身上都是泥，想必来看我的路上摔倒了，"您没事儿吧？"

"没事，没事。你妈多大岁数走的？"杨老师打开袋子，拿出一个包子，递到我手里，说，"趁热吃。"坐回椅子时，我发现她比平常走得慢。我猜她可能摔疼了，内疚得不知说什么好。

我说："我妈过完八十岁生日走的。"其实母亲走时，跟杨老师同岁。

"高寿呀，不过，在孩子心目中，母亲都在，对不对？"杨老师说着又催促我，"快趁热吃。吃完，赶紧写稿，我就不耽误你了。"

我一把抱住她，强忍着泪带笑道："杨老师，我的稿子已发报社，今晚就跟你过去。"

"咋哭了？不急，不急，先吃包子，今天下午，我包了一下午，第一次嘛，总是手忙脚乱的，才做成了你最爱吃的豆腐粉条包子，酒庄刘老板说好吃，一口气吃了三个。这不，怕你提前吃了饭，赶紧给你送来。"

7

天终于彻底放晴了，连续几日艳阳高照，天街上游客密织，民俗馆里传出了咿咿呀呀的唱戏声，门上贴出了《牡丹亭》的演出信息，杨老师没上台，全由刚上山的学生演。剧照中的女孩一个比一个漂亮，听说她们都是昆曲新秀。

我好想看看年轻一代的杜丽娘是什么样子，可我的假到期了，军令如山。我下山时，看到十几个面容姣好、穿着不俗的女孩在景区大巴前排着队，勾肩搭背的，面前放着各种颜色的拉杆箱，我觉得她们是来向杨老师学戏的，一股欣慰之情涌上心头，民俗馆的夜晚不再寂寞了。

真要走的时候，我又舍不得沁园了，我对每一个店、每一个人都充满了不舍，谁能说得清这店里有没有像杨老师一样的人？

比如那个骑着摩托车周游全中国的中年男人，远远看，他的衣服真像昆曲演员穿的富贵服，再细瞧，就会发现那上面的一个个色块都是他走过的某个地方的标志。

杨老师送我到大巴上，拉着我的手说："你孩子也上中学了，正是干事的盛年，莫待无花空折枝。好花不照丽人眠。年轻，啥都可以找回，只有青春无法找回，只有往事无法抓住。珍惜它。"

我握住她的手说："杨老师，在我人生遇到重大选择时，是你，帮我重新做出了选择。欢迎你有空到京做客，我要像陪母亲一样好好陪你。"

杨老师说："学生们安置好后，我要去请我的师姐。她既然都复出了，就不可能不唱。不接我电话，总不能不见我吧。我就坐到她家门口，看她能坚持多久。如果没有她，这台戏就没法唱。就是背，我也把她背来。五代杜丽娘少了我们中的哪一个，都不完满，都是昆曲界的一大缺憾。"

我看着她嘴唇上明晃晃的泡，安慰道："即便她们都不能来，也没啥，你的学生来了七八个，别说撑一台戏，就是撑十几台戏都绰绰有余。凡事，不可强求。"

她摇摇头道："五代杜丽娘必须同台演出，只要我还有一口气，这

122

心愿就一定要实现。还有，你是作家，以后我少不得打扰你，我也要写本书，从艺五十年，有许多话要说，写好你帮我看一下。除了感受，我要附大量的图示，这样，演员的表演动作，读者就一目了然了。"

我要上车了，她又拉住我说："你没告诉我你的生活过得好不好，我们扮角色，要从人物的眼神中看出她的身份、关系、处境和性情、态度，你的眼神告诉我你心里有事。记住，无论发生了什么，爱人，才能被人爱。我爱昆曲，它回报了我。我没有精心经营婚姻家庭，我的儿子、丈夫离我远去。凡事，有劳作才有收获。遇事，多从自己身上找原因。"

她一直说要给我讲她的爱情故事，可一直到我走，她也没有说。她总说："我还没想好，要讲，须有恰当的时机、好的心情，还要有足够的时间。"从二十五岁离婚到现在，她经历了什么样的故事，我好想知道。

车开好远了，我看到她仍一个人站在天街牌楼下，一阵风过，吹乱了她稀疏的白发，露出了光光的头皮。地上落着一层花，天上飘着花，让我忽地想起了《牡丹亭》中的唱词：恨西风，一霎无端碎绿摧红。

8

回京后，各大剧场只要有昆曲演出我必去，真像杨老师说的，我上了瘾。四月底，在一次饭局上，我认识了江南昆曲团的一位老人。我问他："认识杨纯梅老师吗？"他说："那当然，昆曲界皇后，常青树。"我说："刚在国家大剧院看了杨老师的师姐刘继华老师的演出，风采不输杨老师。您是专家，以为如何？"

老人笑着说："那是，她俩是我们江南昆曲团的姐妹花，同一间宿舍，同一个老师传授，又在同一个团里，各有所长，难分名次。杨老师

123

唱腔好，到现在，你看她的戏，仍是小女儿声音，清新亮丽，气韵饱满。刘老师身材保持好，身段美，举手投足，典雅纯正，不过音色没有杨老师亮。两人如果同台演出，一定妙不可言，只可惜她俩到现在老死不相往来。"

我吃了一惊，便说："杨老师可一直在我面前不停念叨着她的这位师姐呢。"

"那是杨老师人厚道。"

"她俩之间到底发生了什么事？"

老人笑笑，说："女人嘛，还不就那点事。名人也是人。那是七十年代初，我刚毕业分到那儿，亲眼看到她们俩为争主角，打了一架。那天，杨老师正在排《牡丹亭·游园》，刘老师忽然冲到杨老师面前，端起一杯水浇到了杨老师身上。杨老师揪住刘老师的一缕头发，两人撕打得我们几个小伙子都拉不开。杨老师揪断了刘老师的一缕头发，刘老师抓烂了杨老师的脸。在她们的吵骂中才知道打架的原因：刘老师认为到北京演出，杨老师是杜丽娘 A 角，她是 B 角，一定是杨老师在背后做了手脚。杨老师说谁如果那么去做，演出就死在舞台上。这一架两败俱伤，俩人都没能到北京演出，刘老师还背了个处分，最后含泪离开我们团，调到北方一所艺术院校，搞教学去了。让人想不到的是，刘老师走后，杨老师好几天不来上班。一周后来上班，坐到刘老师的化妆间，不停地流泪，好像被霜打了一般，要不是老师骂她，她仍提不起劲来唱戏。"

"老师，那您知道刘继华老师将近八十，怎么又登台了呢？"

"爱了一辈子的戏，怎么能甘心放弃舞台呢。我听刘老师的爱人说，刘老师参加完一位师姐（对方也是昆曲女演员）葬礼回来后，就说自己要唱戏，他说你心脏不好，刚安了支架，她不听，怎么也劝不住，现在三天两台地演，还说时间不够用。唉，说起这两个名角儿，一南一北，怕到死，也解不开心中的结了。"

我一听，更为五代杜丽娘同台演出捏了一把汗，真想打电话劝劝杨老师，又怕惹她伤心。快七十岁的人了，我的母亲跟她同岁时，走路都要歇一歇。国庆我回去看，她还说要到县城买房子呢，一周后，躺下就再也没有起来。可是拿起手机，我又不知如何说。好纠结。

十月二日，我在各大网站看到了十几条如下消息：

十月一日，江南昆曲团五代同堂版《牡丹亭》在沁园景区开锣上演。五代女演员大多都是享誉国内外的著名旦角，既有杨纯梅、刘继华国宝级的老演员，又有李依然这样功力深厚的中年骨干，也有年轻新秀简简精彩亮相。大师、实力派、新秀相聚一台，最大的七十六岁，最小的十六岁，她们以一人一折戏的形式分别扮演杜丽娘一角。连唱十天，整个戏台座无虚席。要不是怕老演员们身体吃不消，还要加演。演出先在舞台演，后在山花间演，直升机录像，氢气球助兴，游客纷纷跟她们合影。盛况空前。

刘继华将近八十高龄，可很多观众反映，在舞台上根本看不出她的年龄，身段美，扮相俏，表演自然书卷气浓，很有少女感。杜丽娘的万种风情，都藏在她的眼角眉梢里。喜悦悲怨，全凭她的眼神变化。《寻梦》最后离开花园时的频频回顾，与其说是对花园美景的留恋，不如说是向观众告别，深情如海。

杨纯梅的《离魂》，唱的每一字，做的每一个动作，可以说减之太少，增之太繁。那婉转如莺、一唱三叹的行腔，软糯糯地缠绕在耳边，甚是享受。昆曲的清雅幽远，全蕴在她一片柔弱无骨的娇韵中了。尤其她的吐字之清晰秀雅，真个珠圆玉润，简直把昆曲的美发挥到了极致。

记者现场采访了不少观众，中老年戏迷赞不绝口，不少八〇后、九〇后年轻人也纷纷表示，没想到昆曲这么美。

为何重回舞台？将近古稀之年的杨纯梅老师含泪道："好想在舞台上演一辈子，可昆曲是美的艺术，我不能以老太太的样子来演少女了，虽然我还有一颗少女心。好羡慕杜丽娘，三百多年过去了，她怎么还那么年轻！那么美！"

沁园景点总经理郑明告诉记者，《牡丹亭》这样的昆曲演出，他们景区要作为保留节目长演不衰，要把昆曲这个世界非物质遗产，在全国发扬光大。

我感觉身上那千万斤担子终于放下来了，正要给杨老师打电话表示祝贺时，她给我发来了她们的演出视频链接，又发短信：若不是你的主意，就不可能有这台演出，近期有空回来看看。

我马上回复：谢谢杨老师，我遇到你，就像你遇到了老师和师姐，命运发生了逆转。也告诉你个好消息，我军事体能考试全部优秀，已提了职。

半小时后，酒庄刘老板也给我发来演出视频，给我留了一连串语音：

咱们错了，她竟然成了，成了，盛况空前，始料未及。在我看来，杨老师表演得比她所有的演出都棒。为了演出，她专门到北方昆曲团请她的师姐。服装、道具、音乐，她一个个地过，光服装的图案、面料，她跟我下山去选了好几次。她说昆曲的美是综合的，她看不得舞台上让杜丽娘穿着金光闪闪的衣服游园，太俗气。杜丽娘是大家闺秀，穿着打扮须雅致。演出前一晚，她给一个年轻演员说戏，回来时摔了一跤，我让她到医院去检查一下，她说来不及了，最后跟她配戏的演杜母的演员说："杨老师，杜丽娘拜别母亲要下跪，你演时做个伏身的动作，我马上扶住你，一点儿也不影响剧情。"杨老师摇摇头说，我能坚持住。这出戏我等了十年了，不能留下遗憾。"她下台后，据管服装的人说，里面的衣服都湿透了。遗憾你不在场，你不知道，录像总是有不尽如人意处，比如有些外行，杨老师演的杜丽娘，他只取上半身，她在唱的同时有荡脚的动作，摄像就没注意到，没把脚拍进去，那就体现不出演员的表演身段来。演出时，杨老师加了不少戏，比如杜丽娘对父母养育之恩的内疚，对春香的不舍，对能否复生的担忧，即便轻微的小动作，也是杨氏版的，谁也学不来。她已经把曲子、唱腔、角色都融入了自己的生命中。她不是在扮演杜丽娘，她就是杜丽娘。是我心目中永远不老的杜丽娘。

为了这次演出，她选了好多次戏，先告诉我她想唱《游园》，演出前两天，她又让师姐刘继华唱《寻梦》，她改成了唱《离魂》。她给我解释说，要让师姐把昆曲的美毫无保留地表达给观众。

演出结束后，我请她到我的酒庄，我们边说边喝，她第一次给我讲起了她的爱情，讲起了她与师姐的纠葛。

她师姐来后，她俩有说不完的话，句句不离戏。每天两人都上台演戏，昆曲，成了天街最美的风景。

盼着你再来。现在的天街，不，现在的沁园，四处都是杜丽娘，有老的，有年轻的，画像在林间，在我酒庄，在小可爱店，在沁园每一个角落，已经成了游客必看的一个景点。年轻女孩都爱扮杜丽娘照相，杨老师不但帮她们装扮，还替她们选景。杨老师现在可忙了，学生越来越多，本地的不消说了，北京、上海的青年演员也纷纷来登门求教，她现在忙得好几天我都见不到。一个女孩跪在杨老师面前说，你不收我为徒，我就不起来……

这是酒庄老板跟我讲过最多的一次话。我忽然想起，他也七十岁的人了，现孤身。

我回复道：杨老师这叫《幽兰逢春》。

酒庄老板很快回了：是呀是呀。

"最好你俩再合奏一曲《喜相逢》。"

酒庄老板发了一连串问号表情符。

我又写道：春心无处不飞悬。

这次，他看懂了，发了个偷笑的表情。

晚上，我把杨老师她们五代杜丽娘的演出又看了一遍，发现她的戏的确增加了不少细节，唱得更细腻，更准确地反映了人物的内心，确如报纸上所评，是泣血之作。

睡梦中我梦见了杨老师，当然还有她的姐妹们——几代杜丽娘，奇怪的是，我也在她们之中。

锦缠道

1

下班时，我收到一封快递，信封落款是京都大剧院，里面装有二十三张即将演出的《牡丹亭》（大师版）昆曲票，除此之外，片字皆无。再瞧地址、姓名、电话，丝毫不差。我对昆曲一窍不通，也无演艺界朋友，谁舍得把二十三张且每张一千二百八十元的票寄给陌生人？我百思不得其解。

在这个别人的都市，我生活了三十年，仍感觉自己是外乡人，遇事首先找亲人，好不容易等到下班，忙到市府家属院姐家，讲了这个蹊跷的事。

姐放下改得密密麻麻的材料，沉吟了半天，忽然说："会不会是她？"

这话把我绕糊涂了："她是谁？"

姐目光望着窗外，淡然地说："就是妈送了人的那个呀。她是唱昆曲的。"

我脑子里忽然闪出妈遗物里的一张昆曲票，恍然大悟。姐不解我意，强调道："她确实是唱昆曲的。"

"你啥时候知道的，怎么现在才说？她漂亮吗？名气大吗？"我一连串地问，"这个姐我从来没见过，妈在世时从未在我面前提过。她一直没跟我们联系过，现在我这个家里的老幺都五十岁了，她却突然给我们送票，用意何在？"

"前几年，她在同事跟前打听我，我才知道她是名演员，也调到了京都。"姐说着，拿着票翻来覆去看，好像票里藏着答案。她把票又数了一遍，沉吟道："看来她对咱家很了解，你想想，大姐家，姐夫、儿子、媳妇、女儿、女婿、孙子六张。大哥家，哥、嫂、儿子、媳妇、孙子五张。二哥家，六张。我家，三张。你家也三张。这不，刚好是二十三张嘛。连我家萌萌还没对象，她都清楚。"

"我记得她比大姐小四岁，怕也有七十多了吧，这时联系我们，是为了炫耀？"

姐摇摇头道："她早出名了，不会这么浅薄，也许年岁大了，才想起亲情比啥都重要。"

"有道理。你说，咱们去吗？"

"问问大哥。父母不在了，长兄如父。"姐多半辈子在政府部门工作，话语里，经常带着办事员的谦恭。

大哥在大学里当老师，讲授伦理学，在业界颇有名气。虽退休多年，仍有伦理学的论文在《世界哲学》杂志上发表，还担任伦理学会的副会长，天南海北地去讲课。听完我的话，他在电话里沉默了片刻，说："按理应当去，不过，我在想一个问题。马克思在《关于费尔巴哈的提纲》中，明确指出，人的本质，并不是单个人所固有的抽象物。在其现实性上，它是一切社会关系的总和。从历史唯物主义的观点看，道德不再是凌驾于整个社会之上的东西，而是由经济基础所决定的上层建筑和意识形态的一部分。历史上的各种道德的发展和更替，归根结底都是依据经济基础的变化而变化的。"

"哥，这不是在课堂，我也不是你的学生，你扯远了。"

"妹，此话差矣，那个昆曲演员时隔这么多年忽然认亲，一定与经济基础有关。凡事，皆离不了经济基础。"

"哥，你又把人想差了，中华优秀传统文化，不但包含着忠、孝、仁、义、礼、智、信、爱等道德规范，还包含着修德治人的道德修养和道德践行规律。她即便送人了，可毕竟跟咱们一母同胞，当有孝悌之念。"

"好了好了，晚上我还要到京都大学讲课，不跟你啰唆了。再说昆曲，我听不懂不说，一句话唱半天，绕得我都头晕了，你问问你二哥吧。"

二哥没听完我的话就在电话里打断了我的话题："不去！那年我出差，妈一听说我去的是南方，再三叮嘱要我去看看那个所谓的姐姐。那时，交通也不方便，我坐了三小时的长途汽车才到杭州。那时正是南方黄梅季，上到五楼，我浑身都湿透了，叫了半天，谁知她开门看到我，马上就要关门。我以为她不认识我，忙用胳膊撑着门，说，妹子，我是你二哥呀。她皱着眉头说，我不认识你。我压着火，咬着牙说，我是从长平来的，你老乡。她仍说不认识。不等我回话，就把我推出了门。她有什么了不起的。她不认识我们，我们也不认识她。她以为她谁呀，想理我们就理我们，不想理，连乡党都不念。她不就一个唱戏的吗？现在有多少人还看那老得掉牙的东西？好了，我有事，挂了。"

姐在电话里听了我转述的大哥二哥的反应，半天无语。我问她去不去，她说："我工作忙，就不去了。"

"她会不会很失望？"

"她失望什么？她又没有打电话请我们，只是寄几张免费的戏票，还不落款，明显只是试探，你也别去。这种女人，少来往。"

132

"咱二姐，叫什么名字？"

"反应好快呀。"姐冷冷说道，"她叫许苡。"

2

戏剧中，除了秦腔戏、越剧，我仅看过电影版的《红楼梦》《梁山伯与祝英台》，听着："天上掉下个林妹妹，似一朵轻云刚出岫。""三载同窗情如海，山伯难舍祝英台"的吴侬软语，柔肠尽现。至于昆曲，在小说里偶然看到，知道那是达官贵人消遣的戏，仅此而已。

现在凭空冒出个昆曲演员姐姐来，我瞬间对陌生的昆曲多了缕说不清、道不明的牵绊，晚上吃完饭便在网上搜索起来。这一搜，甚是吃惊。

吃惊，是因为许苡很出名，得过戏剧界最高奖梅花奖和白玉兰奖，更吃惊的是她是以唱潘金莲出名的。从照片上看，她遗传了我妈的外貌，骨骼分明，身材苗条，网上照片多数都是年轻时拍的，且化了彩妆，一时难以断定现在相貌。

作为一个演员，她把多张价格不低的票送给弟弟妹妹，可能想出口气，我们当然不能让她得逞。虽然她是著名演员，可这与我们又有何关系。我们都是靠自己的本事走出了农村。大姐，京都医院响当当的脑科主任，去年因病去世，终年七十六岁。大哥，我们全县第一个考上京都大学中文系，留校，教授，正高职称，博士生导师。二哥，现京都绿色食品有限公司任董事长。二姐，大学毕业后，当老师，后在市政府办当主任。我呢，在市报文学版当主编，作家。我们兄妹五个，哪一个也不比她一个唱戏的差。我们出生在西北农家，母亲头胎生了女儿，二胎又生了女儿，家里穷得揭不开锅，还想生儿子，打听到县城一户人家男人在南方某部队当连长，女人患先天性心脏病，生不了孩子，小日子过得

133

美得很，便把第二个女儿送给了他家。

这么一想，我也决定不去。

可几天过去了，我总觉着心里有个东西堵着，提不起，又放不下，好像瞬间魔怔了，只要有时间，就不断地上网看昆曲。它的音乐、舞蹈、演员扮相、唱词都是那么美。我不但上网看，还到驻京各大剧院看昆曲，且买了诸多昆曲名家的传记、光碟。从著名剧目到昆曲发展史，从那些盛世美颜的照片，到他们的生平婚恋，乐此不疲。

一天上午，上班时间，我鬼使神差，顶着严寒，不觉间来到了市昆曲团的大门前。

离演出还有一个月，售票口已挤满了人，一大学生模样的女孩告诉我说，她五点就起床从学校出发，八点到剧场，加入上百人的长队。总算五百元买到了最边角的一张票。出票仅两个小时，演出票就全部告罄，黄牛倒票者今天也绝迹，一个脑后扎着马尾的中年男人逢人就问："还有多余的票吗？我花两倍的钱买。"

售票口旁边的宣传栏上，"大师版"三个红色特大号草书特别醒目，演员皆彩妆丽服，看不出年纪，他们名字下，都附简历。

我仔细瞧了瞧许苡的介绍：女，一九四一年生，杭州人，擅长花旦，曾获第四届梅花奖，代表剧目《义侠记》《蝴蝶梦》。这次她演《牡丹亭·寻梦》

连祖籍都卖了。我朝着她美丽的容颜恨恨地瞪了一眼。

跟她同台的杨纯梅、刘继华、苗艺炜、周文露，是昆曲界四大闺门旦，她一个演花旦的竟敢与名角同台飙戏。胆儿好肥。论长相，她不占优势，骨骼突出，眉眼粗重。性格也不是闺门旦的那种娴静、雅致，还让我们家里人来看，我又有些钦佩，很想会会她，又不想冒然前去，左思右想，计上心来。

我向报社总编汇报说，最近市里要演昆曲《牡丹亭》，出场的全是国宝级的老演员，平均年龄七十岁，很多演员三十多年不上场，这次也披挂上阵。阵容强大，好生了得，据说五十年难得一遇。作为市报，不应缺席。总编说："有新闻价值，值得宣传，不过，年轻记者不懂昆曲，这稿怕难写。"

"我去如何？"

"你是作家，当然行了。"

于是我公私兼顾，来到了市昆曲团排练场。

3

初进排练场，要不是笛声鼓韵，一墙玻璃，我真怀疑自己走进了街心公园，瞧见了一群跳广场舞的大妈。

排练厅在一栋老楼里，面积只有两间房子大，靠墙放着几张掉了漆的旧桌子。桌下堆着塑料袋，露出几根葱和茄子；桌上放着花花绿绿的茶杯，有些杯子上还缠着毛线编织套。五六个满头白发、体态臃肿的老太太围在桌旁，有人捶肩，有人扭动脖子，说着东家长西家短的闲话：

"哎，听说你家小儿子生二胎了，你给带不带？"

"当然得带呀，不像你，结婚早，孙子都上中学了。"

"唉，各有各的难处。我闺女离婚了，现住在家里，我还得安慰她。四十好几的人了，要家没家，要工作没工作，愁得我昨晚血压又高了。你看，今天还带着降压药。对了，杨老师，你腿怎么了？"

"我这是老毛病了，痛风，腿一受凉就痛，痛得有时半夜醒来，怎么也睡不着。什么药都吃了，药水也抹了，一点儿用都没有。这次演出，腿可不能出问题。"

"可不是嘛，最近我两个儿子闹着要我那套市里的学区房，手心手背都是肉，搞得我整宿都睡不着觉。你看眼泡更明显了，这鬼样子上了台可不好看呀。"

我有些小失望，这台大师版《牡丹亭》真的能在京都横空出世吗？在融媒体盛行的时代，一帮老头儿老太太演绎的古老的戏剧，真能受观众欢迎吗？但我毕竟是五十岁的人了，既来之，则安之，便在一旁不动声色。

可艺术就是这么神奇，丝竹一响，她们好像军人听见了进军的号角，立马变了个人，即便不着戏装、只带水袖，即便满头华发、满脸折子、满手老年斑，可那嗓音、那云手、那水袖，那一颦一笑，活脱脱就是娇滴滴的古代少女杜丽娘，我瞬间就被迷住了。这让我想起刚看到的一个昆曲名演员说的话：像昆曲一样生活，你永远不会老。

我第一个认出的是著名昆曲演员刘继华，她的身段和表情在昆曲界是公认的前无古人，也是旦角里唯一身材保持得还如少女状的，穿件紫色白花的掐腰中式棉服，显得特别苗条。现在，她脱了棉服，只着一身练功服在走圆场。排练厅暖气不热，可她仍满头是汗。她唱的是《游园》一折。

正在抛水袖的宋文露，她长相甜美，俏劲十足，被评论家誉为"小梅兰芳"，有不少戏粉称她为"宋美人"，她的《寻梦》享有"天下第一梦"之美称。这次她演《惊梦》，大师里数她最年轻，也六十多了。她眼睛大而亮，背靠桌子，边蹭边唱："没乱里春情难遣，蓦地里怀人幽怨，则为俺生小婵娟，拣名门一例一例里神仙眷。"

看我拿相机拍她，朝我妩媚一笑，给我做了一个"美人倚梅"的雕塑造型，然后叹息了一声："最近会忽然忘记记得烂熟的台词，可不敢一上场忘词，那真是丢死人了。"

她旁边的苗艺炜正在镜前练身段，她以稳静而出名，虽不惊艳，但唱念做有板有眼，标准的教科书。她这次演自己最拿手的《写真》。我问她参加这次大师版的演出感想，她长出了一口气，说："我们这个年岁，演一场，少一场，我已经有十年没上场了，心里还是有些发虚。除了演好戏，其他什么都顾不得想。"

杨纯梅老师唱的是压轴戏《离魂》。她被誉为"昆曲皇后"，获首届梅花奖，她的演技严谨大气，扮相端庄华贵，唱念字正腔圆，声情并茂，深得业界尊敬。她越到老，嗓子越亮，对人物的理解越深透。刚才她唱了一段"集贤宾"，一开口"海天悠，问冰蟾何处涌？玉杵秋空……心坎里别是一般疼痛"，一下子就把我带进了重病中的杜丽娘的满腔愁绪中。脚下拖步、挪步、移步、靠步、摆步、倒步、跟步、跌步，组成了一组优美的台步舞蹈，看得我眼花缭乱。

采访完众头牌，我才进入正题，装作无意地问："哪位老师演《寻梦》？"

宋文露撇了一下嘴，大声说："潘金莲呀。"

她一出口，就有人"扑哧"一声笑了。

"这折可是重头戏，为什么让一个演花旦的演员来演闺门旦，咱们这场演出可是大师版的，一张票价钱最高卖到一千六百八十元。"我抛出了疑问。

宋文露把一只水袖抛到肩上，念白道："鬼才知道呢。"然后眼神瞄向一个托着下巴正在沉思的中年男人，悄悄告诉我，那是导演。从她语态里看，她对这次演《惊梦》好像并不满意。

杨纯梅一场走下来，喘气不止，她从手包里掏出高高低低几个药瓶摆到桌上，戴上老花镜，眼睛凑到瓶跟前，看起瓶上的说明来。我忙提起桌上的水瓶给她杯子里加水。她吃完药，朝台上说："文露，水袖太高了，不美。艺炜，奔放些，不要演得太温。"嘴上说着，脚下还踏着拍子。

我说："杨老师，歇歇。"

"不敢懈怠呀。人越老，对自己要求越高，为啥？年岁大了，上台的机会就越来越少了。要是当年，我们何曾只演一折，全场都包了都不过瘾，老了，演不动了。"

"杨老师，听说你是许老师师姐？能跟我讲讲她吗？"我把她脚下卷起的地毯铺平，怕绊倒了老师们。

"说来话长了。"老人看了我一眼，放下杯子，左右腿相交，半蹲着，右手兰花指从左下角伸出，慢慢转到右上角，头半歪，眼观指处，说道，"许芠很聪明，可我们那一拨闺门旦十几个，齐整整的，一个赛一个靓。她个小，演小姐轮不上，就演红娘，演春香。后来，团里排潘金莲，没人演，她自告奋勇说她可以试试，没想到一折《义侠记·戏叔别兄》还没演完，大家异口同声地说她就是潘金莲，演出一下子火了。从那以后，她索性就一直演下去了。她为了演坏女人，跑到大街上观察人，还查书，一本本小说看。有次我到街上看到她从图书馆出来，抱着一大堆书。我一看，你猜是什么，《飘》《红字》《包法利夫人》《金瓶梅》，按她的说法，全写的是坏女人。她还爱看外国电影、话剧、芭蕾舞、歌剧，样样都爱看。三天两头给我打电话，一会儿说'师姐，我刚看了美国电影《乱世佳人》，失恋的斯嘉丽那个眼神，我可以用到潘金莲被武松拒绝的那场戏上'，'对了，师姐，我刚才忽然想到你那个道具，我是不是在演田氏时，可以偷来用一用'。本团学不够，她还到全国各地拜师学艺，作家、舞蹈家、画家，都是她的老师。之所以这次让她演《寻梦》，一是她身材没变，激情仍在。二则她唱腔仍是那么清亮，中气十足。三则这是她多年的心愿，得成全她。"

138

"许老师是杭州人？"

"她八岁从西北转学到杭州，到南方多年了，可他们一家一直没改北方的习惯，爱吃面食。许妈妈身体不好，许苡除了唱戏，老往家里跑，说帮妈妈干家务活儿。多年了，可真不容易。我们这次演出基本都是跟别人配合，唯她是独角戏。本来这折结尾有春香戏，她建议删了，她就那性格，总能说服人。独角戏难演，有同伴还能分散下观众注意力，舞台上就你一个人，你皱下眉，喘口气，观众都看得清清楚楚。我诸多师妹中，属她最有灵性，也最努力。"

"你认为她能演好吗？她毕竟是演花旦的。"

"到了我们这个岁数，演角色，尤其是一些细节的处理上，皆融进了自己的人生阅历。演绎角色，不在话下。演员，是稳中求稳，若要变，没有十足的把握，做此决定怕是冒险。况且在这台大师云集的演出中，演自己并不擅长的角色，需要很大的勇气。每一个昆曲旦角，都有一个梦想，就是演一次杜丽娘。你看我们都年已古稀，许苡比我小五岁，身体也不好，老说这是自己的封箱之作。"

"她今天没来？"

"去医院了，说可能兴奋，心跳过速。千万别身体出了毛病，杜丽娘她盼了好多年了。别说她，我也是。就像参加高考，这次可不能考砸了，机会只有一次了。我腿动过手术，所以也紧张。"

听了一席话，我决定不去找许苡了，返身回家，一路思索如何说服哥哥姐姐们去看她演的戏。不，姐姐的戏。

大哥拿着一张请柬，双肩一松，指指身边的大嫂说："你嫂子可以去。"大嫂比大哥小七岁，刚退休，现在迷上瑜伽，说："我每天都去练，不能少了。"又说："我可以问下儿子媳妇，看他们去不。"

我说："算了，他们两个都在公司，那么忙。"

二哥脾气倔，多年的领导，说一不二，我也不给他打电话了。

儿子要高考，爱人说他不去了，在家陪儿子。我只好同意。

姐姐得知我执意要去，略一沉思说，票不能浪费，她可以把有关领导、同事叫去为许苡捧场。现在干部晋升，都要搞民主测评，"大师版"还是很有含金量的，票价又那么贵，浪费掉可惜了。她退休前怎么也得解决个副局吧。

我看了她一眼，她大概没明白我的失望，又说："如果她唱得好，我就告诉大家，那是我姐姐，要是不好，咱就不要说。我听说她演的有点色，这传出去不好听，这是我最后一次机会了，得抓住。"我认为姐姐只说对了一半，她常年在政府部门工作，她的衣着永远正装，神态则满脸凛然。自从姐夫喜欢上一个跳舞的，跟她闹离婚后，她对文艺界的女性就没好话，有时也连带着我，动不动就说'你们搞文艺的'，没一个好东西。让人哭笑不得。

讨厌文艺的姐姐，却拿走了二十二张票。

4

谁料演出当天，我的昆曲朋友圈有人发布了许苡爱人去世的消息。说上午还陪许苡试了戏装，俩人回到家，许苡从卫生间出来，发现看电视的爱人头偎在沙发上，以为跑累了，就叫他到床上休息，结果，连推几次都不动，这才慌了神，给女儿女婿打电话，人已经没救了。

我一看到此消息，心里一惊，得到确认后，赶紧开车赶到昆曲团排练厅。

排练厅像开水炸了锅，大家都断定许苡不会演了，争着演《寻梦》，宋文露争得最厉害。

演春香的孟莎莎是许苡的学生，大声说："老师没有说不演，有些人是不是太性急了？"

宋文露说："丈夫刚死，她丢下死人，跑来演出，这还是人吗？"

"许老师跟爱人一直是夫唱妇随，感情很好，昆曲界无人不知、无人不晓，好不好，不在这时。"孟莎莎很不服气。

两人说着，就吵，接着又推搡起来。我想到了戏剧界常说的，为上台，姐妹反目、亲人失和的事情来。

背完唱词，杨纯梅才开口说："哎，我说你们还以为自己十七八呀，别闹出心脏病了，我们都黄土埋到脖根上了，还有什么想不开的。"

宋文露还要争。虽已中年，仍能看出是帅哥一枚的导演抽完一支烟，从椅子上站起来，笑呵呵地说："老师们，我琢磨了一下，咱们的戏要有更多的观众，加些年轻漂亮的女演员，可能更好些。我说的是不是，老师们？"

一直沉默的刘继华开口了："这么一出大戏是我们这些老家伙来撑的，你让一个小年轻演，怕是不合适。小李。"

"年轻演员你不让她上场，她永远也提高不了呀！老师们，你们说是不是？再说，我说的年轻演员也四十出头了，就是刚从国外载誉归来的实力派演员李芳芳。"在老师面前，中年导演随和地说着，笑着。

"她是大师吗？只不过仗着还有几分姿色，连鼓点都踩不准。唱词，我敢说她都没全弄懂，上次唱到'迤逗的彩云偏时'，眼神只会勾引观众，没把人物的内心表达出来。我就怀疑她是怎么成实力派的。"宋文露说。

杨纯梅揉揉腿，站了起来，说："许苡没说不演，我们就先不要再考虑别人。我是她师姐，我了解她，在她心目中，戏比天大。"

就在这时，导演的手机响了，导演在一旁接完电话，笑着把手机往桌上一放，拍着手说："老师们，继续排练，许老师的女儿刚才打电话来说，她妈妈晚上按时来演出。"

"这个女人疯了！"宋文露把手中的扇子啪地合上说。

"她本来就是戏痴、戏疯子。"杨纯梅笑着说，"可是我们谁又不是戏疯子呢，在这大冷天，都这把年纪了，还争着上舞台。"

"杨老师，你从艺有五十多年了吧？"苗艺炜问。

"今年整整六十年。"

"我也五十六年了，想想当年，我们学戏时，十一二岁，谁能想到坚持这么多年？谁能想到昆曲给我们带来这么多荣光？"刘继华接口道。

望着一个个艺术家，肃然起敬的同时，我对陌生的演员姐姐又多了一份了解。看到杨老师坐下了，走到她跟前说："杨老师，你能跟我讲讲许老师的事吗？"

杨纯梅看了我一眼，说："她呀，戏是她的命。有一次，演出前两天，她发高烧住院了，团里安排B角上，是她的学生。结果戏开场前，她跑来，还要上场。我们真为她捏着一把汗，她头上全是汗，可是她演出仍很成功。"

"还有呢？"

杨老师又上下打量了我半天，低声说："许苡是你什么人，我怎么看着你们有些像。你不是她妹妹吧？"

"老师怎么知道？"我一惊，看了下周围小声问。

"她一直没有给我讲你们家的事。也就是前阵儿，她母亲去世，我参加完告别仪式后，陪着她回家，她才告诉我，那是她养母。她要不说，我怎么也不相信这是真的。她对养母特别好，上学时，每月发十八块钱，她都要给家里十元。整天妈长妈短地念叨着，到商场，说，这件衣服适合我妈。到饭店，菜刚端上来，又说，这是我妈最喜欢的。

"她一直打听着你们的消息，你母亲去世的那天，她叫我一起到外面吃饭。说你妈妈得病时，她去过，只在病房外面看了看。还有，你哥、你姐家的小院她去过不少次，但是总没勇气进去，怕你们不理她。她这一辈子活得不易。

"这次演出，我们每人只给四张票，给你们的票全是她掏钱买的。她想借戏，与你们相认。年岁大了，只有一切怨恨都散了，走时才轻松，她就是这么说的。你一来，我就猜到你的目的，可是没有说破。你若想好好了解她，可以问问继华。我现在身体越来越吃不消，这次，怕也是最后一次演出了。许苡向我请教，我给她说，找刘继华。说句实话，全国闺门旦扮演的杜丽娘，我最服刘继华了，我们不在一个团，但她的每一场戏我都看，可以说，她把杜丽娘的魂都演出来了，美丽端庄、典雅守礼、稳重大方、规范内敛。许苡这次上场，幕后指导老师就是刘继华。刘继华也是一个戏疯子，要不是许苡死缠烂打，她还想演《寻梦》呢。这场演出，就是她策划的。"

"刘老师好像很傲气，不太容易接近。"

"那是表面，你了解后就知道她人很随和。"

果然，当排练结束，我追上刘老师，说想请她喝茶，她一口回绝了，说："你问什么，我答就是。"

我们在路上聊了起来。

说到许苡，她话多了："她一听说我们要演大师版《牡丹亭》，就给我三天两头打电话说她想演，让我跟导演说。不知道她从哪儿听说导演是我的学生。

"她年轻时虽然演过杜丽娘，可说实话，我最不愿意替人说这个情。投资方就是冲着大师来的，观众买票看，咱也不能对不起人家。她毕竟是唱花旦的，所以我一口回绝了。结果她又找导演，把她录制的演出视

143

频给导演，导演找到我，让我看视频，因为我也是这次演出的艺术指导。导演说，刘老师，你说让她上，我就同意。

"说实话，她不适合演杜丽娘。花旦跟闺门旦还是有差别的。可是话又说回来，我也演过花旦。两者之间也有不少地方是相通的，都是青春少女嘛。许苡是一个有爆发力有创造力的演员，我相信她。她演的杜丽娘，恍然让我看到另一个不一样的杜丽娘。杜丽娘是大家闺秀没错，可是大家闺秀，有像我演的书卷气的、恬静的，当然也有像宋文露演的活泼的、充满朝气的。那为什么没有一个多情活泼又书卷气的杜丽娘呢？这么一说，我就同意了。这下好了，她一回到家，就给我打电话，不停地问我，她这样处理好不好，那样处理好不好。我就说，咱们到这岁数了，按照自己理解的演就行，有一千个演员，就有一千个杜丽娘。她不好意思跟我们在一起排，就自己在家里练，只来合练过一次，说实话，演得不错。她光分析杜丽娘寻梦、忆梦到醒梦的过程，就写了五六万字。对我演到'发簪挂到垂杨线'的眼神，她赞不绝口，反复说，'师姐你演到那儿时，我都能感觉到垂杨线好像拂在我脸上了'。她还学我的水袖的套袖动作。她说：'我反复看你的水袖，你不是一个方向，你一个水袖，变中有变，而且做得行云流水。潘金莲的水袖是直接的，因为她的文化程度决定了她的性格，直接、奔放，而杜丽娘知书达理，是受家庭严格管教的，是含蓄的，所以水袖就是她内心的独白，如咱们的昆曲，缠绵多样。'听完她对人物的分析，我就相信她一定能演得更好。

"听到她爱人去世的事，我很替她着急。说实话，我老想，如果换成我，该如何决定。置身昆曲，你经常会忘了自己。真的，你看看我们这几个老太太，哪一个不是以戏为上？有一天，纯梅老师跟我说，她一生最大的愿望就是最后倒在舞台上，那是多么幸福，穿着花褶子，满头珠翠，像做梦一样，再也不醒来。"

"刘老师，我反复看了你的《牡丹亭》，你演的杜丽娘，满满的少女状，请问这么多年来，你是如何保持状态的？"

"哈哈，你知道我最怕什么吗？这么多年，最怕有一天因为发胖上不了舞台，所以，我从来不敢大吃大喝，游泳、练功、跑步，从不懈怠。孙记者，我告诉你，你有空好好采访一下我的姐妹们，她们一个个为了上舞台，其中的甘苦，都可以写一部长篇小说了。就说宋文露吧，你别看她吵吵闹闹的，她为了这次演杜丽娘，特意从美国回来，一回来就给我说，她不走了，她要唱戏，只有唱戏，她才觉得自己的人生有意义。还有杨纯梅老师，刚才你也看到了，彩排时，跪下站不起来了，因为她前不久摔了一跤，腿刚做了手术，可我一打电话，她马上说，行的，我行的。快八十岁的人了，几次排练，她非常认真。导演说："杨老师，你歇歇。"她却说："不行，我感觉这个动作做得不美，我还要好好练一练，你听听她的嗓子，还是那么亮，气还是那么足，我的嗓子就不如她，这个不能不承认。还有，苗艺炜，膏药从颈脖贴到尾椎。我记得有个名人说，大抵真正圣者的灵魂都必然与众不同。过去我认为这话是对的，可经过我们一代代旦角来演绎，我相信杜丽娘这个角色会不朽。真的，杜丽娘永远不朽。我的学生现在最小的十岁，跟我们学昆曲时一般大。我跟杨老师、许苡都是首届昆曲班同学，全班四十人，现仍有三十多人活跃在全国舞台上，大家把现代的新媒体技术运用到昆曲传播上，让昆曲一代代传下去，这是大家最乐意做的。给你说句笑话，我跟爱人吵架，只要他一说昆曲，我立马就变怒为喜。真的，没办法。我们的导演，你猜为什么这么痴迷昆曲，他也是一名昆曲演员，演配角，后来嗓子坏了，演不成戏，他就策划戏。为了这次演出，他求爷爷告奶奶，跑断了腿，终于促成了此事。"

"当昆曲演员苦吧？"

"是呀，最苦的是毯子功，比如翻跟头、踢腿、拉伸、下腰、踢腿最难，背靠墙，把一条腿抬起来，往头部压。当时我年纪小，怕疼，老做不到位，老师就说，知道江姐、刘胡兰吗？我说知道，她们是战斗英雄。老师就说，她们死都不怕，你吃些苦算什么。要是没吃苦，就没有今天。你吃了苦，腿和手都听你话，只要你肯吃苦，肯定成功。闺门旦要求更严，手指到什么位置，眼睛看什么地方，都有规范。没唱时也要表演，特别是对方唱时，你要有反应。许苡从小就能吃苦，所以她身段漂亮，圆场跑得好，台步也走得不错，音乐美而准，最主要的是她灵巧，动作繁多，她做得都很好。她比我只小几岁，没想到状态还是这么好，肯定私下没少练。说实话，我都有些嫉妒她了。你别不信，我们虽然老了，但还是有这种争胜好强心的。"刘老师说着，低头掩嘴害羞一笑。我忽想到了一个词：绝世芳华。

回去的路上，我思绪不断。如果说原来是为了私心完成采访，通过这次采访后，我感觉有许多话要说，有许多关于昆曲的文章要写。

5

傍晚，一场大雪不期而至，吃过晚饭，雪已积了厚厚一层，雪花仍铺天盖地飘洒着，落在脸上冰冷浸骨，可剧场门口人挤人，停车场里车挨车，真是水泄不通。

下台阶时，好几个年轻人摔倒了，摸着屁股不停地龇牙咧嘴。我小心翼翼地一级一级台阶实实地踩实，有些后悔来了，可一进大厅，如进宫殿，蓦然有一种身处京都的自豪。相信进过京都大剧院的人，都有跟我同样的感触。

大厅人山人海，我随机问了几个外地口音的观众，一个说是坐飞机从三亚来看大师们演出的。还有一个说刚下高铁，坐了七个半小时，很累，可是一想就要看到杨纯梅、刘继华这些昆曲大腕，一切累都不算什么。

"你对许苡如何看？"

"好奇呀，特想看看她一个演花旦的是如何演绎杜丽娘的。"

戏剧厅以传统红色为主调，颇具民族特色，真丝墙面烘托出亲切、热烈的气氛，观众厅设有池座一层和楼座三层，有一千多个座位。

灯一黑，大幕拉开，彩妆上身，刘继华的杜丽娘身材婀娜多姿，姿态高雅，浑身充满了书卷气和仙气，不过她很娇小，看起来很纤弱，暗伏杜丽娘以后的命运。

宋文露演绝了一个渴望自由奔放的杜丽娘，她那双大眼勾人魂魄，芭蕾舞般的身段逗得年轻观众掌声四起。

她们演得越好，我越为许苡担心。是呀，古典的演了，现代的也演了，杨纯梅虽还未出场，可她的端庄高贵的杜丽娘已在观众心中定型，许苡还能有什么花招呢？

幕侧，电子屏幕上许苡名字一打出来，我心就跳得特别厉害。前排有人说："唉呀，听说许苡爱人去世了，她竟然还能上场？"

"啊，真的？"

"我的天，要是我，怎么也上不了场。"

"可不，这折戏，倒契合她此时的心境。好了，别说话了，专心看戏。"

笛声一起，全场静得好像落根针都能听见。约有半分钟，许苡才从左侧幕背对观众莲步上场，刚一出现，观众就惊呼，潘金莲上场都跟别人两样。当然不是白衣红裙、风情万种的潘金莲，而是着豆绿色淡雅花褶子的杜丽娘，拿着折扇袅袅娜娜上场了。

我暗想，哥哥姐姐没来，却来了一堆不相干的人。这些人里有司机，有刚坐下就一直不停看手机的中学生，还有一个一出气全是大蒜味的保姆，但愿戏台上的人瞧不见，别影响她的情绪。但她送的票，当然要瞧请的人是否来了。事实证明我的担心是多余的。她好像进入无人之境，那一笑，那一扬手、一摇扇，正是我想象中的杜丽娘。为了这出让她的同胞兄妹们看的戏，她暗地里不知流了多少汗。可是他们却没有来，她一定很失望。

唱到"是谁家少俊来近远"时，她眼神发亮，神态迷离。"他捏这眼奈烦也天"时，学秀才的步态，好有俞振飞的书味。"则道来生出现，乍便今生梦见。生就个书生，恰恰生生抱咱去眠。"唱到这儿，她眼睛带着水光，温情地瞧着远方，眼神从远方打量到近处，又从下打量到上，再害羞地转过头去，忽然做了一个幅度很大的卧鱼动作。唱到"他倚太湖石，立着咱玉婵娟"，她运用了雀步、云步、挪步、搓步等花旦舞步，呈现了梦中与书生邂逅时的欢快。

接下来的演出，让我吃了一惊，且为她担心，她唱的几句其他演员没有唱过，有些唱词明显有些色情："待把俺玉山推倒，便日暖玉生烟，捱过雕阑，转过秋千，揉着裙花展。敢席着地，怕天瞧见。好一会分明，美满幽香不可言。"她用折扇慢慢遮住脸，然后渐渐露出双眼。既撒娇，又性感、多情、妩媚，她演出了另一个杜丽娘。说实话，虽然有些色，可我承认，她唱的有她自己的风格，要不怎么是大师呢。

甩袖，不像别人要么左，要么右，或前或后，她呢，变化很快。先从左到右，然后又从右到左，在你看得眼花缭乱时，忽然又从前至后。一把纸扇，有时是装饰品，在她行走时，挡在身后，如身上的一朵花，随着小碎步摇曳；有时又是道具，拨开拂在眼前的垂杨线；有时又成了情绪变幻的晴雨表，忽上忽下，忽开忽合。特别是那合扇的动作，简直美极了。

舞台一桌一椅，可从她的眼神里我分明看到了牡丹亭、芍药栏、垂杨线、榆荚钱、线儿春、湖山石，看到一个年轻帅气的秀才款款而来，与她缠缠绵绵。她看到秀才时的惊喜，梦醒后的失望，花片儿惊落她美梦时噘嘴的娇憨，真是我用笨拙的笔，花几千字描摹未必能写出那神韵的二三分。

可惜剧场不让拍照，不然我真想把这一幅幅绝美的瞬间留下。遗憾之余，看到台上两台巨臂摄像机在不停地忙碌着，便想将来还可以看视频。

她摇扇子的动作，洒脱漂亮，我又担心万一扇子滑脱如何是好。忽然她跟跄了一下，我心一紧，担心是否裙角绊住了她的脚，我惊恐未定，她脸上已呈现出看到大梅树的惊喜。

"偶然间心似缱，梅树边，这般花花草草由人恋，生生死死随人愿，便酸酸楚楚无人怨。待打并香魂一片，阴雨梅天，守的个梅根相见。"听到这儿，眼泪打湿了我的眼眶，眼睛模糊一片，我也顾不上擦，生怕错过了她的每一个动作。

她下场了，我松了一口气，才发现自己浑身是汗。

坐在我左边的这位二十四五岁的姐的同事，不叫姐主任，直接叫姐名字，想必来头不小。姐从来不会轻易结交人的，她总说人际关系就是资源，人生短暂，要尽量优化。这个小姑娘虽说没礼貌，但对艺术欣赏倒不外行，不停地说："演得真好，她不像刘继华的书卷气，也不是宋文露的开放性，她的杜丽娘既风情，又忧伤，既充满了人间烟火气，又充满了现代女性自我意识，知性与性感，本是很难相融，她却做得天衣无缝，女人中的尤物也。是我们年轻女孩喜欢的菜。"

虽然反感她瞧不起我们这些中年人，好像她不会老似的，可她的表扬话又中听，我便解恨地说："那是我姐。"

"你姐？"

"当然，我二姐，从小被我妈送人了。"

姐的同事愣了一下，又接着说："你们兄妹个个都厉害。"

"那是。我妈也很厉害，农村老太太，一字不识，却明白读书的好处，把我们兄妹一个个从农村送了出来。"我骄傲地说。

上部以杨纯梅的《离魂》结束。所有的词汇都不足以表达我心中的赞美，只有四个字：灵魂出窍。至此，我终于明白许苡为什么痴迷杜丽娘这个角色了，五个杜丽娘真是人间极品，盛世美颜。

演出完，谢幕时，诸位佳丽一一出场，宋文露打头，苗艺炜随后。刘继华、杨纯梅上场时，观众不约而同地站了起来，闪光灯不断，鲜花不绝。

许苡没有出场，不少观众不停地问："许苡呢？许苡呢？"有人干脆大叫起来："许苡，许老师。"导演这才站出来，他先向观众深深地鞠了一躬，然后沉声道："在这难忘的时刻，我本不想扫了大家的兴，可观众是上帝，我抱歉地告诉大家，许老师演出完就离场了，她让我向一直钟爱她、钟爱昆曲的朋友们深深致意。许老师从艺六十年，从来没有提前离过席，这是第一次，为什么？我怀着沉痛的心情告诉大家，她的爱人今天中午忽然去世，可我们的老艺术家，为了亲爱的观众，坚持唱完了她一生最钟情的戏。大家看到了，她七十三岁高龄，刚才的表演，字正腔圆，感情充沛，听不到一丝疲劳和倦怠，气息充沛，身段优美。将近三十分钟的戏，唱念做舞，还要表现出一个初涉人事的少女的痴情、眷恋，实在好棒。现在，我提议大家向著名昆曲表演家于劲光老师，也就是许老师的爱人默哀一分钟，祝他一路走好。"

观众们愣了一下，接着有人鼓掌，马上被人制止了。两分钟后，台上台下所有的演员和观众低头默哀。

这恐怕是前所未有的。

大师版《牡丹亭》演出第二天，京都各大报刊好评如潮。许多评论家称，挑战自我的许苃，创造了另一个多情、缠绵、性感的杜丽娘。各网站连续播放她的演出视频，屏幕上一串串弹屏在滚动：

"许奶奶把潘金莲演得让人又爱又恨，这次更是拼了，又演活了大家闺秀杜丽娘。点赞点赞，点一百个赞。"

"许奶奶，我向你表白。我爱你。我爱你 +1。"

"许奶奶，你的水袖抛得太美了，你不是直抛，是转手腕，绕水袖，前无古人呀。还有转扇子更绝，我要给你打 call 打赏。"

"许阿姨，你还是唱坏女人最风情。杜丽娘是大家闺秀，你受不得那种拘束，你是咱尘世女子，还是唱花旦最拿手。"

"许姐姐，真是铆足了劲儿呀，好伟大，你的身段、眼神、手势及痴情，活脱脱就是我心目中的杜丽娘。你的一举一动，处处如画，浑然天成。不说年龄，我真以为你就是那个二八佳人呀。"

"春香姐，你为什么要假扮小姐呀？"

"听着真是享受，许阿姨姿态好美。"

"我的苃，我特意剪辑了你从年轻到现在的所有演出视频，好美好美，你是为昆曲活着的，向你表白。"

"我美若天仙的金莲姐姐，好想活捉你。"

"亲几下苃妹。扛起绝世可爱的苃妹就跑。"

"真心觉得许奶奶还是花旦好。演闺门旦的时候，怎么看都有花旦的影子。但是，表演的时候的眼神真的抓人，从她上台演出将近三十分钟，我一次都没有分过神，连咳嗽都忍着。"

"大概《牡丹亭》是每个昆曲演员的梦吧，表白许奶奶，给你挑战自我打满分。"

"许先生，你扮上小姐，既书卷又风情，真的美炸。特别是忆梦那部分，真是温柔得不要不要的，甜死我了，好想当那个书生，与你畅叙。"

"感觉她唱的《寻梦》很有味道。比起甜腻的苏腔，我更喜欢这样的唱，看她脚下生火的样子，劲头十足的激情，谁能想到是七十多岁的人呀。许苡姐，你是吃了长生不老的药吗？"

"我最近迷上了昆曲，全力模仿许苡老师的一颦一笑，揣摩杜丽娘的少女情怀，深深沉浸在昆曲的馥郁芬芳中。"

"许老师的表演，一呼一吸，举手投足，顾盼生辉，扇子在指间的不经意翻转，从未体验过的少女至娇至柔的隐隐表达，让我更坚定地成了她的铁粉。"

......

我把这一张张截图发给我的哥哥姐姐们，提出与二姐相认，大哥很快打来电话："从伦理学角度讲，我们要注重亲情，但客观地讲，她跟我们没有多少感情，聚不聚都没多大意义。细细分析，她为什么人老珠黄了，又跟我们联系，莫不是生活不如意，有别的打算？我们老了，疾病不少，精力越来越差，多一事不如少一事。小妹呀，你渐渐步入老年，得学会减法呀，一些无谓的人，就不要再交往了。"

"哥，她是咱姐，怎能是无谓的人？"

电话里听到门响，大哥说："我孙子回来了，你嫂子也马上回家，今天我在家，要做饭去呢。忙得都喘不过气来了，哪有闲心关心别人的事。记着，我上次说的经济基础的话。"

"我听说，人家比咱们过得好，你不要担心其他。"我本想再责备他几句，又想毕竟是哥，心里的火气渐渐弱了。

我到二哥家时，他正在家里跟他部下下棋，身边还围着两三个人。显然对方在让棋，我这个二把刀的棋手都能看到，二哥却乐在其中。

众人看到我进来了，忙说："董事长，你有客人，我们就不打搅了，改天我们再来。"说着，看了一下放在地上的一大堆礼品，好像是酒、字画什么的。哥屁股也没抬，还是嫂嫂把两个下属送出门。一个出门时，又说："董事长，打搅了，那事儿，拜托您了。"

一听我又是为许苡的事来，二哥看了我半天，很干脆地说："我们不去，为什么我们要主动，我再也不会见她了。你不知道，这么多年过去了，我还记得她当时那眼神，像冰一样。"

"二哥，那毕竟是咱姐。"

二哥半天没有再说话，最后还是说自己忙，没那份闲心。

姐是晚上睡觉前才发来短信，只说了一句："我这次怕又没机会了，大家竞争得厉害，我没心情见人。"

"姐，你怎么也这么冷血呀？"

姐半天才回："妹子，我们不是年轻人了，理智些好吧。生活已经把我们搞得精疲力竭了。"

6

半年过去了，不知是因为爱人去世悲痛，还是因为哥姐没有去看戏，许苡再没有跟我联系。

我想给她打电话，又抹不开面子，在朋友圈无意中看到周日晚她给京都大学学生讲昆曲，题目是《旦角的收与放》。她会讲些什么？抱着强烈的好奇心，我像学生一样，扎了个丸子头，穿了件套头卫衣和牛仔裤，骑着共享单车，顶着寒风，混进了嘻嘻哈哈的大学生队伍里。

我没想到现在大学生也爱看戏，能容纳七八百人的学术厅里坐得满满当当的。

许苡穿一袭中式紫色绣花长袍坐在讲台，脖子上围着一件淡灰色的纯棉围巾，化着淡妆，与舞台上那个载歌载舞的古典美人判若两人，神情里似有淡淡的忧伤。主持人一番热情的介绍后，她用陕西普通话讲道："同学们，看到你们年轻的笑容，我忽然想起了一件事。我的小外孙前阵去洗牙，回来埋怨我说，姥姥，你为什么没有告诉我刷牙还要把里面够不着的地方刷干净呢？"

她说到这儿，停顿了一下，同学们面面相觑，大概他们和我一样，没想到许老师这样开场。

许苡嫣然一笑，说："那么我今天就是要告诉大家，欣赏和理解昆曲，跟刷牙一样，要里里外外刷。花旦活泼、阳光、朝气、灵巧、俏丽、轻盈、明快，像红娘、春香，她们一出场，不像闺门旦那样含蓄、典雅，让你去揣摩她的内心。花旦一出来就是一目了然、开门见山，不用你花很多心思来猜究竟她内心想什么。但因为是这么一个年纪轻又比较活泼的一个行当，所以表演时就必须掌握她的要点，一出来就要满台生辉，不能暗淡，不要让观众感觉到沉闷。一样的花旦，角色不同，表演也就两样。

"刚才王院长介绍说我是以演坏女人出名的，没错，今天我就讲讲我演过的戏里面最喜欢的两个角色。先说坏女人。为什么我会演潘金莲呢？两个理由，一是没人演，二是我想当主角。《义侠记·戏叔别兄》第一次公演是在京都人民剧院，获得了巨大的成功，我由此得了戏剧界最高奖——梅花奖。

"那么我演的潘金莲大家为什么喜欢呢？我的体会是，演戏，首先要吃透角色。我认为潘金莲并非生来就是坏女人，是不幸的命运把她变

154

成了一个杀人犯。所以我虽然按传统演，但融进了自己对这个人物的理解与再创造。"她说着，站了起来，往黑板上唰唰画了起来。那高高的发髻，纤细的手指，噘起的小嘴，稍斜又有些凶的眼神，曲线毕现的身上还围着一个小围裙，几下就把一个漂亮、妩媚、果敢、性感、泼辣的女人画在了黑板上。

画完，她在讲台来回走动着，边走边说："说起来容易，要具体落实到眼神上，既传神，又要美，就得细细揣摩。因为她是已婚女人，没多少文化，不能像杜丽娘看柳梦梅的眼神那样含蓄，潘金莲的眼神直接而简单。她是花旦，但又不能像红娘、春香，眼神那么纯。同样是她，看生命中的三个男人，眼神也是不一样的。我在演这个戏时，改编了一些细节，比如，她只知道武大穷，却不知道他长得那么矮小，所以我演她结婚后揭开盖头，第一眼看到武大时，惊恐地晕了过去，清醒后第一反应要走，可是往哪儿走呢，家里那么穷，回家还是会被母亲卖掉的。"

她说到这里，顿了一下，眼睛好像有泪光，控制住情绪。她又接着说："她走不成，也死不了。武大说你不愿意，也没关系，就在家里待着。所以她被武大的善良感动了，这时她的眼神是无奈的。对武松，她的眼神是热烈的，是急切的，因为忽然天上掉下一个又英雄又帅气的小叔子，搅动了她埋在心里的激情，让她失去了理智，只管一厢情愿地表达感情，而不考虑他们之间到底合不合适。"

"所以戏一开场，我演的'锦缠道'，就要体现她的千娇百媚、春心荡漾，觉得今天一定要抓住机会对武松表白。原来的戏里，武松先出场，潘金莲随后。我认为金莲是主角，一定要以她为主。她手执酒壶，手握红手绢欢快地跑上场。起初服装是白衣、红马甲，我感觉不俏，便特意系了个黑色的小围裙，仅能遮住肚子，上面绣朵梅花，把她的身材和调皮劲儿一下子就勾勒出来了。她上场，没唱词，一会儿坐到左边椅子，一会儿又坐到右边椅子，又打开门看武松来了没有，虽然无一句台词，却把一个多情少妇的形象刻画了出来。这些身段也是我反复思索后设计的。现在我就给同学们表演金莲这时唱的第一段唱词《锦缠道》。"她说着，从包里拿出一块红纱巾，在讲台上双手提着，载歌载舞起来。

这下，她从刚才矜持的女老师变成了风情万种的潘金莲："梦魂摇，这新愁蹙上眉梢。恼蝉儿聒噪，怕残夏催得红减香销。空留得美貌无瑕，枉自向秋风枯槁。哎呀老天啊，蓦地里俊才降下，啊呀从天降。若不送清芳缭绕，怕红颜难自保，须趁这锦帐流苏春意好。"

她演背蹭桌子的动作，是借了《牡丹亭》里杜丽娘做梦前唱段里的身段，比杜丽娘更妖娆，更性感。我留意了周围学生们的反应，女生捂着嘴笑，男生大咧着嘴，不停地举着手机啪啪地拍照。

她做完，坐回椅子上，继续讲起来："接下来就是武松来后，她敬他的三杯酒。敬酒是全折的高潮，要有戏。我演她给武松酒杯时，因为紧张，错把酒壶给了武松。接着，两人擦肩而过时，她故意用肩膀蹭武松。然后又关门。又用红手绢故意在武松面前晃。可武松不接招。她又说武松背地里逛窑子，这是搭讪，是试探，是故意把武松往男女关系上引。武松说自己是男子汉，不可能干那事。她又敬武松酒，说要喝成双酒，手搭到武松肩上。武松恼羞成怒，骂她，她就跟武松吵架。这时，我仍演她做最后的努力，她把丢到武松面前的手绢拾起后，从背后搂住武松的肩膀，被武松踢倒，才醒悟'难道是奴家错认了他？'这才彻底死心。如果潘金莲演不到前头的那种媚，演不到后面的这种辣，那就不是潘金莲。

"武松拒绝了她后，她又遇到了西门庆。我理解她是爱西门庆的，因为西门庆会讨女人喜欢，长得一表人才，家里又有钱，为了她一次又一次破财。怕武松回来杀她，在王婆挑唆下，她毒死了武大，我要演出她的不得已，演她毒武大时的内心挣扎。所以，在武松杀她时，她说自己对不起武大。这样人物就不单一了。她死时唱道：'三生有幸，我今日死在你武二的钢刀之下。'这句唱词是我加的，这样表明她是真心爱武松的，这样就增强了戏剧的感染力和人物的悲剧性。这细节是我受《金瓶梅》小说启发的。书中写到多年以后，嫁到西门庆家的潘金莲因为西门庆死了，被西门庆的妻子吴月娘赶出家门，住到王婆家，武松来说要娶她，她马上就出来答应。她是被爱情冲昏了头脑，根本就不想想武松是什么人，更不想她杀了人家的哥哥，他岂肯放过她。表明这个女人头脑简单，她没有过多的心机。"

她说到这里，喝了一口水，有人递上来一张条子，她笑着说："这位同学问我是如何演另一个坏女人，对，就是宋江的老婆阎婆惜。这个角色，跟潘金莲差不多，我只把握住她的痴情，自己死了，也要把所爱的人带走，虽自私，但情在深处，朝这方面演，观众也能理解就可以了。"

她扫视了一下课堂，清了清嗓子，说："接下来我主要想说说我演的杜丽娘，她是我一生的梦想。从上戏校时，看到梅兰芳先生演的《游园惊梦》中的杜丽娘，那举手投足，活生生就是我理想中的千金小姐，贵气、典雅，我就发誓今生我虽没过那样的生活，但我一定要演这样的角色。结果我却是演了一个个丫鬟、一个个坏女人，靠天真活泼、打情骂俏，插科打诨赢得观众，这些人为的、夸张的、变形的表演，与我的梦想相去甚远，虽然成功了，可是扮演杜丽娘那样的千金小姐才是我最终的梦。看了诸多师姐演的杜丽娘，越看心里越自卑，要超过她们很难。后来我就想，我要演自己理解的杜丽娘，抓住她的内心层次。比如寻梦时的欢快、忆梦时的甜蜜、梦醒后的惆怅，把自己葬到梅树下的决绝，这就要靠眼神、靠步态、靠身段，把一个压抑的女性的内心愁怨表现出来。她不知该怪谁，所以只有自我伤感。这伤感要通过对花园花草树木、对梦中的书生的眷恋来打动人，特别是叫秀才时，嘴巴一定要甜，要嗲，要酥。"

她又现场表演了《寻梦》中的"江儿水"，比舞台上唱得更加凄婉。

到互动环节，有位女同学提问："许老师，你认为坏女人和好女人，哪个最难演？"

她扫视了一下大家说："坏女人，易出彩，外形就能把她演活。好女人，特别是大家千金，她的喜怒哀乐不轻易表露，那么就要从细微处演，这就很难。比如我演《烂柯山·泼水》崔氏跳河的情节，眼泪流得差点就唱不下去了。可是，随着年龄增长，目睹了现实中一些生离死别，我觉得不流泪却痛彻心扉，用那种痴迷的眼神表达心碎的感觉，那是一种笑着的痛，更易打动人。这样压抑内敛的演绎方式更能打动观众。你会觉得你的生命轨迹与角色慢慢融合到了一起。如果说花旦是放，闺门旦就是收。昆曲的闺门旦最不容易演，演员的扮相、身材、眼神的运用，何处用力，何处放松，很讲究的，总之要具有闺门旦的气质，高贵和优雅。同样是闺门旦，同样是大家闺秀，崔莺莺就比较好演，她有与母亲、张生、红娘的人物纠葛，有情节，而杜丽娘纯粹是她的内心戏，即便给春香讲秘密，也只三两句，所以演杜丽娘，她的内心戏最关键。《寻梦》，我理解是一个青春少女在写日记，在跟自己说悄悄话，我把她的内心分了几个层次：一是寻梦时，她是满怀着惆怅，从牡丹亭、芍药栏、湖山石、垂杨线，一路寻来；二是忆起与秀才欢会的甜蜜，她害羞、奔放、欢快；三是花片掉下来，惊醒了梦的失望、惆怅；四是看到万物的萧条，心中的悲伤；五是看到压自己黄金钏匾的地方，想起两人欢会的情景，发出急切的呼唤'秀才，秀才！'再次入梦，我感觉这时演要特别深情。为了把人物表演透，我大胆地运用了一些稍稍夸张的身段，也就是花旦的元素，因为我理解在无人之处，一个大家闺秀更有隐秘的内心激情，她不可能一直压抑，总要倾诉，总要发泄，而一个人的花园，无疑是最佳的场所，这样人物就立体丰满了。"

又有一位戴棒球帽的男同学站了起来："许老师，前阵国家大剧院演的大师版《牡丹亭》，网友们意见不一，有人说，被誉为昆曲皇后的杨纯梅老师虽然唱得好，但毕竟年岁大了，扮相差了。满满少女状的刘继华老师虽然身段一流，但唱腔明显气力不足，说你是五个杜丽娘中扮相、身段、唱腔最棒的，您对这样的排名怎么看？您给自己的表演打多少分？你认为还有哪些方面需要改进？还有您喜欢演好女人还是坏女人？请您谈具体些。"

她略一思索，说："我先回答你最后一个问题，好女人，坏女人，我都喜欢演，只要是有性格，我肯定都能把她演得让观众喜爱。至于给我演的杜丽娘打分嘛，70分吧。杨纯梅、刘继华都是我的师姐，与她们相比，我演的毛病不少，比如人老了，手就不听使唤了，摇扇时我手指有些哆嗦。换气频繁了些，我不得不遮扇掩饰，这当然与青春少女杜丽娘不符。还有我无论怎么努力，还是认为没有演出杜丽娘的贵气来，甚是惆怅。如果还有机会，我希望能演全本的《牡丹亭》，能演出少女杜丽娘来。不过这只能在梦中了，或者来生了。所以同学们，希望你们珍惜韶光年华，做最好的自己。我演了《牡丹亭》，这生无憾了。"

堂下一片掌声，而我泪流满面，决心要主动与这个姐姐相认。

7

通过刘继华老师，我打听到许苪的电话，电话半天没人接。名人都这样。又想她肯定知道我的号码，故意不接，恼火间心想：再响一下，如果还不接，我们就是路人了。正在这时，电话通了，果然存了我电话，开口就说："小妹，刚才接受记者采访，抱歉。"

一声小妹，听得我心里一热，忙说："姐，我看了你的演出，好棒。"

"小妹，到姐家来好吗？"

"我正等着这话呢。"姐家，名演员之家，对我来说，充满了诱惑。

爱人得知我要到二姐家，很是支持，还要送我。我说："你还是在家陪儿子复习吧，明年就高考了。"

爱人体贴地把车从地库里开出来，我说："我替二姐谢谢你。"

爱人笑笑说："二姐是咱们的二姐，以后要多跟她来往。"我说那是。正在我要感动时，他又说："科教文卫体是一家，咱儿子明年高考，作为政协委员的二姐肯定能帮上忙，咱要加强跟她联系。"我心里一沉，想数落他几句，终没开口，朝他无力地招了招手，启动了车。

姐一开门，我吃了一惊，我以为见到了去世的妈。那白净的脸，那轮廓分明的五官，稀疏的灰白头发，简直是妈的翻版，当然声音、走路就不像了。客观地说，这是一个城里的母亲，演员版的母亲。她没有化妆，皮肤松弛，神态憔悴，背有些驼，三天前讲台上的那个女教授瞬间成了一个古稀老人，身着一袭中式绣花宽松缎袍，正温情地望着我。

二姐家是三层楼的连排别墅，前院带一个小花园。通过客厅落地窗，可瞧到外面的花园，想必到了春天一定很美。

墙上悬挂着她的演出剧照：春香、红娘、潘金莲、崔氏、田氏，中间最大的是刚挂上去的《牡丹亭·惊梦》里的剧照。茶几上放着一张神态温润的老人照片，想必是她爱人。照片前，黑花瓶里插着一束香水百合。家具是欧式白色，简洁考究。靠墙是九组书柜，上面满当当全是书。要不是墙上的剧照，我真怀疑我走错了门。家里除了她，再无别人。

"我女儿带小外孙去他奶奶家了，要是那个小家伙在，你就别想说话了。"

屋子里暖气足，她身上散发出淡淡的香水味，举手投足中总有那么股美感，使我恍惚看到了舞台上她的倩影。

我几次想叫二姐，嘴动了动，却开不了口。

她给我沏茶，握杯子的手抖得厉害。我忙接过来，心想，舞台上，她的每一个动作都是那么美，她是怎么做到的？

寒暄了几句，她问我："妹，你猜我为什么学起了昆曲？"

"听杨纯梅老师说那时戏校包吃包住，还给钱，你是为了减轻家里的负担吧？听说你妈妈一直没有工作。"我特意把"妈妈"一词咬得很重。

"这是一方面，最主要的是，我得知咱妈爱看戏，到了南方，没有秦腔剧团，我就想所有的戏是相通的，便学了昆曲。"

"咱妈的确爱看戏，小时候，十里八乡只要唱戏，妈都要带我去看。对了，你一个演花旦的为什么这次要演闺门旦，很多人都为你捏着一把汗。毕竟重新开头，很难。人成名了，名声很重要，要是演坏了，可就毁了一世英名。"

姐递给我一只芒果说："提起这事，还要从头说起。"

"我起先是恨咱爹妈的，家里五六个孩子，为啥单单把我送人？知道真相，是跟街上的小伙伴打架。人家说你是个买疙瘩（即抱养的），我不信。可人家说出了咱村名字，有一个还说我知道你爹叫什么名字。我那时六七岁，刚上小学，放学后，偷跑了十里路到了咱村，到家门前了，有好几排楸树，开着紫色的喇叭花，风一吹，花落了一地，一片紫色，我现在还记着。我踩着叶子，到了大门口，透过门缝，看到了几孔窑洞，跑着几只鸡，却没进去，在楸树下站了好一会儿，又回了家。养母看我满头大汗，没问我去哪儿，双手端了一碗肉臊子面递到我手里说：

161

'饿了吧，快吃。'我说：'妈，你咋没问我去哪儿了？'养母说：'去哪了不要紧，知道回来就好。'不久她就带着我到养父部队上去了。到了我四十多岁，演潘金莲、田氏等一系列所谓的坏女人后，我才慢慢理解了咱爹妈，知道他们一定是不得已才把我送人的，于是我原谅了他们，想念你们。咱家大大小小的事，我都是通过以前的伙伴亲戚打听出来的。要不，我怎么知道你的家在哪儿，你的电话是多少？还有你和大弟写的文章，我都收集了不少。你看，这是你最近发表在《小说选刊》上的一篇小说《我们为母亲做了什么》，我哭了好半天。你看，我也热爱读书，有时也写些小文章，书架上的书我全读过。

"咱妈住院，我得到消息，瞒着养母到医院去看她，刚进病房，看到妈正跟护理站护士说话。我当时不能确定她认不认识我，刚走到护理站，她看了我一眼就要走。有个护士看过我的戏，给妈介绍说我是著名的昆曲演员，妈打量了我半天说，你演什么？我说我演潘金莲，妈说，那个坏女人有什么好演的？我在电视上看过你唱的戏，你一会儿演嫌丈夫穷逼着丈夫要离婚的崔氏，一会儿又演丈夫还没入土就急着嫁人，还要砍丈夫脑袋为后夫治病的田氏，你咋就不演演崔莺莺、祝英台呢，你咋就不学好呢？

"哪个女人不想当千金小姐？着一身淡雅而精致的华服，满头珠翠，玉步轻移，弹琴读书，赏月观花，被亲人和丫鬟百般呵护着？可要有机会呀。养父去世后，养母身体不好，我只能穷人的孩子早当家。学做饭，帮养母做衣服，她是裁缝。上了戏校，想当众星拱月的主角，当娇滴滴的千金小姐，出门有人陪，穿衣有人帮。我们昆曲旦角，谁不想演大家闺秀杜丽娘，可杜丽娘毕竟只有一个。我十五岁，给杨纯梅老师的杜丽娘当春香，看着她一出场，掌声一片，载歌载舞唱三四十分钟，闪光灯不停地在她身上照，而我只有配合着她演，就发誓有一天也要和她一样，为此，我经常半夜三点起来练功，可是团里美人一大批，先是杨纯梅老师，接着是刘继华老师，她们拍电影、出国的时候，档期忙不开，我以为自己终于有机会了，没想到年轻的宋文露又来了……我要出头，只有剑走偏锋，事实证明我选择演坏女人对了。没想到成功了，妈却不满意。

"我那时多大了，已经六十多了，因为唱得好，调到了京都，还得了梅花奖，都带学生了，没想到在妈眼里我还是那么不成器，于是我更觉无脸认你们了。从那天起，我就想我一定要演杜丽娘，让妈看看我也是能演好女人的。

"结果，这一等又是十年，机会终于来了。在舞台上，我演着杜丽娘，演着演着，恍惚间觉得自己成了潘金莲，一会儿又成了阎婆惜，成了《烂柯山》的崔氏，成了那个从小就梦想着上舞台的小妮，成了梦想着要跟你们一比高下的那个被亲人送给别人的苦命娃。得知你们一个个到了京都后，我的目标就一个——进京。

"二哥那次到杭州来看我，养母一听到门外大嗓门的陕西话，忙捂着心脏不说话，你说我能不把事做绝吗？我不怪她，这一辈子她真的不容易。我养父走时还不到四十岁，养母那时也就三十岁出头，有个叔叔喜欢她，她怕我受委屈，拒绝了，她没工作，靠跟人做衣服养活我，视力很早就不行了。她经常跟我说，我小时候调皮，玩时，一次把豆子塞到了鼻孔里。她半夜跑到医院，求爷爷告奶奶，差点给医生都跪下了。还有一次我发病，医生都说我不中用了，是她整夜守着我，愣是把我从死神手里救出来的。我知道她的意思。我跟她说，妈，你放心，我永远是你的女儿，谁家都不去。为了表达我的决心，我给她发誓，这辈子，我只有她一个妈，否则，不得好死。

"养母是半年前去世的，活了九十岁，是在我怀里去世的。她走之前说，妈对不起你，认了你的父母姐妹吧，妈知道你心里没有放下他们。

妈又何曾放下他们呢?!夜夜梦见你不认我这个妈了。

"我想咱妈希望我演一个好女人,一个她梦想中的小姐,那么我就演杜丽娘,让妈为我自豪,我并不比弟弟妹妹们差。谁知我现在上台了,妈却没了。得知妈去世的那天,我哭了好久。"

我接口道:"听说你小时候,妈几次到你家去看你,都让你养母赶出来了。妈说我死心了,就当没生过。她在我面前从没提过你,我以为她忘了你。我刚接妈到京都,游完了各大著名的景点后,妈忽然说,'京都有戏吗?'我说,'当然有了,京剧是国戏呀。妈要想看,我带你去。'妈问有没有那种南方的戏,就是杭州唱的?我说越剧吧。妈摇头说不是,是昆什么的,听说边唱边跳舞的那种。我当时觉得妈好厉害呀,连昆曲都知道,但当时京都好像没有。我好后悔,那时对昆曲不懂,没有满足妈的心愿。有天,我正在书房写东西,妈在客厅看电视,突然大声说,快来,快来,就是它,叫昆曲。我说梅兰芳大剧院最近有演出,是北方昆曲院演的。妈问多少钱一张票。我查了一下,说位置好一点的,四百元。妈说,北方人唱的,还四百元,那就算了。有天我们到四环菜市场买菜,路过人民剧院,看到不少人在售票口买票,妈眯着眼看了半天,问我有没有演那个潘金莲的戏。我瞧了下演出信息,说没有《水浒传》。妈说唱的是武松打虎后回到哥嫂家,他嫂子不学好的那个戏。我笑着说,《水浒传》就是讲武松打死了虎,也打死了不少人,后来上了梁山。妈再没有说什么。

"妈去世后,我整理她的遗物,在她包里发现了一张 2008 年 3 月13 日人民剧院演出的昆曲《义侠记》。妈什么东西都舍不得扔,我还以为她喜欢票上人民剧院的图案,现才知道她是因为姐演的,特意去看的。"二姐抽泣着说:"我想起来了,那天晚上演出完,我正在后台卸妆,看到好像有个人像妈,朝里望了一眼,我妆也没卸,就跑了出去,在一大堆人流中没找见。我疑心是幻觉，有阵儿，我眼前老出现妈的形象，轮廓虽不分明，但我认定是咱妈。

"第二天，我打算到你家去看妈，结果不知是预感还是巧合，养母说她感觉心脏很不舒服，我只好哪儿也不去了。她冠心病多年了，我给她买了进口的支架治疗。看着养母泪眼婆娑的脸，我想妈有你们，而养母只有我一个，便狠下心来，断了跟你们团圆的念想。后来省团调我去，为了养母，我不去。京都调我时，养母再三说，去吧，京都发展空间更大。我到京，分了间单身宿舍，就把养母接来了，她一人在家时，吃饭老凑合，常年又病着，我也不放心。小妹，你回去后，把那张戏票拍张照片发我，我要留着。"

"姐，哥哥姐姐也想你，他们忙过这一阵，一定会来看你的戏的。你唱的昆曲真棒。爹妈在天之灵，一定会为你自豪。"

姐摇摇头："这次《牡丹亭》是我的封箱之作，老了，演不动了。"

窗外一阵北风吹过，我脱口而出："姐，别怪爹妈。"

"妹妹，我刚才给你说过，演了众多坏女人，我理解了她们，就懂得了凡事要站在别人的立场上换位思考，明白了每个人其实并不是我们以为的那样简单。我理解了父母，理解了弟弟妹妹，也理解了曾经我以为是我对手的人，不再怨恨，不再记仇。戏给人带来快乐，带来美，更主要的是戏也告诉我们如何与社会，与人友好相处。我感觉自己领悟得太晚了。我爱人的忽然去世让我措手不及。在这之前，我还以为我们有更多的时间去唱戏，去旅行，他只比我大一岁，身体那么好，五分钟不到，说没就没了。"她说到这里，抹了一下眼泪，又说，"我要抓紧时间，在有生之年，做完这一生想做的事，比如跟弟弟妹妹坐在一起聊聊天。毕竟我也这么大岁数了，说不定哪天就如杜丽娘一样守的个梅根相见。"

她的话，让我眼泪悄然落下，忙说："姐，星期天你到我家来，我把哥哥姐姐都叫来。咱们说说话，给爹妈坟上去烧些纸。他们看到咱们一家子团聚了，一定会在天堂安息。"

这时姐手机响了，她拿起电话。我走到阳台，看到阳台的茶几前放着一沓纸，上面写着：从艺六十载——许苡著。扉页有首诗：

> 褪襁离母怀，他乡做儿男。
>
> 凤愿成丽娘，错把春香扮。
>
> 惜姣勾魂魄，金莲抱梅归。
>
> 光阴染白头，小姐袅娜出。
>
> 台下无亲眷，华堂美人泣。
>
> 今世遇昆曲，三生永无悔。

正要细看，忽听身后她叫了一声，玲玲！

我惊疑地转身，这是母亲的名字。

"啊，好，玲玲，别忘记给娃吃感冒药。"她放了电话，解释说，"我让女儿晚上别回家了，咱姊妹俩好好聊聊。我梦想好久了，终于咱们姐妹坐在了一起，有妹妹真好。"

做晚饭时，姐姐说："你想吃什么饭，姐给你做。"

我说："陕西人，最爱吃面条了。不过，你一个大演员，会擀面条吗？"

姐姐笑着说："等着吃吧，我给你做臊子面，这个我最拿手。十岁时，妈妈病了，我就学会擀面了。"

吃了一碗汤面，姐又给我端了一碗干面。我搅了半天，感觉辣子还是一团，她笑着接过去，给我仔细地拌起来。那动作，好像去世的妈。

夜深了，姐说："妹，姐想跟你住一起可以吗？"她不好意思地说：

"我一直想要跟妹妹在一起，说一夜话。"

"我当然也乐意。"我们姐妹俩躺在一张床上聊了半宿，她讲她的爱情，讲她对养父养母很好，但总有心里绕不过的隔阂，讲她第一次被男人吻了的感觉，讲她第一次登台时忘词，讲她穿上杜丽娘的戏服后，心跳得老担心走不上舞台……她说这些时，我感觉她并没有只把我当妹妹。她把我当朋友，当观众，甚至，有时我恍然觉得我成了她的长辈，一会儿抹泪，一会儿嗔怪，好像她比我还小，满满的小女儿情态。

她说得最多的就是："快，讲讲咱爸妈，讲讲弟弟妹妹的故事。对了，妹妹，你们想过我吗？我可是经常梦见你们呢。"她说着，拉着我的手，摸着我的脸，有时还搂我一下，起初我本能地一躲。兴许哥哥姐姐比我大许多，从我记事起，好像从来没跟他们肌肤相亲过。我记事时，他们上学的上学，上班的上班，下雨天，我一个人孤零零地在炕上玩洗手绢的游戏。连只比我大四五岁的三姐在我面前也是一副随时要教训人的模样。看着伙伴们跟哥哥姐姐打打闹闹、亲亲热热，我很是羡慕。这么一想，我使劲点点头。虽一时有些无措，可我分明渴望那种亲昵，那种温暖。现在随着父母的离开而远去的亲情忽然涌来。

翌日上午北风劲吹，我走时，二姐要送我。我说："天太冷，留步吧。"她执意要送，化了精致的妆，戴着一副红耳环，身着合身的黑色羊绒大衣，白色高领羊绒衫衬得脖颈格外修长，换上了连我都害怕穿的高跟皮靴。

"姐要出门？我送你去。"

她马上猜到了我未说的话，说："习惯了，下楼必得把自己收拾得清爽些。"

到了大门口停车场，我打开车门，说："再见，二姐。"

"你家是不是还在花园路 13 号院？就是美廉美超市隔壁。"

167

我心里一热，忙说："是。我跟哥哥姐姐定好时间后，咱们团聚下。"她把一个大纸袋放到我车后座，说是她的戏剧专辑光碟和她写的几本书。

　　十字路口遇到红灯，我在后车镜看到她腿脚蹒跚着慢慢回家了。

　　回到家，我打开包，才发现除了书和碟，还有一个新包，眼眶瞬间湿了。我背的包因为经常装书，包的背带老断，其中一条又快断了。经常背的我没发现，办事一向认真的三姐也没发现，结果却被从来没跟我们一起生活过的二姐发现了。她当面给我，可能怕我难为情，就以这种方式表达了她的体贴。

　　直到晚上，我仍不知如何劝哥哥姐姐们认了二姐，摩挲着妈妈留下的那张戏票的复印件（原件我已寄给二姐了），忽心生一计，去年妈的忌日是我提醒他们的，想必他们今年也不记得了，便写了一条短信：

　　哥哥姐姐，周日是妈妈五周年的忌日，妈妈托梦了，说她想咱们了，后天晚上六点，在我家聚会，一个都不能少。

　　群发哥哥姐姐后，我又给二姐发了一条：

　　姐，周日晚，咱家兄妹聚会，我受哥哥姐姐们的委托，恳请您参加。

　　然后关机，打开电脑，又看起了昆曲，不用说。是我二姐唱的。

花似人心向好处牵 |

1

柳映韵告诉我她要学昆曲，这消息不亚于一位盲人说她要开战斗机，我吃惊得差点把车撞在马路牙子上。我们出版社有十三位女编辑，除了柳映韵，谁学昆曲我都不诧异，可柳映韵今年四十九岁，体重六十五公斤，驼背，戴酒瓶厚的黑框眼镜。军事学博士的她常年待在顶楼西侧一间偏僻的办公室里编军史，跟人鲜有往来。上下班在院子跟同事碰见，也不打招呼。我们编书，遇到军事类问题总去找她，但经常是敲半天门，无人理，只好自己推开她那扇咯吱乱响的门。她的办公室书柜上是书，书桌、地上亦是书。墙上呢，是三张发旧的军用地图，左边是《解放战争三大战役及渡江战役形势图》，右边是《解放战争战略防御形势图》，中间那张最大的是《淮海战役》，那上面蚂蚁似的字，看着都晕。我们说半天以后，她脑袋才从那些小山似的书堆里露出来，放下手中的放大镜，掸掸褪色的蓝色套袖，推下眼镜，仔细看你好半天，好像确认你不是敌军后，才回答你的问题。她甚至能准确地给我们说出哪场战役是几点打响，打死多少人，比军事辞典还准确。

我从一家部队医院调到出版社文史编辑部，要编一些军事纪实文学图书，常有专业性知识向她请教，每问必答。但再在院子遇到，她仍视我为路人。我热情上前，聊了半天；她木木地听完，然后说声对不起，就急匆匆地走了。吃饭，她也是最晚到，来了，通常会坐最后一排靠窗角落位置，背对大家，面墙，埋头吃饭。她除了工作，对其他事都不感兴趣。单位春游、聚餐什么的，她总是借口她妈病了、家里水管漏水等，亦少参加。

上班，从家属院到单位坐班车半小时，我们女军人虽然深爱着合体的新军装、姓名牌、资历章，即便隔着窗玻璃，也还是很夺路人眼球的，可我们谁也不愿意在上下班的路上着军装。在这短短的时间里，我们一个赛一个地比着看谁穿得最漂亮。如果有某位一身衣服两天没换，我们就感觉她生活得实在潦草。而柳映韵就是这样的人，她一天到晚都穿着军装，上班穿，下班穿。到了夏天，我们都穿花枝招展的裙子了，她也穿，只不过是深绿色的军裙。别人跟她说话，也只限军事内容。你再聊其他话题，她听半天，然后双眼一阖，作摇头状。据说她刚来时更呆，第一次穿军裙，竟然把前开衩穿到后面去了。据说她起初到食堂吃饭是跟大家一起的，但有一次闹出了笑话。那时我们还没有实行统一的不锈钢餐盘，大家自带饭盒，据她自己回忆当时的情景，她吃饭时，感觉好像有个影子戳在面前，她没理，只管埋头吃饭。喝汤时感觉勺子好像比平常大了一些，进到嘴里不太舒服，但也只是犹豫了一下。她吃完饭，正要起身时，那个影子忽然开口说话了，不用洗了，那是我的饭盆。她仔细一瞧，可不，这饭盆跟自己的饭盆都是搪瓷的，上面花色也差不多，但比自己的旧，牡丹花多了两朵。从此大家暗地里就叫她呆子，书呆子。有人还说谁愿意娶这样的呆子做老婆呢。前阵子，她母亲去世，政委代表组织去吊唁，她竟把政委喊成了主任，生生给人家降了半级。陪政委去的军事编辑部主任，也就是柳映韵的领导忙给调来一年的政委解释，

171

柳编辑从小失去父亲，是母亲一手带大的，伤心得糊涂了，请政委理解。我不这样看，我认为这是因为柳眹韵心里根本没有这些世俗理念。不久前的一天凌晨，四五点钟，她忽然给我打电话，边抽泣边说："不得了了，我起床上卫生间，忽然发现地上有好几只蟑螂，吓得跑到我妈屋子里，叫她也不应，推她也不动，我不知道该怎么办。"说实话，那时我只到她办公室请教过几次问题，远远没到跟她分享这样伤心事的地步。我揉揉惺忪的双眼，不耐烦地说："这事，首先，你应当打120，然后，报告你们编辑部领导。如果情况恶化，赶紧通知所有的亲戚朋友，准备后事。""好的，好了，我马上打120，马上报告我们主任。不过你能来吗？我好害怕，都不敢在屋子里待，我从没经历过这样的事。"

那是我参加过最简陋的一次葬礼，除了她们编辑部，加上我，总共五个人。我说："你没通知亲戚朋友或者其他人？"她摇摇头说："别麻烦人家，咱们社领导要来，我都没同意。"灵车来后，我们几个人帮着她把老人遗体放上车，她让大家都回去，自己一个人跟车前去处理后事。她上灵车时，我发现她腿直打哆嗦，便陪着她一起到了殡仪馆。从那以后，她不再叫我赵编辑，而是叫我芷。此后，三天两头给我打电话："芷，我家水管漏水了，怎么办？"我说："找物业呀。""我没电话。"这事刚解决完，她又打电话了："芷，你说炒菜放少许盐，少许是多少呀？""你别嫌我烦，你是我最好的朋友，这些事以前都是我妈妈做的。想起我妈妈，她好狠心，怎么能丢下我不管呢，呜呜呜。""行了，你不是三岁小孩，你快五十岁了。"

自从她妈走后，她过得更马虎了，上下班仍穿军装，但不是把右领上的领花别到了左领上，就是把冬天的硬肩章别在了短袖上。有时，我们在班车上无聊，除了说说衣服品品电影，偶尔也开开玩笑。有次，不知谁问"假如有一双翅膀，你想干啥？"有人答："飞往世界各地，看从未见过的风景，吃从未吃的美食。"也有人说："到人迹罕至的地方，邂逅一两次艳遇多妙。"这时，社花忽然回头问柳映韵："你呢？"柳映韵好像大梦初醒，待明白问的内容，一本正经地说："那当然得去医院把翅膀做了呀，不然岂不成了怪物。"逗得我们大家差点笑岔了气。她仍一脸无辜："我答得没错呀，这是一道脑筋急转弯题，不信，你们去看央视二频道五月九日的节目。"

所以，我不相信她这样的人能学会昆曲。昆曲是什么？是缠缠绵绵的水磨腔，是你侬我侬的儿女情。一个不晓风花雪月、无意激滟心事的柳映韵扮多情小姐，我想大多数观众跟我一样，没有兴致多瞧一眼。

"你说，我能不能学会呀？"她在电话里不停地问，声音迫切而急促，好像我说她会她就能立马登台。

我把车停一处安静的路边，说："我听的感觉就像是要把大炮磨成绣花针。柳编辑，你怎么会冒出这稀奇古怪的念头？"

柳映韵在电话里清清嗓子说："这不是还在疫情期间嘛，咱们在家办公，编稿之余好无聊。一次偶然的机会我知道了昆曲这个剧种。一出戏没听完就迷进去了，我这半月反复看张继青、沈世华、华文漪、王奉梅等这些名家的演出，同一支曲子，我看了不下五十遍，每天往电脑前一坐就想看，而且一点儿也不烦。我看了老一代的，又看中生代的，你看看张志红五十多岁了，那个美，简直就是仙女下凡。人家跟我同岁，可你看她们美得不可方物。沈世华多少岁了，老太太七十九了，你去看看她的《牡丹亭·游园》，妥妥的一少女嘛。这么一看，我就再也放不下昆曲啦，就想，说不定我也能学昆曲呢。芷，我给你说，我琢磨了好几天，越发明白女人不学昆曲，这一辈子算白活了。"

"我记得你好像在社里组织的青春奋斗演讲会上说的是女人不当兵，这一辈子才白活了。"

"哎，当兵是职业，昆曲是爱好嘛。"

看我没接话，她在电话那头仍在追问："你听见了没，快说话呀。你是不是觉得我这把年纪了学不会。可你就不想想，穆桂英五十岁还挂帅呢，她婆婆佘太君更厉害，百岁还出征呢。"

"人家只是克服体能上的困难，而不是那个年纪才初次学艺！博士，拜托，你要搞清概念，方可辩论。"

"吴昌硕四十岁时拜师学画，齐白石六十岁才成正果，这世界上没有办不到的事，只有你想不到的。我打电话问过全京城最厉害的昆曲胡同一号，问我这种'老白'能不能学会昆曲，人家说，还有八十岁的老太太来学呢，我还不到五十岁，胳膊腿总不至于硬过那老太太吧，你说是不是？"

我望望大街上戴着口罩的人群，知道她一根筋，一时半会儿劝不住，本想调侃"我还没见过戴近视眼镜的杜丽娘"，又怕伤了她敏感的自尊心，便打断她的话，说正在开车，晚上到家后给她电话。

她说："真的，芷，昆曲好美呀，你一定要听听，一定要听听。现在疫情期间，不能出去，听听昆曲，也是一种享受。真的，特享受。我就想如果我学会了昆曲，也许我的生活就跟现在是两样了。"

"你就能从大校军官变成闺门旦？"

"啊，你也知道闺门旦？看来我找对人了。好好好，我不说了，你开好车，晚上到我家里来，咱们好好聊聊。"

我们住在一个院里，共处一年了，这是她第一次请我到她家里去，实属难得。听同事们说，她从来不让人去她家。但现在非常时期，我除了家，连买菜都不敢去，更别说到别人家去了。

"等过段时间吧。"

"来吧，来吧，芷，你是我最好的朋友，没有之一。我有要事与你商量，刻不容缓。求求你了。你不来，我会失眠的。失眠你没经历过，得上了，可不好治呀。"

我犹豫片刻，答应去。我可知道失眠的痛苦。再说我编辑的《中国战舰备忘录》能获鲁迅文学奖，她功不可没。这书当时只是一个业余作者写的一部报告文学，我为了史料的准确，让她给我把下关，因为这是人生的第一本书，又是初次从政工干事转行当编辑，心里没底。而她是出版社的优秀编辑，名牌大学毕业的军事学博士，还令我信服的是，办公楼大厅两边的优秀编辑排行榜上，她是第一位，佩戴大红花，厚厚的眼镜下，那眼神凛然，好似傲视众生。虽然在众多帅男靓女中，她一点儿也不突出，相反，显得又老又憔悴，但是她排名第一的图书销售量让我下决心请她帮我看下书稿。第一炮要打响，你才能在这个知识分子成堆的人群里站住脚。这是当过兵的爸说的。

结果，她不仅把军舰型号、吨位，还有鱼雷尺寸，甚至声呐、舰艉这些专业用词一一核对了，还在全书结构上提出了建设性意见，比如此书不能只写北海舰队，要写我国海军的驱逐舰，甚至要延伸到全世界各类驱逐舰的最新状况，书名叫《中国战舰备忘录》，既要全面又要有权威性，而且这书肯定有良好的社会效益和经济效益。

我把此事跟作者说了，作者在后记里不但表扬了我，还表扬了柳眈韵。柳眈韵看到书稿后，拿起笔就把自己的名字划掉了，说："首先，我就是一个编辑，不是作家，还知名作家？言过其实。而且，自己做点力所能及的事，不是为表扬，为的是朋友的信任。她的一番话让我脸红心跳，因为我看作者在后记中提到我是一名作家时，发现他少提了我一部书，自己还特意加上了。听她这么一说，我立马把写我的那部分也删掉了。

书得了奖，还拿到一笔不菲的奖金，我好兴奋，要请她吃饭，她一句话就把我呛了回来，你怎么那么俗气呀？虽如此，我仍感觉欠她一份人情，没事儿时，常到她办公室坐坐，虽然跟她谈话很无趣——她谈的不是枪就是炮，但也能增加业务知识，所以跟她就比跟别人走得近些。

她现在能把这么重要的决定告诉我，还再三叮嘱不让我告诉别人，我更感到这份信任是多么弥足珍贵，决定去她家一趟。

2

她家不跟我家在同一单元，她再三叮嘱我走防火通道。防火通道低低的天花板，好压抑，长年人不走，上面肯定灰尘遍地，便问她："为啥非要走此偏道？"

"走防火通道，你就不用换出门衣服了。"

这话，让我心里一暖，没想到一向待人冷淡的她还这么贴心，晚上吃过饭，给爱人说我去一下同事家，爱人说："疫情期间，你乱串什么门。"

"院子管理这么严，再说都一个单位的，安全，待在家里三个月了，除了一周上一天班，整天一家三口都在家待着，好烦。"

"那也得戴上口罩。"

"那是当然。"

在电梯里，我一直想象柳映韵的家肯定跟办公室一样，全是书，博士嘛，不读书，怎么成博？

到了她家门口，我正要摁铃，门开了，她戴着口罩，手里拿着电子体温表，好像守在单位和家大门口的守门人。我刚还感动的心立马凉了，摆摆手说："算了，我还是不进去了，有话就在这儿说吧。"

"安全第一嘛。"柳映韵说着，抓起我的胳膊就测体温，我这才发现她也像守门人一样戴着橡胶手套，更没兴致跟她讲话了。刚想挣开她的手，她却主动放下了，又问："三十六度二。你有什么不舒服吗？"

"我新冠。"我气呼呼地说着，转身就要走。

她笑着一把把我拉进门，又让我踩脚垫，又在我掌上喷上消毒水，还让我搓下手。更让我恼火的是，她拿出一身睡衣，让我换上，再三说这是新买的，她刚洗过。但我这次没主动提出走，也没生气，因为她说这是专门给我预备的，还说我是她唯一的好朋友，她可是第一次请好朋友到家来做客，我不能不给她这个面子哟。

我是一个易感动的人，听她这么一说，就听话地换了衣服，要坐沙发时，又不高兴了，她的布衣沙发上，还铺着一块格子棉布。

"你不要多心，我每天就是这样的，一个人拆沙发套，可折腾人了，每次都是累得一身臭汗。"柳昳韵说着，要给我沏茶，我说："不用，我坐坐就走，有什么话赶紧说，非常时期，不应串门，不宜聚集，这是社里三令五申的。"她还是进厨房了。我瞧了下四周，没想到书柜上一本书都没有，门后倒是放了三大堆书，都捆在了一起，显然是要卖的。茶几上除了一个杯子和电视遥控器，空空如也。阳台无花无草，只有一件睡衣寡淡淡地挂着，一看就是一个没有情致的女人住所。

这样的女人，活该单身，还学昆曲，真是痴人说梦。我心里暗想。

她端着一盘苹果出来，拿着刀子削皮时，苹果滚在了地上，她不好意思地又拿起一个，手笨拙地边削边解释："我这还是第一次削皮，人说吃苹果，连皮吃有营养。不瞒你说，我是独生子，妈一直惯着我，我除了读书，啥都不会。"

看她把皮削得那么厚，果肉上都有了指痕，相信她是第一次削，便接过来说："我自己来。"她说："这怎么好意思，你到我家来。"我削好一个，递给她，自己又削，她像研究军史一样，扶着眼镜一眼不眨地看着我说："你真可以，削了一串整皮。好厉害呀。你给我讲讲，你是怎么把苹果皮削成一个完整圆圈的？"

我咬了一口苹果，味道还不错，说："你叫我来不是为学削苹果的吧，快说，何事？"

她腾地站起，指着客厅空空的书架，说："我要换一种生活了，我要和旧我告别了，想请你帮我出出主意，怎么布置房间。你看，四个房间，我都清理出来了。"

的确，除了卧室有张床和衣柜，其他每个房间都是空的。

我说："你不是学昆曲嘛，这与房间有什么关系？"

"就因为要学昆曲，才要营造美的环境嘛，现在不用每天上班，刚好有大块的时间可以支配。"

"可疫情期间，你怎么布置，得安全了再说。你连我都信不过，买东西，外人怎么进来？"

"这我已经想到了，可我等不及了，你帮我出出主意，怎么布置房间。其他的事你就不用管了。"

我说："房子嘛，我不能给你具体说，但至少得有花，有草，有可爱的书和别致的茶具。你一个人，房子大，比如这十四层的阳台，叫上三两知己，晚上坐这儿喝茶，望着三环高架桥上的灯光，肯定不赖。还有，别再盖咱们部队发的军用被子了。你到网上看看那些美丽柔软的织物，不仅舒适，花色雅致，也让人心情愉快。还有靠垫、地毯，都买好看的，那些淡雅的妩媚的花卉棉织品可多了。"

"你说得对，我得记下，你说慢些。"她拿纸一一记着，还动不动说，"你慢点说，这牌子名字是这俩字吧。对了，你说我这书柜是不是不好看？"

"橡木色泽大众了些，上面放些书和你的美照，还有这儿，再吊盆花，就不错。"

我布置家，跟爱人老有不同意见，在这儿，可是有了发挥的空间。我说到高兴处，干脆拿笔给她画起来。我说："衣柜，这样放。对了，客厅墙上，挂些你拍的风景照，当然油画最显档次。一句话，家里要温馨，不要像老处……"

我还没说完，发现她脸色变暗了，忙改口道："不要像老楚，就是我一个姓楚的女同学，我们都叫她老楚，从上大学叫到现在。她四十多岁了，愣是找了一个比自己小三岁的男朋友，人家现在开着大奔，住在郊区的大别墅里，整天诗酒棋花旅行，天天在朋友圈秀滋润呢。"我越编越有兴致，好像我真有这么个女同学存在似的。怕越说越假，忙把话题扭了回来，说："你别整天把家整得色泽灰扑扑的，好像人陷进了水泥堆，人没进门，就没胃口了。人不说了嘛，家的气氛很重要，窗明几净，温馨可人，凯风自南。"

"说得好，说得有道理。我妈走了后，我忽然想我日子怎么过呀，她在时，都是她说了算。门后那些书，是我爸的，我爸是我们县法院的，搞了一辈子法律，这书是经济犯罪学、计算机犯罪学、刑事犯罪学、禁毒痕迹检验、法医学、刑法学、预审科、笔迹检验、法医学、微量物证与毒物检验，还有大箱子里的那一堆案例，都是他留下的。我看着名字都害怕，晚上老做噩梦，让我妈扔。我妈是农村老太太，可固执了，说，丢了，就没你爸的念想了。从老家搬到我这里，说书在，我爸就在。我当时很不高兴，可我爸妈养大我不容易，我生命中最好的年华，就全给他们了。"

"对了，你为什么一直不找男朋友？"

她递给我一杯茶，然后坐到我跟前，叹了一声说："上学时，为了考个好学校，没心思，也没精力。我是高考考上的本硕博连读，毕业后，

179

已二十七了。工作后，别人也介绍了一些，要么是我爸不喜欢，要么是我妈不喜欢，我就顺着他们的意，结果生生把我耽误了。我喜欢过一个人，是在图书馆遇到的，他送我回家好几次。可我妈说，那男人跟我属相不合，鸡猴不到头，不让我跟他接触。后来，出去开会时，又遇到一个，我们处了三个月，带回家，我妈也还满意，就要结婚时，我妈说什么也不同意了，你猜她说啥？她说，那男人他爸妈寿不长，估计他也活不长。我哭过，我求过她，她就一会儿上吊一会儿要吃毒药。那时，我三十五岁，一气之下，就谁也不见了。后来才明白，我妈怕我结婚了，她不能在我这儿长住。我一听，心里更不想找对象了，我爸走时，我妈怕找后爸我吃苦，就没找。我妈为了我，牺牲了自己的幸福，我还有什么放不下的。

　　"我爸走后，我没觉得，因为他平常跟我关系就一般，特严肃。可我妈走后，我感觉自己的天一下子塌了，心里好空，不知道以后的岁月怎么打发？给你说句笑话，我妈刚走，我都不知道下一顿饭吃什么，怎么做。一个朋友的一句话，忽然使我茅塞顿开。他说，难道你后半生就一直守着这个死气沉沉的家？刚开始，我听了不舒服，后来豁然开朗。父母到那个世界团聚了，我要活出自己来。所以，我要把这些书全卖了，我不能再让它们放在这儿，左右我的生活。妹妹，我快五十了，人生好日子越来越少。不说这些了，快，帮我出出主意，买东西比考试可难多了，这可是我的盲区。"

　　"你可以到网上好好查查，网上什么都有，喜欢什么买什么，这是你的家，你的家当然你做主了。"

　　"哪个网？"

　　"哎呀，我的博士姐姐，鼠标在你手，随便点，天下都是你的呀。对了，戏剧演员都是从小练功的，你现在这腰还能下得去吗？"

180

"我仔细看了，毕竟杜丽娘下腰卧鱼的动作少些，而我喜欢的是她舞水袖和折扇的动作，或者脸上生动的表情，至于唱腔，我小时候学过简谱五线谱，不成问题。"

"看来你真不是说着玩的。对了，咱们单位有人学茶道，有人学插花，有人学瑜伽，为什么你要死心踏地学昆曲？"

"因为昆曲妙不可言。我现在最难的是……"

这时，爱人给我打电话，我说："我得走了。"

"等一下，"她说，"今天光整理这三个书柜书，累得浑身都疼，你帮我贴几片膏药。"我刚一搭手到腰上，她就喊个不停。我说："这岁数了，悠着点。长城也不是一天建起来的。"

"话是这么说的，可我性急，一想某事就立马坐不住了。"

出门时，她给我一副手套说："你戴上手套，仍走防火通道，这样跟人接触少。还有，不要告诉咱们社里任何人我学昆曲的事。"

"这是好事，又不是做贼。"

"我相信你不会瞧不起我，别人就难说了。请你按我说的去做，你得以军人的名义向我保证。"

我没想到她把此事看得如此之重，再瞧她那脸上庄重的表情，便拍着她的肩说："放心，这话我已放进保险柜了。"

结果我一回家就失言了。刚到家，爱人正在关电视，问我："柳昳韵叫你干啥？这么晚了，不打电话催还不回家。"

我顺嘴就说："她要学昆曲，要改变生活。"爱人咧嘴一笑："她能唱昆曲，母鸡就会打鸣。"

我才觉得柳昳韵的叮嘱确有必要，便没好气地对爱人说："她肯定能成，而且此事不要说与别人听，否则咱就离婚。"

"怎么跟柳昳韵待了一会儿，你也变神经了。"

181

"你才变神经了。"虽然我起初跟爱人一样怀疑,可这时我忽然想,兴许柳眹韵能成呢?人家把那么枯燥乏味的学科都能学成博士,还有啥事干不成?

3

后来我常在书房窗前看到柳眹韵到大门口去取快递,她穿着黄色连身防护服,戴着专业的护目镜,黄色橡胶手套,好像防化团的人。院子里戴着口罩的几个老太太坐在花园石椅上聊天,看到她搬出搬进的,不停地嘀咕:是不是这柳眹韵要结婚了?马上有人反驳:这可是疫情期间,没见她跟谁去约会呀。她不知听到没,反正目不斜视,不是背就是扛,后来又拉了辆小平车,东歪西扭的,放在上面的好几个大小不一的箱子也摇摇晃晃的,看得人好紧张。看大门的老李可能动了侧隐之心,帮着她扶上面的箱子,手刚放下,她立马喊:"放下,快放下!"那架势好像老李头非礼了她似的。老李六十出头,认为侮辱了自己,骂咧咧地说"你以为你是刘晓庆呀",边说边朝小车的箱子狠狠地踢了一下。这么一闹,搞得众人都像躲病毒一样,绕着她走了。

一天,我又无聊地站到窗前,望着满院的姹紫嫣红却不能下去细赏,爱人走到我跟前。这时,柳眹韵正要进单元门,仍是一身防化兵装备。爱人瞧了一眼,冷笑道:"丑人真多怪。"

"难道你是潘安?"

"这话不是你以前说的嘛,说那老处女丑人多见怪。"

"以前是以前,现在她是我的好朋友。"

有时,她在单位,快递到了,就让我帮她取下,放到她家门口。说她要拿回去消毒的。因为现在快递小哥不能进院,快递不能放蜂巢。

大大小小的箱子，我也懒得看。但是有不少书，我倒是第一次看到，比如著名昆曲表演家沈世华的《昆坛求艺六十年》、张继青的《春心无处不飞悬》，还有《好花枝》《水袖的妙用》。我意识到，该以作家的心思去体察这个柳眏韵的内心世界了。

有次，她在朋友圈晒了一位书法家给她写的一幅字："春心无处不飞悬。"我说这句子好美，她马上打来语音电话，说："这是昆曲《牡丹亭》里的句子，还有一句也很美，是'最撩人春色是今年'。"

"再撩人，也出不去呀，整天在家闷着，怕再待一两月，就忧郁了。"我烦躁地说着，叹了一口气。

"哎，心里有春，就不怕眼中没春意嘛。对了，你说，这两幅字，哪个更适合挂到客厅？"她又急不可耐了。

我随口道："春心无处不飞悬吧。"

"很好，我也这样想。"

"对了，你打算如何学昆曲呀，是学整戏，还是学一折？"

"先学杜丽娘的唱词，哪怕就学会《惊梦》，我也知足了。"

"你老实说，你为什么要学昆曲，我总觉得不像你说的那样简单？"

她哈哈一笑，说："我听一个朋友说，像昆曲一样生活，那才是女人。还说走进昆曲，就打开了一颗少女之心。我就看了《牡丹亭·游园》一折，文辞美不说，词里还有韵律，可以吟、唱、念、做、表。唱腔美，身段美，意境美。光水袖，我统计了一下，就有翻、折、甩、搭、扭、拧、披、转、缠、掸、抖、挑、拨、勾、打、扬、撑、冲等十多种呢。水袖靠着众多基本功的相互搭靠，把主人公的情感表达得淋漓尽致。还有扇子的运用，抖、遮、开、合、摇等，简直太多了。扇子呢，又分团扇和折扇，团扇主要是贴旦，也就是年轻活泼的小姑娘用，比如《牡丹亭》的春香。折扇男女主角通用，但尺寸不同。一般生角的扇子，要

183

大些。且角的扇子小些，又分为两类。一类是宫中嫔妃、大家闺秀用的折扇，如《贵妃醉酒》中的杨玉环、《游园惊梦》中的杜丽娘等。文生以扇尽展其潇洒，且角以扇掩其娇羞，花脸以扇平添其威武，丑角以扇更逗其滑稽……总之，戏曲与扇子形成了密切的关系，以至于扇子被称为戏曲表演中的'万能道具'。你想想把这些动作做美了，你不美，天都不容。"

"我的天，你这么一说，连我也喜欢上昆曲了。可你怎么学呢，拜师？还是向视频学？"

"我先吃透本子，理解了人物，然后拜师学唱。最近我在电脑上把北昆、江昆、上昆、浙昆等著名昆曲闺门旦的戏全看完了，又把在北京的全国著名的昆曲旦角的戏仔细研究了一番，我决定向最喜欢的昆曲名角沈世华老师学戏。"

"她多大，一线演员吗？得过梅花奖吗？"

"看来你还是懂一些戏剧的，沈老师没得过梅花奖，但她培养出了三十多位梅花奖获得者。"

"嗯，那她现在肯定很忙，不一定教你。"

"她七十九岁了，年轻时风华绝代。离开舞台很久了，近两年才复出。"

"年纪这么大？复出也是老人了。一个老人，教一个零基础外行人，笑死人了。"这家伙真不按常规出牌，我又问，"她那么大年纪，还能唱念做打吗？"

"你有空看看她表演，可以说这是昆曲界最厉害的一个闺门旦。她把戏演得自然极了，你看看她的眼神、手势、圆场，简直就是一个古代知书达理的大家闺秀。我是拜她为师，多贵的学费我都出，我一人无家无业无孩子，要钱干什么，我好像第一次知道生活也可以这样过。"

在她说话的当儿，我顺手点开电脑网页，沈世华真是昆曲界最优秀的艺术家，柳昳韵选老师都这么高规格，真是下定决心了，便笑说："好呀，我等着看了。"

"等半年后，你到我家来喝咖啡吧，我会给你一个惊喜。"

我笑着说："你不要再给我喷药就行了。"

"安全不能不防，须喷还得喷。"

"昆曲是最美的化妆品，不信，你试试。"

"看来我以后不叫你博士，该叫你闺门旦了。"

"哈哈，这称呼我爱听，我从小在农村长大，我妈说，人心里惦记什么，就来什么。所以，闺门旦不错。但你务必记着，不要在社里当着同事的面叫。我不想让任何人知道我学戏。不过，你是我的好朋友，另当别论。好了，有人敲门了，以后再聊。"

4

两个月后，柳昳韵又打电话让我去她家，说一切停当，让我验收。

一进门，要不是她朝我笑，我真疑心走错了门。在疫情期间，我不知道她是怎么把这些东西一股脑搬到家里来的。客厅书架上仍是书，但非军史，亦非法律，而是昆曲，是诗词，是花花草草，还摆了不少盆盆瓶瓶，色泽漂亮极了。比如电视柜前地上的淡灰色小桶状的花盆里插着满天星；茶几上青色的茶壶状花瓶里斜倚着一枝梅；而进门玄关处，半人高的黑色花瓶里插着一束大红的郁金香。那幅"春心无处不飞悬"的书法，挂在沙发后面的墙上，还镶了镜框。

我笑着说："人家要么挂国色天香的牡丹，要么挂气势恢宏的瀑布山河，你倒好，挂这个。我仔细想了想，这句诗太文艺了，不，或者说，太直白了吧，好像一封情书，让进你家的人，特别是男人，会有许多联想哟。"

她扶着眼镜说："有道理，这是闺阁体，不宜放在大庭广众之下。不过，我家里来的也是闺蜜。这诗挂着每天看，让我觉得自己还没那么老。"

阳台上果然放着茶几，上面是一套完整的茶具，只是上面的塑封还没拆，好孤单。她说："你是第一个来这儿喝茶的。来，红茶怎么样？"

我说："我先检查每个房间吧。"主屋除了一张大床，阳台上放的也是花。左边床头柜上放着留声机，放着昆曲。"这是名角张继青演唱的昆曲《牡丹亭·游园》，"柳映韵边给我解释边打着拍子，说，"好听吧。"右边床头柜上放着一个大镜框，上面是一位风姿绰约、满头珠翠、手执纸扇、着绣有紫蝴蝶的白袍的古代美人，含笑半倚着梅树。

"杜丽娘？"我问。

"是。你猜这演员多大？"

我拿起相框，先瞧脖子，被立领遮着，有无皱纹，不甚分明。眼角，没细纹。一只纤纤玉手握着合着的纸扇，另一只手掩在水袖里。"二十多岁，最多不超过三十吧。"

"芷，我也不相信，这是七十九岁的沈世华老师最近在长安大剧院唱《牡丹园·游园》时的演出剧照。"

"这就是沈世华？我真不敢相信一个老人扮得满满都是少女状。"

"不只是扮相，唱的更是。"

到更衣室，衣架上挂着一排各种颜色的带着水袖的戏服。

"真漂亮呀。"

"那当然，它们可都是我梦中的衣裳呀！你摸摸这花骨朵，这可是货真价实的苏绣。"

186

"我的天，博士，你是动真格的了。服了，真真的服了。对了，昆曲，学得怎么样了？"

"学着呢。"

"能不能表演一下？给我开开眼界。"

"还没过关，怎能示人。不过，我要给你表演另外一个才艺。"她真的是这么说的，"才艺"一词，让我浮想联翩。她边说着，边拉我到沙发上坐下，拿出一只芒果，熟练地给我削起来。说实话，削得很棒，皮薄，还是整块，削完手还干净，强过我。

"博士，你啥时候学的这才艺？"我笑着问。

"最近呀，我就一直练，我就不信它比军史还难搞定。这不，手割破了，才艺也成了。"她托着眼镜，笑眯眯地望着我。

"不错，好女孩，继续努力。"

"你看，我最近是不是有什么变化？"她说着，摘下眼镜，一双眼睛忽闪忽闪地瞅着我，还真有那么一点儿妩媚劲。

可我没说出来，装作上下打量了半天，说："没发现什么呀。"

"你没发现我眼神的变化？有时我说话说到兴奋处，眼神会亮一些；不高兴时，眼神会收一些。"她边说边做动作，说实话，要是她不说，我还真没瞅出来。

她叹了一声，说："算了，你太马虎，这样细致的眼神，你看不出来也罢。"她站起来，在我面前呼地转了一圈，说："妹妹，这下发现了没有？"

我还是摇摇头。

"我瘦了五斤！五斤呀，一袋米的重量，你竟都没看出来？我晚上在家里跑步机上跑一小时，白天一起床，到公园里跑五公里。还有吃饭，数着米粒吃，唱杜丽娘没有好身材，怎么做动作？"

"天，原来是杜丽娘给了你减肥的动力。"

"记着，我的目标是瘦二十斤。"

"昆曲演员光瘦不行，毕竟唱才是主要的。"我说。

"那当然，边喝茶边慢慢论证，"她说，"你看，三环的夜晚好美。"确实，远远看去，好像一串闪光的河流。我正欣赏着，她又是烧水，又是洗杯，还说要醒茶。然后兰花指伸着，递给我一小杯茶。那小茶杯里的茶是琥珀色的。不知是因为小巧的杯子，还是琥珀色的茶色，反正握在手里，感觉超好。

她坐我对面，微微侧身，身材的确瘦了些，她这么一讲究，让我也不由得把搁在藤椅上的双腿放了下来，作淑女状。

她说："你随意，怎么舒服你怎么来。"

我本想表扬她，可不知为什么，心里很不得劲，便充满优越感地重新把腿放在藤椅上，品着茶，装着老到地说："茶味有些飘。"

她一脸懵懂地问："飘是什么意思？"

我想起有一个据说很懂茶道的人的话，便说："茶喝进去，口腔不滑，有些涩。"

她说："我买的大红袍呀。咱从来不喝茶，要喝，就要喝上品的对不对。难道这茶是假的？不对呀，人家是品牌店。"

我一看她又较真了，忙说："咱不聊茶经，说正经的。"

她挺了挺身子，说："我给你说，我最近先把宋话本，也就是《牡丹亭》最初的小说看了，跟汤显祖的剧本故事情节差不多，剧本美在细节。怎么个美法呢，音乐曲调咱不是专业人士，说不来，可是你看看这些曲牌名，本身就像一首诗，慢慢品读，不自觉就唇齿留香。比如《鹊桥仙》因欧阳修有词'鹊迎桥路接天津'一句，取为词名。《如梦令》原名《忆仙姿》，相传后唐庄宗李存勖自制曲，因曲中有'如梦，如梦，残月落花烟重'一句而得名。

"《江儿水》，若叫江水儿，是不是就俗了。你听听《牡丹亭》里那些曲牌，我把它们连起来，就是一篇美妙的小说，你仔细听，告我讲了一个什么样的故事。"

"几天不见，你真玩得越来越高大上了？"

"别打岔。"她说着，拿起一个精致的棕色牛皮本子打开，大声念起来，"秋夜月，锁窗寒。小桃红，一枝花，滴溜子，点绛唇。红衲袄，绵搭絮。朝天懒，剔银灯。风入松，转林莺，粉蝶儿引凤凰阁。亭前柳，集贤宾。鹊桥枝，锦缠道。红绣鞋，舞霓裳。金蕉叶，字字双。香柳娘，沽美酒，倾杯序，三登乐，鹊踏枝。

"一封书，梁州令。千秋岁，朱奴儿犯。簇御林，收江南。

"菊花新，榴花泣，绕红楼，江头送别。鲍老催，渔家灯，清江引。一江风，夜行船。孤飞雁，罗江怨，驻马听。好姐姐，醉扶归。月云高，雁儿落，水红花。小桃红，懒画眉，意难忘。滴滴金，香遍满，醉花阴。好事近，一落索，金珑璁，长相忆。

"番卜算，征胡兵。太师引，霜天晓角，破阵子。出队子，斗双鸡，胜如花。夜游朝，四边静。朝天子，普贤歌。吴小四，大迓鼓。水仙子，普天乐。杏花天，字字双。玉芙蓉，真珠帘。满庭芳，九回肠。蝶恋花，意不尽，桂花锁南枝。

"你听懂了没有？"

我看她迫切的样子，故意喝了一口茶，摇摇头。

"我再给你念一遍，你可是学中文的，不会听不懂吧。"

她又扶了扶眼镜，要念，我摆摆手说："有些刻意，但故事还是有的，不就讲了一个小姐与所爱的人花前月下，所爱人忽然出征打仗，小姐夜夜盼归。后来，凯旋而归，天子封赏，夫妻团圆的故事嘛。"

"哈哈，证明我成功了。这只是牛刀小试。哎，芷，我给你说，懒画眉，这个词牌我最喜欢了，小姐心情不好，就不画眉毛。山桃犯，一个'犯'字用得真好，非挑逗、非招惹，而是浩浩荡荡地占据。你想象一下，山桃样的女子，红艳、野性、滚烫，一颦一笑间，被'犯'之人即使稳若青山，也根本来不及反应，便慌不迭捧上一颗心。还有集贤宾、山坡羊，多大气，少了脂粉气。还有好姐姐，步步娇，多妩媚，这词牌之美，我就是一天也跟你说不完。你再听听这词：夜深人静，我倚在床头反复读，越读越美，原来姹紫嫣红开遍，一个'遍'，多美，多巧。可马上就出现了断了栏杆的井，断了的粉墙，让人岂不伤春？"

我听着听着，竟忘了喝茶，忘了赏景，生怕漏掉一个字。

她显然受到了鼓励，讲得更加投入："然后就到了我最喜欢的地方，越读越觉得它就是为我写的。也就是杜丽娘做梦前唱的那一段'没乱里春情难遣，蓦地里怀人幽怨。则为俺生小婵娟，拣名门一例、一例里神仙眷……'你听听，她要门当户对，还要能说到一起，成为天下少有的神仙夫妻。'甚良缘，把青春抛的远！俺的睡情谁见？'哎呀，芷，你说汤显祖一个大男人怎么能体察到我们女人之心呢！我可不就是在人面前循脑胭嘛，我不就是和春光流转嘛。再听听，'迁延，这衷怀那处言！淹煎、泼残生，除问天'。你说是不是我？如花美眷谁知晓，很快就似水流年。芷，一晃，我就五十了呀。"她说着，放下本子，泪花点点。

说实话，汤显祖的《牡丹亭》剧本我看了不下十遍，却从未留意这几句。没想到她为之动情之处，却是我忽略之句。我递给她纸巾，她摆摆手，可能一说完，又后悔了，马上又说："说杜丽娘这梦如何醒来呢？我们一般人都会说有人叫，或被其他声音吵醒。但杜丽娘寻梦时，却说是一片花瓣儿把她吵醒了，多美。还有'写真'是工笔，也就是一个个细节，从画眉、脸、身态，动作一直到倚在梅树边。到了最后的离魂，它没有多少动作，因为游园和惊梦已经做了大量的动作，有单人的，有双人的，再做动作观众就烦了，而且杜丽娘在病中，所以这时要体现她离世时的悲伤。凡事成是它，败也是它，所以这时虽然没有多少动作，可是能深刻地表现演员的内心深处，所以我突然喜欢上了它。既然已经画了像，就要给最知心的春香交代画如何处理。对不对？还有，向养育自己的母亲告别，向母亲提出把自己的遗骨埋在太湖石底下梅树旁。然后还盼着重生，既为后文的情节埋下了伏笔，也使全剧充满了希望，所以她的梦并不悲伤。"

"行呀，博士，以后你出去讲课不要再讲军史了，你直接讲昆曲吧。"

她摆摆手，喝了一杯茶，刚准备续，我忙说："你继续，我来。"

"现在咱抛开剧本的词美，再说这个故事点，它为什么那么吸引我。一是故事情节吸引人：一位十六岁的官家少女在自家的后花园玩后，做了一个春梦，竟然为此而死，这是一奇。死了还能复生，这是二奇。偏偏就有一个秀才遇到，整天叫她的画像，竟然把她叫来了，还让她再生，这是三奇。小姐痴，秀才痴，这样人物先感动人。好故事的基本元素都有了。

"二是人死了如何复生。这可以大做文章，也是故事最吸引读者的地方。地府里的判爷被她感动了，自己都没命了还问判爷，她所爱的人到底是柳还是姓梅。判爷没见过这么痴情的女子，恻隐之心顿起，让她与书生相见，重回人间。

"三是做梦不稀奇，寻梦才有意思。没有寻到梦，留下自己的写真又是惊人，而遇到拾画人，偏偏他又姓柳，才是奇中有奇。

"四是故事情节固然稀奇，细节更有意思。比如，这秀才手里拿什么不成，偏要拿个柳枝？这样一方面显得他不俗，一方面也表明他姓柳，有画面感。二是梦中，是花落惊醒梦中人，多棒。还有画要让人收拾好，

191

还装到紫檀盒里，压到梅树下，太湖石边。依依可人的梅树，累累的梅果，多美呀。月落重生灯再红，不说花再红，而是说灯，是因为月亮落了，又重新升起来了，当然天黑了，所以要点亮灯。游园是欢快，惊梦是甜蜜，寻梦是失落，写真是期冀，离魂则是悲而不伤。还有少女之心的一层层描述，简直比 B 超还精细。当然，也有不足，如果给春香说一句好好照顾父母，我认为就更妙了。"

"哎呀，不愧是博士，真是一个字一个字地抠。"

"当然要一个字一个字地抠，唱昆曲，跟研究军史一个理。"

"姐姐，你不是研究昆曲，你是在学唱戏。"

"磨刀不误砍柴工，了解透了才能学好戏嘛。"

"对了，你跟沈老师联系上了吗？她同意收你了吗？我看了她的演出，视频好少，但每一部都是精品，特别是《牡丹亭》里的杜丽娘、《思凡》里的小尼姑，简直无人能企及。你这家伙，眼光准，导师选得好。"

"沈老师是名人，岂能随便见？"她半天才说。

"你是我好朋友，我一直在关心着你，知道你什么东西都要最好的，学戏也要找大师。可咱还是现实些吧，一步一步来。先打基础，就像你上了硕士，才能上博士，循序渐进嘛。我在网上查到小井胡同里有个昆曲班，它聘请全国著名昆曲演员作为老师，采用小班授课、点对点教学、分级教学的制度，手把手教你学唱昆曲，学费也不贵，一年八千块，包教会。学会课时内规定唱段及相应身段，就能达到可以登台表演的水准。同时还会教授相应昆曲剧目内容及背景知识。每周一次课，零基础班和提高班两类分开教学。是一个涵盖国学、国画、书法、篆刻、茶艺、围棋、古筝、琵琶、笛箫、古琴等传统文化艺术课程的综合性教育培训和研究机构。他们倡导'生活艺术化'的生活理念，这与你的想法是吻合的。你何不先从这儿起步。"

"不，我就要向沈老师学戏，一次找不到，我找两次。两次找不到，去三次。只要想到，就没有办不成的事。"她说得豪迈，我听得凄凄，便也不好再说什么。

爱人又打电话来了，柳眹韵很不高兴地说："他什么意思呀，是不放心你，还是不放心我？别理他，今天晚上你住我家，咱们聊它一个东方之既白。"

我走出门了，才笑着说："你有了爱人就知道怎么回事了。"

5

因为要急着赶一套丛书，我很久没有跟柳眹韵联系。

春末的一天，她打电话兴奋地说："我给你说，我今天去小月河散步，有人问我，是干什么工作的？我说你猜。你猜人家说什么，说，姐姐，你肯定是演员，好美，有种古典之美。你知道不，对方是个年轻帅气的小伙子，最多三十。"

"哈哈，你可防着，嘴甜的小伙子八成是骗财的。"

"人家穿着不俗，谈吐也文雅，看我读《牡丹亭》，还说出了男主人公叫柳梦梅，搞不好是咱们附近电影学院的学生，还戴着白金丝眼镜呢。"

"现在小偷都走高端了，小心不但骗了你色，搞不好还要骗你财哟，可不能引火烧身。"

"不跟你说了，芷，我给你说正经的，你不知道昆曲有多么神奇，我要好好学。现在我已有成效了，不能像猪一样生活啦。"

"真的，你明天上班不？我要亲眼看看你这个现在的闺门旦美到什么程度了。对了，我听人说，你又是吸脂，又是打减肥针，减肥固然是好事，可别伤身。"

"那是他们胡说，我是科学减肥。"

"明天你上班不？我亲眼看你是如何魅力四射的。"

"哈哈哈，我还没修炼好，改天吧。我给你说，我一本书也快编完了，这本军史，图文并茂，到时送你一本，你工作时查起来就更方便了。"

"哎呀，哪有心情编书呀，不是年底我要调六级嘛，考不过三公里，一切免谈。"

"三公里算个啥？你才三十来岁，我都奔五十了，现在还跑十公里呢。跑步好处多多，脂肪肝没了，体重减轻了，不失眠了，人也利落了。"

"我能行吗？"

"这应当问你，只要你能坚持住，就肯定行。"

"跑了几次，我头昏眼花，终究还是算了。"

疫情终于结束了，夏天也到了。我们都按规定，换上夏装按时坐班了。终于大家都相聚了，发现三个多月，都变胖了不少。有一个笑着说，自己胖得手指上的戒指都取不下来了，要找消防队员去。而变化最大的是柳映韵。

大家平时都在办公室，门一关，各干各的事，只有在班车上，才像开小会一样热闹，我们所有的话题基本都是在班车上开始的。

班车是一辆依维柯，基本都是我们女人坐，男同事要么骑车上班，要么开车接送孩子上学。本来有个男同事，可能他觉得坐在女人堆里颇不自在，没多久，也骑自行车上班了。这下，班车上除了十九岁的列兵司机，就是我们一帮二十岁到五十岁不等的女人了。

因为是第一天全员上班，疫情消散后，大家早早上了车。刚落座就开始了话题：你的衣服好漂亮，什么牌子的；哟，你的皮肤好细，用的是雅诗兰黛，还是兰蔻……

"快看！"被誉为出版社社花的张明明指着一个朝我们走来的女人说，"快看，那是谁呀？"

一袭中式碎花长袍，戴副墨镜，袅袅娜娜地朝我们的车走来。车里只有最后一排柳映韵的位置空着，我说："不会是柳映韵吧？"

"不会不会，你看那身材多棒，最多五十公斤。"

扶住车门，她就热情打招呼："大家好。"这是柳映韵第一次跟大家主动打招呼，我们都愣了一下，一时没有反应过来。小列兵反应快，嘴上回答了一声好，眼睛就一直没离开柳映韵。柳映韵已坐到了后排她的老位置，也没人主动跟她说话。她戴上耳机，闭着眼睛，也不再搭理我们。

大家集体安静，我相信大家跟我一样惊诧。过了一会儿，随着车缓缓融入上班的车流人流中，车里沉闷的空气渐渐松动了，有人说话，有人咳嗽，有人玩手机。这时社花讲起一部电影，大家马上议论男演员是否帅，女演员是否有儿女。我在前排坐着，本想跟柳映韵主动打招呼，可一看大家都不想理她，也就放弃了跟她打招呼。快民主测验了，我可不想树敌，现在搞什么都要大家投票。评职称，大家投票。评优秀编辑，大家投票。连干部晋升，也要民主评议。啥大啥小，我还是拎得清的。

知识分子，又是女人，大家的关系好微妙，有时，话多不好，话少也不好，那个恰当还真不好掌握。她不变，大家烦她；她变了，为什么大家又不高兴呢？我理解不了，但为了表达我与她的情谊，我给她发了条短信：好漂亮呀，瘦了起码有二十斤吧，映韵，你绝对是出版社疫情后一景，靓丽一景，作为你的朋友，我为你骄傲。你不知道，大家刚才被你都震了，虽然嘴上不说，可我知道，她们心里不定多么妒忌你呢。

她给我回了一连串的拥抱表情符。

几天后，我们在班车上又开起了小会。

晚上下班，班车刚到新街口，柳映韵甜甜地叫道："小丁，能给我停下车吗？姐妹们，周末快乐。"

她一下车，马上有人问："柳映韵会不会是恋爱了？你看瘦了不少，每天还换一身衣服，还描了眉，抹了口红。"

"对呀，她今天还主动给我打招呼了。对了，赵芷，你是柳映韵的好朋友，她不会谈恋爱不告诉你吧？"

"谈恋爱？没听她说。"

"八成是去约会，你看她穿得多文艺，长款中式绣花棉布袍，脖子上围着淡灰色的围巾，脚蹬绣花鞋，好优雅。"

"一定是，只有恋爱，才能改变一个人。"

"哎呀，没想到疫情还能改变一个人！大家想想，她在春节前，还是一个坐在靠窗位置，穿着冬常服戴着厚厚眼镜的柳映韵，没想到三个月，她就变成了只花蝴蝶。真是，女大十八变，不，女人老了也要变，春心不老，哈哈哈。"社花尖细的嗓子格外突出。

"估计对方是图她房子吧，她一个人，住那么大的房子。按说她单身，社里就不应当给她分那么大的房子，还是经济适用房，我结婚了，都没轮到。"

"人家是博士嘛。"又一个粗粗的声音说。

"还不知博到哪个专业上了。"有人接口道，大家笑得怪怪的。

我听着，心里很不舒服，便把眼睛朝向窗外，绿化带上的蔷薇好美，而美丽的柳映韵已消失在茫茫人海中了。

事后我问她是否约会了，她调皮一笑，说："以后告诉你。"

仲秋，单位组织体能测试，三公里，柳映韵跑的是全社女军人第一名。仰卧起坐、俯卧撑、蛇形跑，总成绩皆为优秀。她们那个小组是四十九到五十一岁，跑到终点的，有人跪在了跑道上，有人被两个小女兵架着直吐。只有她，在操场没事人似的看云，嘴里还哼着昆曲——最撩人春色是今年。

我们三十二岁到三十五岁这个小组考核时，风很大，又是逆方向，我跑得上气不接下气，跑不动了，决定放弃时，她一把拽住我说："快，我陪你跑。"她在草坪上不停地跑，不停地说："坚持住，坚持住，坚持就是胜利。"

我在她的带动下，终于跑及格了。

下班路上，她让我跟她走路回家。我怎么也无法把现在的她跟半年前那个她联系在一起——身材苗条，穿着入时，连那个黑框眼镜也不见了，换上了博士伦。望着满街的绿，她说："我写了一首诗，不知怎么样，不好意思拿出来让人看。你是作家，帮我看看。"她说着，发到了我手机上，我一瞧，诗是这样的：

珍珠梅

花园是盒冰淇淋

我每天都要吮一口　两口

三四口　每棵树　每朵花

里面都藏着秘密

它们争先恐后地跟我说

一树雪花　如黄金般密集

把我融化在六月的艳阳下

离开半天

她还在身后不停地说我叫珍珠梅

珍——珠——梅

我突然间就落了泪　在林立的高楼下

"真好，起码我觉得好。"

"可能诗性不够，但确是我内心最真实的想法。最近我周末除了学戏，就是写诗。写了好几首呢，回头发给你。你说，春天不觉间就过去了，五一了呀，我要是不写诗记下这美妙的瞬间，它走了都没人知道。原来我以为除了工作，除了父母，其他的人和事都与我无关，可现在，每件事，都可能改变我的命运。比如一枝花，就能让我这个不会写诗的人忽然想写诗。比如你，我的几次帮忙，你就成了我最好的朋友。你说，是不是我们不能忽视眼前的任何事物？自从我妈去世后，如果没有昆曲，我真不知道我能否坚持活下来。可昆曲让我知道，原来女人可以那么美，原来六百年前，有人跟我想的一样。一个过去的梦竟然点燃了我生活的理想，让我感到了切实的幸福。我告诉你，每个人的一生都有贵人，我的贵人就是昆曲。你不信就走着瞧。"她说着，忽然跑到了马路边。原来绿灯亮着，一位大妈着急地看半天，就是不能下决心过马路。柳映韵拉扶着她过了马路后，气喘吁吁地跑了回来。

"真学雷锋了。"

"我越看她越像我妈，就顺手做了。关键是我做了，心里好愉快。"

"对了，今天开会时，你拿着钢笔是不是在学舞扇？有人说你犯神经。"

她笑着说："什么也瞒不住你。有时，我就是不由自主。走着，走着，忽然就想体会一下沈老师教的动作，比如用眉眼如何说话，用手势如何示情。你还别说，真有一套学问呢，越学越觉妙不可言。结果我们主任来找我谈话了，说我是不是有什么事想不开，要不是你说，我还真没反应过来。笑死我了。"

我也跟着哈哈大笑。

以后每次我发现她在做某些戏曲动作，就会朝她一笑，好像我已偷窥了她的秘密。与她分享时，自己也会变得快乐起来，甚至有时，我也情不自禁地学两下。她说："要不，跟我一起学昆曲？"

"不，要学我就学芭蕾。"我当然只是说说而已，芭蕾好美，我也只做做梦罢了。所以我更佩服她，想干什么立即去做。

6

年底，柳眹韵当上了编辑部主任，这是我及全社人都没想到的。我前面说过，军事编辑部是我社第一编辑部，编辑出版的军版图书享誉全国，出版的图书有上千个品种，把它们汇在一起，那就是一部中国革命史。因为它如此重要，所以历任编辑部主任都是在军事领域卓有建树的专家，而让一个跟大家从来都不主动说话的柳眹韵担任如此重要的职务，里面是不是有什么见不得人的名堂呢？

一时，各种谣言在办公大楼里传开了，说法各不相同，但共同点是皆因新社长的独特癖好。

汇总各种版本，详情如下：

从总部机关调来的新社长到各办公室看望大家，我们是老办公楼，台阶高，又无电梯，第一天，一至三楼走完，不少跟随的人已很累了，新社长兴致仍浓。上到四楼，寂然无声。知道上面除了机房，只有一个编辑部时，社长的脸色跟平常不一样了，紧跟着的军事编辑部主任忙走上前解释："我们编辑部的柳眹韵同志喜静。她说人一多，她头就痛，头一痛，一个字都看不进去。"

"就是大厅光荣榜上那个图书销售量全社第一的女博士？"

军事编辑部主任忙说："对的。该同志业务非常扎实，只要军史方面的问题，没有什么能难倒她的。"

社长身边的总编室主任忙补充："柳昳韵同志前不久还给咱们社立了一大功，咱们编的那套'上将回忆录系列丛书'，参评解放军图书奖，要不是柳昳韵把关，评不上奖是次要的，出版后要出大事的。书稿中把一个仍健在的中将误写成在解放战争时牺牲了，编辑年轻，军史知识不了解，可把我吓出了一身冷汗。"

军事编辑部主任瞪了总编室主任一眼，把头扭向了窗外。

"编辑无小事呀，柳昳韵现在还是编辑？多大年龄了？"

"她政治上不成熟，不爱参加集体活动。"政治部主任说完，想了一下，又补充道，"四十九。"

"她自恃才高，基本不跟大家来往。"军事编辑部主任又补充了一句。

社长没再说话，一行人都走到柳昳韵办公室门口了，也没有一个人出来，而去别的编辑部时，人还没到，大家早军容严整地站在门口远远恭候了。她就这样，傲气。

主任忙大声喊："柳昳韵，社长看你来了！"说完，又小声说："咱们动静这么大，她也不出来迎下。"

仍无声音，主任忙跑步上前敲门，仍无声音。主任脸黑着要掏手机打电话，旁边资料室一个女编辑忙上前说："柳昳韵去送作者了。"

"她回来让她立即到社长办公室。"

"不用不用。"社长和蔼一笑。

"我昨天就已经告诉编辑部全体人员不能离岗，平时柳昳韵同志是很守纪律的，她从来没有因私事请过假，可能今天来的是名家。"老主任不停地解释着。

社长摆摆手，没再说话。

谁也没想到，三天后，社长第二次去见柳眹韵。这次，他是跟一个干事去的。

一走进柳眹韵的办公室，看着地上、窗台上摆着鲜花，眉头蹙了一下。但看到挂着地图的对面贴着一张张获奖的图书海报时，眼前又亮了。柳眹韵啪地敬了一个军礼，社长愣了一下，忙还了个军礼。这是他到编辑部看望大家获得的第一个军礼，知识分子们，没那么多讲究。

身着陆军大校军衔冬常服的柳眹韵笔挺站立，既不像别的编辑主动汇报工作，也不让坐，只是微笑静立。

书柜里按时间顺序摆放着一张张光盘，上面写着中国人民解放军军事史料汇编。

"你整理的？"社长问。

柳眹韵解释道："我把我编辑的二百八十五本军事资料全做成了电子版，这样，大家用起来就方便了。"

社长说："你是老同志，为出版社建设做出了很大贡献，我代表社党委感谢你。"

柳眹韵摆摆手，说："应当的，应当的。"

社长要出门时，忽然在书柜醒目处发现一个大相框，上面是一位古代美女含情脉脉地看着前方，社长问："这是哪位演员呀，这么漂亮？"柳眹韵含羞一笑，说："这是我当票友时扮的杜丽娘的剧照。"

社长握住她的手说："柳老师，你不但是一位优秀的军史编辑，还是一位懂生活的人，我向你致敬。你五十岁还能开始学昆曲，还有什么事干不成的。"

"花似人心向好处牵嘛。"她歪着头说。

社长愣了一下，然后竖着大拇指道："如果出版社有几个柳昳韵，我这当社长的就高枕无忧了。"

社长走时，顺手在茶几上拿起一本反扣着的书看了一眼，说："你看的？"柳昳韵说："是呀，很有趣。"那本书是薄伽丘的《十日谈》。

据办公室主任说，新社长在跟他聊天时说："我起初得知要到出版社来时，心里多少有些不情愿，在总部虽然我那个局只有十几个人，可是它面向全军，出版社虽然有二三百人，看着不小，但再仔细一瞧，就显小了，毕竟是工作性质决定的。可没想到，通过一个编辑，我发现出版社真是藏龙卧虎，每个人看似穿着同样的军装，喊着同样的口令，好像都一样，但确是一部需要了解的大书呀，我得仔细地调查研究，要让每一个人把自己不为人知的潜能发挥出来。"听到这话，我们很多人高兴了好一阵子。谁不想脱颖而出呀？

八一建军节那天，我们社在礼堂举行联欢晚会，这是社长到出版社的第一个节日，全社上下都很重视，每一个编辑部都想拿出好节目。军事编辑部，除了柳昳韵，就三个老头。主任还没开口，她就说我来一折昆曲《寻梦》。

主任先是愣了一下，然后连说："好好好。"

周日，柳昳韵拉着我说到商场买戏服。我说："到昆曲院租一套就可以了，大家就是随便玩玩，不必这么当真。"

"你不去就算了。"她手一扬，要是穿着有水袖的戏服，这一扬效果会更好。

"我当然得去了。快说说，你学戏如何了？沈老师同意当你的老师了？"我说着，拦了一辆出租车。

她却摇摇头说："那车太脏，等下一辆吧。"

坐到车后，她嫣然一笑，说："我找了沈老师三次，第一次沈老师生病。第二次沈老师有事。第三次沈老师见到我，听到我的来意后，说，你为什么要选我为师呀？我说因为您不是在表演，您的一招一式都是自然流出来的，那么准确恰切，您就是名媛杜丽娘。我上学，就要当博士。学戏，当然要拜大师了。沈老师又问我，你怎么理解我演技的？我说您的演技活泼自然，一娇一嗔一喜一乐，特别生动。和我常看的那些大师不同，有一种飘逸感，有种仙气，人看您的戏，心里好静。这是其他演员达不到的。还有您的雅致从容，淹通诗书，非一生浸染于昆曲者不能得其神韵呀。我在网上读到一篇文章，写得很好，说出了我能感受到却说不出的话，我把它专门下载下来，现在背给您听，好不好？沈老师笑笑，没说话。"

她顿了顿，接着说："我便大声起来，我虽接触昆曲近二十年，只专注唱曲子，看戏少，买票看戏也优先选择京戏。在有限的现场看过的昆曲版本里，沈世华这折《寻梦》，可称平生所见最佳者。先谈三处细节。一是在唱到'他捏这眼奈烦也天'一句时，沈有个背着手模仿书生走路的身段，吉光片羽一闪而逝，但那股潇洒劲儿，真有周传瑛先生的影子。二是'生就个书生哈哈生生抱咱去眠'一句，'哈哈生生'一般演员都唱'呵呵生生'，沈则唱'恰恰生生'，之前只有在清曲家口里能听到。'哈哈'不知所云，《牡丹亭》有个校本写'恰恰'，能解得通，'恰恰'就是'娇恰恰'的意思，出自杜甫诗'自在娇莺恰恰啼'，汤显祖在《幽媾》中同时曾用'牡丹亭，娇恰恰，湖山畔，羞答答'。徐朔方先生的《牡丹亭》校本已把'哈哈生生'改成'恰恰生生'，沈世华能及时更正，可见文化修养深厚。三是扇子的运用，《寻梦》这折戏中杜丽娘情感有个分水岭，前半重温旧梦，后半怅惘失落，体现这一分水岭的道具全在杜丽娘手中一把折扇，唱《江儿水》前有一个不经意丢掉扇子的动作，之后思想感情就全变了，失望而至于绝望。一把扇子，在沈世华的手上竟然变得戏份儿十足。沈的每一处造型都极富雕塑美，就像花木舒枝展叶，协调流畅，不着力、不别扭。她欢悦时的拊掌颔首，颦眉浅笑，又那么随意自然，像极了花枝在微风中摇曳的神态。说她是什么花好呢，梅吧，'烟姿玉骨，淡淡东风色。勾引春光一半出，犹带几分羞涩'。

"我背完，沈老师淡然一笑，说我被你的精神感动了，可是你一点儿基础都没有呀。我说我是从零开始，只想让自己变得美些。您就很美，我学一年不行，学两年。两年不会，我学五年。五年不会，我学十年，直到学会。

"我说这话时，不知怎么忽然带了哭腔，沈老师当即就表态要收我。她说只要真爱昆曲，八十学艺都不晚。'我好后悔，年轻时因为生活，一度离开了舞台。可出来了，再回去就难了。现在我好想一直在舞台上，可年龄不饶人呀。现在的时间，我恨不能一天当十天用。小柳，你还年轻，想学就来得及。'她还跟我说，只要我能吃苦，她保证我能把杜丽娘表演得跟她一样好。

"芷，你猜沈老师教我的第一课是什么，打死我都想不到。她说，小柳，你穿的衣服配色不对，白底碎花上衣不错，可穿件黑色的裤子，把人穿老了，应当配条白裤子。我当时满脸通红，瞧着她穿着一身旗袍，绣花鞋，妆容精致，跟舞台上的杜丽娘相比，又是另一种美。风姿卓绝。她又说，我知道你们部队院子都好大，你能告诉我你们院子都有什么树吗？

"我心想这跟学戏有什么关系？沈老师可能看出了我的疑问，又跟我说：'我活了八十岁，从艺六十年，最大的体会是如果你想当一个优秀的演员，不能光唱戏，还要会生活，爱生活，你连自己的院子都不了解，怎么热爱生活？怎么表现戏中角色的内心世界？'沈老师还给我做饭吃，她做的饭可好吃了，她说，她能做一百多道菜。

"她教戏可细了，光扇子功，我就学了一个月，练坏了四五十把扇子。还有水袖功，现在我胳膊都是酸的，不过，现在表演抛水袖有些模样了。这是沈老师说的。对了，你看我这个赏月的动作美不美，这是沈老师给我布置的作业，让我做动作时，要手、眼、身、步法全身配合。手指手势，眼指眼神，身指身段，步指台步，法指以上几种技术的规格和方法。它是戏曲演员在舞台上展现表演意境和神韵的技法。心里有景，动作才会美。为了体会，我在家里还买了一个落地镜。比如闺门旦要指月，不能右手伸出直指，就没味道了。欲前先后，说东先要道西，月亮在右边，水袖从左边逶迤而来，慢慢地伸到右上空，兰花指轻轻一抬，眼瞧月亮，这样才有表演的层次和柔美。无论站或坐，腰直起来就美了，不然人一塌，你想想多难看。合扇，你不能如武生那样合，闺门旦大多出身于大家闺秀，她的身份决定她表达情感要含蓄，所以合扇时，动作要做得柔、细致，这样才美。"

真还别说，她做的是像那么回事。

联欢会上，柳昳韵唱的是她学的《寻梦》，她竟然还找了一个在昆曲院认识的吹笛子的人给她配乐。她一出场，我们全出版社的人都愣了。试想一下，在满礼堂军装的绿色海洋中，在"喜迎八一建军节"的大红横幅下，在我们刚听完"听吧新征程的号角吹响，强军目标召唤在前方"，还沉浸在铁甲隆隆、战机轰鸣的火热练兵激情中，忽然在一阵悠扬的笛声中，一个古装丽人袅袅娜娜地出来，寻她的一段春梦，猜猜大家会是什么反应。

"谁呀，这是谁呀？"

"呀，不会吧，柳昳韵？她还有这绝活儿？"

社花张明明咬着我耳朵说："这柳昳韵一穿戏装，简直惊艳，原来

205

她是一个闷骚。"

她的话其实也是我心里想的，可我听着就是不舒服，便摆摆手说："听戏！听戏！"

被大家誉为"爱情专家"的教材编辑部编辑刘小虹说："据我分析，这一定是爱情的力量。"

"什么爱情的力量？老姑娘不甘自赏，要绽放了。"社花不顾众人在看戏，凑到刘小虹面前大声说。

"我看见她跟一个男人在北方昆曲团看戏。"

"那也许是给她送票的人。"

我大声说："听戏还是听你们开小会？"

社花回头瞪了我一眼，看到大家都不悦地瞧她，只好闭声。

柳昳韵唱完，我们全场没一个人说话，最后是社长带头鼓起掌来，而她却好像还沉浸在戏剧中，做着倚着梅树的动作。我忙上前扶着她起来，她擦掉泪，眼睛紧紧地盯着我，好半天才好像认出了我，也明白了她在演戏，含羞一笑，腾地跑下场了。

年底，她就当上了编辑部主任。估计连她自己都没有想到。据说社长在全社中层干部会上说，柳昳韵是全军第一个军事女博士，编的书有十几种得了全国图书大奖，这样的人应当提拔重用。不久，她便被提为军事编辑部主任，还被吸纳进了全社专家委员会，也就是说社里重大图书的选题论证和图书出版她都要参加审定。大家又是一阵议论，有人不停地惋惜道她如果再年轻些，兴许还能当上副总编呢。

但社花却撇着嘴说："因为她的一曲《寻梦》，让社长动了恻隐之心。一个女人，没有丈夫，没有孩子，事业就是她所有的一切。社长是学中文的，这叫怜花惜玉。"

"你不要乱猜，柳昳韵不是那种以色示人的人。"

"哎，我这么说过吗？"社花逼近我，"她是你的好朋友吧，可人家未必当你是好朋友，你不知道她今天跟谁逛南锣鼓巷吧，可我知道。"

我想反击，又一想，当她不存在，才是对她最大的蔑视，便扭头就走，越走越伤心。我视柳映韵为好友，跟爱人吵架，二十年前恋人的电话，通通告诉她，她却并非视我为密友。还有当主任，我也是社里大会上宣布命令后才知道的。更可气的是，当了主任的柳映韵可忙了，每次我找她，她不是在编稿，就是在组织编辑部人员开选题会。原来冷清的四楼，全贴上了军事编辑部出版的新书，还有获奖书目。她的办公室大门再也不像过去那样关着，那些书也都上架的上架，进书柜的进书柜，满屋喷香不说，书柜上还多了一幅毛笔字：花似人心向好处牵。

那字很洒脱，我问这是谁的字。

她笑问："好看吗？"

我说："不会是你写的吧。"

她笑着说："只要努力，凡事皆有可能。"

看着她越来越有风致，想着她最近一路的春风得意，我忽然说："你说过要请我吃饭的，当了领导，不能说话不算数。"

她说："好呀。"

没想到她这么爽快，不过，我细一想，她可能也是顺嘴一说，没当回事。

7

冬末有天下班时，柳映韵一袭紫袍来到我办公室，说要请我吃饭，地方她都选好了。

我生气她事先不跟我说，哪有到饭点了，才请人吃饭，难道当了领导，就以为天下都是她的，还地方都选好了，我就差顿饭？便说："今晚有事。"

她用手指理了理黑而亮的头发，说："那明晚呢？"

这么说，她还是在意我的？她一向一毛不拔，没想到还真请，我笑着说："不用你破费，到咱们单位附近的杏园餐厅，吃碗山西刀削面就可以了，我最爱吃香菇炒肉面。"她却说："咱堂堂的中国人民解放军陆军大校，怎么能进那样的馆子，人多又杂，还没包间。"

最后她选了什刹海边的一个叫奔月的私家餐馆，面向什刹海，很是雅致。

刚落座，她就甜蜜地给我讲了她工作上的种种打算。一句话，不辜负领导信任，工作再上一个新台阶，准备出一套最新军事战略图书。

"那你这段时间昆曲可白学了，那些现代军事高科技可够你啃的。"我想象不到，枪炮和玫瑰有什么必然联系。

她拿起桌上的一支玫瑰，做捻花状，反问道："怎么能白学呢，像昆曲一样生活嘛。昆曲会给我好运。你看看，我体重减了二十斤，是不是说话也不那么乏味了？"

我端详了半天，笑着说："我只听说恋爱能使人变年轻，没想到戏剧也能滋养人，而且还立竿见影。你举手投足间，是有了那么一股淑女的气质。"

她摆摆手说："变美是笑话，但是变得注意工作以外的东西，变得享受生活，却是真的。比如，过去我就不会注意大街上的树木、人群，每天匆匆忙忙的；现在，我对小猫小狗，连天上飘来飘去的云也留意起来了。才发现，世界上有许多有意思的事。比如，今天我去取快递时，在街心花园发现草丛里有只鸭子，而水面一只公鸭子守在她不远处，我就想这只母鸭子一定是在草丛里照顾着她的孩子，而公鸭子一定是她的丈夫。"

我扑哧一笑，问道："你怎么知道他们是公的母的呢？"

"哎呀，我专门查了书，漂亮的是公的，不漂亮的是母的嘛，再说，那母的神态很温柔呀。对了，母的走路是这样一扭一扭走呀。"她说着站起来学。哎，你还别说，那动作还真有三分像。

"老实说，最近你是不是有情况了？坐班车时也不穿军装了，打扮得花枝招展的，频频外出，就是见女同胞也像现在这么搔首弄姿的，好撩拨人哟。别说男人，我这个同性的心都酥了。"我说着，假装要扑到她跟前。

她脸一红，扯扯脖子上的围巾，朝四周瞧了一眼，声音好柔："我跟你说，你猜我是怎么喜欢上昆曲的？你是我的好朋友，我也不瞒你，纯属偶然。疫情前，一位剧作家经朋友介绍，跟我联系，说他给一位著名昆曲表演家写了本传记，跟我咨询出版事宜，没想到就这样改变了我的人生。"

"改变了你的人生？"

"他说，老师，你喜欢昆曲吗？"

"我说我是学军事的，对昆曲什么的没兴趣。"

"他说，哎呀老师，我曾采访过著名昆曲表演家沈世华老师，你看看她的戏，她是昆曲界身段最美的女演员，没有之一。你看了她的戏就知道什么叫女人，什么样的人生才可以如此芳华了。他的南方口音特好听，让你不由得就跟着他的思路去想去做了。这不，就改变了我的人生。"

"老实交代，是谁家少俊来近远？"说实话，我只是顺嘴一说，还是不相信大家说她谈恋爱了。有五十岁的女人谈恋爱的吗？听说对方头不秃，肚不大，年纪看起来不到五十岁。

"呀，你也看《牡丹亭》了？连这句都知道。"柳映韵说着，把手搭在我肩上，"我说过，我没有看错人，你是我的知音。"

"全社都知道你整天跟人约会，知音却什么都不知道，这是知音吗？"我说这话时，好委屈，眼角瞬间就湿了。

她又含羞地拨弄着丝巾，好像略有所思，按说比较动人，可在我看来却有点搔首弄姿，本想说"我又不是男人，别在我面前卖弄风情"，可我又想，我这莫名火来得好没道理，便态度放软和了，又说："人家把你一直当朋友的，可你却……"说到这里，眼泪已经不听我使唤了，涌了出来。

"怎么了，你怎么还哭了？我今天不就是要全告诉你嘛。"她说着，抽出一张纸巾，伸到我眼前。我要接时，她却轻轻地给我拭起眼泪来，那动作好柔和。她凑近我时，我闻到一股芳香。

"因为没结果，一直不知道跟你咋说。"她说着，脸红了，"他是一个博士，昆曲学博士，就是因为他的一句话，我才迷上了昆曲。"

"他离婚的？有孩子吧。"我还想问年纪，话到嘴边，立即收了回去。咱是知识分子，不能像市井女人那般刻薄。

"他呀，长期从事戏剧研究工作，一直忙工作，没结过婚，但兴趣广泛，写书法，唱戏，还会做饭，做的臭鳜鱼跟饭店卖的差不多。"她说着，瞧了我一眼，好像看透了我的心思，又补充道，"比我小三岁。你说有意思不，我跟你那位老楚同学，命运竟然如此相似。"

"老楚？"

"就你说过的你那位大学女同学。"

我一时脸红，便装着忘记了，拍了一下脑门说："你看我记性，还没老就得健忘症了。对了，博士，不对，现在得叫你柳主任。柳主任，你是用了《孙子兵法》的三十六计，还是用《战争论》治国方谋拿下了这个钻石王老五？现在的男人，可都是很现实的。我一个男同学，死了老婆，五十八，让我给他介绍对象，我给找了一个三十岁的，你猜人家怎么说，嫌大。"

她扑哧一笑，朝我身上打了一下说："我哪有你这鬼心眼。我妈去世不久，我跟他认识的。我给你说过，他是咨询出版事宜。他给我讲了一会儿昆曲之美，我就萌生了学昆曲的念头。疫情期间，我们也只是电话、视频联系，我只当他是老师，向他请教昆曲方面的知识。疫情渐散后，就是那天咱们下班，我坐班车到新街口下车的那次，那是第一次去看他。因为第一次去，不知带什么东西好，我就想男人嘛，肯定不会吃饭，我也不同意到外面吃饭，就买了一大袋菜，想给他做顿饭，主要是想在外人跟前检验一下自己的手艺，刚学会炖排骨，自己感觉不错，你想想，做了十几次，总是越做越好吧。没想到饭还没吃完，他就说咱们做朋友吧，男女朋友。我当时都傻了，以为他开玩笑，他却说'我喜欢你'。我问为啥，他不说。我说'你不说，我就不能做你的女朋友'。你猜他咋说的，笑死我了。"说到这儿，她却不说了，望着远处的湖面，作遐思状。

"别给我演戏了，快说，他说了什么？"我急着问。

"他说'因为你傻'，我当时一听就不高兴了。他又说'哪有第一次见男人就给做饭的？证明她已把我当作家人了，很可能就是爱人了，这样的女人不傻吗'。"

"你怎么答的？"我像听故事一样听着这个跟别人不一样的爱情故事。

"我答，本来人家除了一个女朋友，就你一个男性朋友嘛。他就……"

"他就把你抱到怀里，亲热了？"

211

"哪儿呀，他就皱着眉头说'你真是傻'。"

"我说杜丽娘不傻吗？梦见一个男人，就为了他连命都没了，可她在读者、观众心中活了六百多年，还必将流传下去。他一听就扑哧一声笑了，说'这样的傻女人我喜欢'。"

"他向你求婚了吗？"

她点点头，说："上上周，他说嗓子不舒服，我说到医院去看呀。"

"他说他不敢去。"

"我说我陪你去。"

"没想到现在医院排查还很严，他嗓子不舒服，听说是前不久从东北回来，医生更是紧张，让他抽血，查抗体，你不知道他一个男人紧张得都不敢去抽血。我说没事儿，放心，有我呢。抽血一小时后，取化验单，他不敢去，我取到化验结果后回到楼上，他一见我，就紧张得话都说不清了，说'我是不是非典，不，是不是新冠呀'。我说不是。他一把抱住我。我说，快别这样，这是在医院。谁知医生又让做喉镜，他说算了算了，不就是嗓子不舒服嘛，开点药吃了就好了。我说既然来了就做一下。他打开手机让我看，说，你看，做喉镜跟做胃镜一样，管子要往鼻孔里伸进去，多难受，咱不做了，回家。我握着他的手说，你做过吗？别信别人说，要知道梨子的滋味，当然要自己尝了。再说，病因查清了，我心里也踏实了，对不对？别害怕，有我在呢。

"他像小孩一样，在我连哄带劝下才同意去做。医生刚把管子往他鼻孔一插，他就大声喊疼。医生皱着眉头说，要疼就别做了。他像小孩子一样眼巴巴地看着我，我握住他的手，对医生说，做。又捏捏他的手心，故作生气道，不做，我就不理你了。

"他紧紧抓着我的手，闭着眼，那样子好让人心疼呀。医生拔出管子了，他又把右鼻孔伸到跟前说，不疼，也不难受，再做这边。医生面

212

无表情地说，做完了。医生拿起管子走了，他还不相信似的问我，这就完了，一点儿也不疼呀，也不难受呀，右鼻孔还没检查呢。把我笑得肚子都疼了。

"从医院一出来，他又非要我跟他一起到商场，说要给女朋友买戒指，让我帮忙挑下。我只好跟他到了柜台，我选了一个，他非让我戴上试，一看很合适，他就说别取了，嫁给我。"

她说得慢，我听得仔细，总感觉跟我想象的不一样，但说实话，我被感动了。

回到家，我心里不知怎么搞的，又空，又难受。忽然想，我是不是也要像昆曲一样生活呢？因为学了昆曲的柳昳韵确实越来越美，这不是我一个人的看法，这是我们出版社挑剔的女同志们的共识。按我们社花的话说，柳昳韵现在可是一朵奇葩了。可我学什么呢？芭蕾，对，柳昳韵学昆曲都开出了花，我比她年轻十几岁，怎么就不能让自己也灿烂地怒放一次呢？

好了，不啰唆了，现在，繁花似锦，咱要喝喜酒去了。陆军大校、我社军事编辑部主任柳昳韵大校请我到皇家粮仓参加她的婚礼。不是所有的女人五十岁了还能当新娘，咱不能不去，对吧。听说婚礼上还有彩蛋，新娘子要跟著名昆曲表演艺术家沈世华老师同台演杜丽娘，这可是千载难逢的场面。此当好时节，咱正好寻梦也！

赏心乐事谁家院

1

　　参加完林特特的婚宴，我们三个人谁也没说话。当车窗外梅兰芳大剧院那浅绿色的大楼映入眼帘时，性急的卫洁终于憋不住了，大着嗓门喊："我说大家是不是受刺激了？怎么也不发表下赴宴感言？"

　　我接口道："谁受刺激了？你才受刺激了。"后半句话我赶紧咽了回去。卫洁的丈夫是随军到北京来的。

　　开车的刘娜没说话。刘娜的丈夫做房地产生意，她是我们同学里最有钱的，市区有房子，郊区有别墅，开的这辆白色的宝马值八十多万呢。

　　刘娜目视前方，坐在后座的我在后视镜看到她眼神淡然，但我相信她的心情也跟我们一样是不平静的。

　　我们仨和林特特是军校新闻系同学、好友，住一间宿舍。林特特住我们对面。卫洁的床直对着门口，一开门，她的床就直接映入人眼帘，为此她很是生气，说自己的隐私经常暴露在大庭广众之下，我们得给她补偿。我们认为她矫情，军校女生床跟男生的床一样，白床单、绿被子，除了靠墙放的皮带外，再无其他饰物。不对，准确地说，除了林特特的被子是蓝色的，林特特是海军，白上衣，蓝裤子，好似蓝海白浪，在我们新闻系绿色为主的军列中，很是引人注目。林特特在我们四人中算不上惊艳，可她自有一番风致，也许美人在骨不在皮吧。比如一件肥大的蓝色水兵裤，跟白色上衣一配，她穿出来就有一身时装的感觉。还比如她一开口，那软糯的南方口音，由不得你不全身酥软。林特特是扬州人。

说到这里，我再扯远些。我们新闻系调皮的男生给我们四名女生分别起了外号，给身为集团军军长掌上明珠、整天盯着报纸头版的刘娜起名叫首席。卫洁因讲话每到最后总爱说总之，戏称教授。我呢，见字就挑刺，冠名校对。林特特出身书香门第，爸爸妈妈均是大学老师，平常如林黛玉一样多愁善感，喜欢唱昆曲听弹词，就叫她林美人。众师生都迷她，最终是戏剧系的情歌王子刘一炜在毕业前的舞会上，一曲《给我一杯忘情水》，抱得美人归。

"你们说，林特特女儿都上大学了，母女俩站一起，竟难分谁是母亲谁是女儿！她要是穿上婚纱一定跟当年一样美。"

"她又不是吃了长生不老药，她不穿婚纱证明脑子还没发昏，中年女人穿婚纱，那是脑子缺弦，不知轻重。"刘娜终于开了口，眼睛朝右视镜看了一眼，又说："听说她丈夫是总部机关的一位局长。"

"管干部的，大权在握。"卫洁马上补充道。

"也算郎才女貌。"我接口道。

"人家新郎也是俊才呀，人虽中年，但头发浓密，肚子扁平，皮肤白皙，身材高挑。"卫洁马上接口道，"我就想不通他条件那么好，为什么要找林特特这样一个寡妇？林特特虽略有姿色，可毕竟徐娘半老，四十多岁的人了。欧局长虽跟她年纪差不多，但人家完全可以找个更年轻的，能干的。林特特只追求精神生活，生活能力实在一般，做的菜都一个味儿，写文章比不过李晓音，当官比不过刘娜，口才比不过鄙人。不过，她看起来好纤弱，让人有种怜爱的感觉，这话可不是我说的，是我家田

217

园说的。"

"行了，行了，谁说女人就不能找个比自己年轻的，某国总统夫人比她丈夫大二十四岁呢！"刘娜说着，车突然停了，卫洁正要开口，才发现已到自家大院门口了，穿着迷彩服、头戴钢盔的卫兵正在哨位上严阵以待，便说了声"谢谢"，要下车时，又说了声"多联系"。

"你坐前面来。"卫洁下车后，刘娜对身后的我说。

离我家很近了，换座毫无必要，可我还是听从了她的意见，坐到了副驾驶上，系紧安全带。车速比刚才慢了，路两边的白蜡树叶比其他树木发黄得早，如油画般从眼前一掠而过，让我不禁想起了林特特婚宴上那包间里的金黄色壁纸。因为是再婚，林特特只请了一桌，她这边就我们三个女同学，丈夫那边，只有他单位的两三个同事。但饭菜质量不错，有甲鱼、螃蟹，酒也上档次。

"你怎么看？"刘娜扭头看了我一眼。

"看什么？"

"林特特的婚姻呀。"

"一个是恬静漂亮，一个是春风得意，两个虽是再婚，可孩子均已上了大学，前任都去世了，没有后面的麻烦，双方都有自己的房子，经济独立。林特特丈夫去世十年了，总算找到了归宿，这个欧局长比我们给她介绍的都好。"林特特丈夫离开时，林特特三十八岁，她三天两头地给我们打电话，我们仨觉得让她不要来烦我们的最好办法就是让她尽快再嫁。

那时她女儿还小，她又是奔四的人了，我们给她找的大多是离了婚的。第一个是刘娜介绍的，刚退休的副军职离休干部，林特特说，那人一张口，满口就是一股臭味，肯定有胃病。而且头发那么少，肚子那么大。第二个，年轻一些，是名军医，海归，我们都认为不错。林特特却说，她一听那人是妇科医生，心里的坎就过不去。第三个是我介绍的，林特特根本就不见，还说没心情。我们说三十八岁跟四十岁只差两岁，可是别小看这两岁，那可是天地之别。三十八岁也在三十岁内，四十岁可就是豆腐渣了。但林特特，却在四十八岁找到了条件比我们介绍的都要好的总部机关管干部的欧局长，还很快就结了婚。

刘娜没有说话。我感觉她好像摇了摇头，但又不确定是因为蚊子还是窗外的风，便又问道："你觉得呢？"

刘娜目光盯着前玻璃，半天才答非所问："香山的红叶红了吧，咱们下周叫上林特特去看红叶，她最爱照相了。"

我说："现在十月底，应该快了。"

2

婚姻好像一道屏障，一下子隔开了我们跟好朋友林特特的亲密友情，婚宴一个月了，香山的红叶都谢了，我们也没见到林特特。刘娜给她打电话约过，林特特说单位最近考体能，以后再说吧。我也约过林特特聚会，她一会儿说女儿要考研，她正在帮找资料，一会儿又说自己吃中药，一点儿胃口都没有。一听就是借口。

颇有意思的是，无论刘娜还是我，我们都没有主动问林特特新婚是否幸福，而作为新娘子的林特特也没有主动告诉我们她婚后的生活。越不知，我们就越想知。人大概就是这样的。于是我们三个——她昔日的同屋好友，三天两头地互通电话，询问林特特的婚姻生活，搞得我爱人都烦了，说："林特特的生活与你们有什么关系？有这时间，好好收拾一下家吧！你看看，家里乱七八糟的。"

"你怎么不收拾，没看到我整天忙吗？"我没好气地说。

219

爱人说："你是不是羡慕林特特再婚了，要不想过了，你也去找一个，省得三天两头地打听。我都搞不清你们女人怎么想的，真是吃的粮少管的事多，太闲！"

"哼，胡说八道。"

话虽如此，可是说实话，自从林特特再婚后，我总不由自主地想林特特多幸运呀，第一个丈夫叫刘一炜，是名戏剧导演，很浪漫，会生活，虽然导的戏剧每次只有极少数观众观看，可是我们每个人都喜欢他。他一到场，我们所有的忧伤都烟消云散了。现在又找了一个大权在握、温文尔雅的领导干部，真是人间风华她全占了。我想到这里，想起自己的公务员丈夫，一个月工资没我多，家务活儿还懒得干，心里更觉失落。

我相信刘娜、卫洁跟我想的一样，只是她们不说。刘娜是空军某部政治工作部主任，她不说，因为身份使然。卫洁不说，因为她要强。我不说，是为什么呢？我说不清。想当年我们在一个宿舍，可是什么话都说的，时间让我们彼此少了天真，多了世故，不，是多了隔阂，比如林特特再也不跟我整天煲电话粥了。想当初，她丈夫刚离开的那些日子，她几乎每晚都给我打电话，经常打到半夜。光谈还不行，还约我出去，一谈就是一天。我到她家待两天，她都不放我走。可这个重色轻友的坏家伙，生活幸福了，就再也不给好朋友打电话了。她打电话时，我好烦。不打电话时，我更烦。

记得有次她跟前夫刘一炜吵架后，电话也不打，提着箱子就到我家来了，来了一句话也不说，只说想安静。说完进了客房，一晚上待在屋里一声不响。我丈夫说她会不会想不开，她千万不能在咱家出事呀。我说胡说什么呢。第二天我要上班，问她是留在家里，还是跟我到办公室。她门也不开，只在里面说她在家里待着。我怕她想不开，给她丈夫打电话接她回去了。最后才听她丈夫刘一炜说，只是想带她去跟他朋友一起吃饭，她不去才吵架的。我说："特特你真是身在福中不知福，我家那位让他陪我到商场，不是说腰痛就是说没兴趣。你家刘一炜陪着你逛公园，看演出，还陪着你到商场买衣服，你试了一百件，他还让你再试一件，极尽体贴之能事，你还不知足。"

林特特说："你们只知其一，哪知其他。他是搞艺术的，即便结婚了，身边也总跟着一大帮莺莺燕燕。她们到了我们家也毫不避嫌，当着我这个妻子的面，这个拉着他的手，那个搂着他的肩，看得我眼睛冒火，还得装大度师母的样子，不停地给他们递茶削水果。他再三解释，那些人都是他的学生，他是老师，有师道尊严，让我不要多想。"我相信林特特的话，相信她很爱刘一炜，否则她的爱人遇上车祸后，她不可能只穿着睡衣就跑到了医院，哭得拉都拉不起来。几天不吃不喝，我们几个同室同学轮流做思想工作，让她节哀往前看，都没用。卫洁一句劝，林特特差点就跟她打起来。卫洁说："特特，刘一炜走了，你在人面前又是哭，又是绝食，也瘦了十几斤，也算维护了一个好妻子的形象。咱们同学都是亲姐妹，你犯不着在我们面前装。依我看，刘一炜走了也好，否则他不知还要玩弄多少女性，羞辱你多少次呢。"虽然这是实话，但是我们谁也不敢说，结果正哭着的林特特还没听完就把卫洁推出门，边推边说："你滚，马上给我滚。"气得卫洁走出门外了，还没忘来一句："刘一炜是什么货色，大家都知道。他活着时，还请我吃饭，试图勾引我呢，在饭桌下不停地踢我的脚。不能他死了，就成好人了，他的污点就没了。"气得林特特抓起门口的鞋子，就往她身上砸，还不忘骂道："疯子，疯子，疯子，你赶紧滚！"

正如我前面说的，林特特好幸运，什么好事都让她占尽了。有个可以依靠的好家庭，父母都是大学老师。本人天生丽质，又穿着一身漂亮的海军军服，在哪儿都引人注目。毕业后，当我们拿着厚厚的简历在北京城里顶着风沙四处找单位时，她已经坐到海军报社的办公桌前了。婚姻更是好，第一任丈夫，是年轻且前途无量的新锐导演，第二任，又是大权在握的干部。

我们猜测得越多，越渴望得到证实，可是当事人却迟迟不露面，于是我们的心渐渐淡了。也是，人家的生活与己何干。人到中年，要做的事好多，特别是军改以后，我们每个人都感到空前的紧张。周有例会，月有总结，除了干好业务，还要考三公里，要学野地生存、射击、战地救护，这不，明天又要到野外去驻训，住帐篷，吃快餐，栉风沐雨，可以说一人恨不能当三人用。别人的事，想管也没精力和时间管。再说，家里也是千头万绪，儿女大了，工作、对象，一个比一个烦。还有自己的体检报告，该低的高了，该高的又低了。朋友呢，也不是像少女时那样有啥说啥，那么单纯了。总之一句话，烦心事说一天也说不完。

3

大学毕业，我先在外地一个野战军部队工作，后来又到医院从事宣传工作。调到北京自己梦想的刊物工作时，我已经三十五岁了。三十五岁的人到异地打拼跟二十二岁就分到北京工作的林特特心境完全不一样，房子、孩子上学、老公工作调动，当一切都走上正轨时，我已快四十了。

我们刊物面向全军，是展现全军及武警部队官兵生活学习训练的综合刊物。身为主编，我感觉责任重大，每期都要作重点策划。现在年轻编辑多，大多都是新入职的文职人员，他们脑子灵活，但对部队不熟悉，所以许多事都得我亲力亲为。

今年是志愿军赴朝作战七十周年，我通过机关组织部门找到一位志愿军女战士，她不但参战了，新婚丈夫还牺牲在朝鲜的长津湖战场，事迹很感人，我计划采访一下她。头一天我与组织处的干事通了电话，第二天便早早来到办公楼。这是一栋漂亮的大楼，作为全军的首脑机关，它的威严可想而知。全副武装的卫兵站在大门前，知道我的来意后，士兵先是给我敬了一个标准的军礼，然后问我有预约吗。我说昨天已经联系好了。士兵让我要见的人打电话给他，方可进楼。可是电话又打不通，我正着急时，一个进门的大校军官瞥了我一眼，又回头认真看了我一眼，然后说："你是不是李晓音？"我说："对，你是？"姓名牌是一个我不熟悉的名字——欧泽明。他又说了一遍自己的名字后，看我没反应，又说："我是林特特的丈夫呀。"我一时恍惚，眼前马上浮现出那个一脸坏笑整天一见我们就大姨子小姨子叫个不停的导演刘一炜来。

"你参加过我们的婚宴。"

我这才醒悟过来，这是林特特的继任，便说："你好。"

林特特的继任得知我没联系上要找的人后，热情地邀我到他办公室去等。他说门口都是穿堂风，天又冷，组织处就在他隔壁。看看，又是一个体贴的男人，我们怎么找不着这样的好男人呢，我悻悻地边想边跟着林特特继任，不，跟着欧局长进了总部大楼。说实话，那次婚宴，因为人多，再加上我的脑子乱哄哄的，只想着林特特何样的魅力迎来第二春的，根本就没细细打量男主角。现在，那场婚宴的男主角走在我前面，身高足有一米八，腰板笔直，一身合体的陆军冬常服，好像就是为他定制的。因为是自己办公的地方，轻车熟路，连铿锵的脚步声都好像表明了主人的身份。

大楼庄严气派，地毯铺地，天花板高如穹宇，米黄色的墙体给人一种豪华的感觉。身着军装的工作人员静悄悄地在办公，很是肃穆。走在这样的楼里，说实话，你不整理军容、腰板不挺直，都觉难为情。

进到他办公室，我仔细打量了一下，窗明几净，墙挂一幅行书，上面抄录着毛泽东的《沁园春·雪》。桌上文件书报井然有序地摆放着，窗台绿植盎然。书柜里层层叠叠的书，文史哲不等，上面搁着一副红色的乒乓球拍，一看就很专业。几个精致的茶叶罐摆在显眼处，满屋闻着一股清新的花香，没有一点烟味。窗外，绿树红墙，再细瞧不远处闪光的地方，是水面如镜的北海。桌前，放着一个银色的镜框，上面是我们美丽的林特特同学，远处是大海，脚下是白色沙滩，她穿着白裙子，系着红发带，一缕长发在海风中飞扬着，一双大眼睛很是撩人地看着桌后的办公室主人。欧局长给我端来一杯热气腾腾的红茶，一闻就是好茶。再细瞧他，皮鞋锃亮，面色红润，举手投足充满了军人的英武之气，又暗透儒雅之风。

"林特特好吧？"

"挺好。就是忙，她编报纸，你知道，一周一版，每天忙得团团转。"

这时，有一少校拿着文件夹喊了报告进来，我要起身，欧局长摆摆手，我只好重新坐下，可余光仍禁不住打量起他来。他给干事指了材料中的几个地方，都是小声说的，最后说，这三个地方再核实一遍，一定要严谨。还有标题，再仔细推敲下。还有，钉书针要钉正。

干事红着脸毕恭毕敬地退出办公室后，我一时不知该说什么了。欧局长坐在大板桌的后面，面带微笑，神色安静，一副领导者的风范。他问了我工作情况，又说需要他做的，他一定帮忙，说林特特常在他面前提起我，说我有才华，是她最好的姐妹。这时他的电话又响了。

他在电话中好似在布置干部述职的程序，条理清晰，语词简洁，我怕影响他的工作，悄悄出屋再给组织处那个干事打电话，电话仍无人接。我好后悔没要那个干事的手机号。欧局长在电话里处理公务时，我又仔细打量了一下，发现沙发拐角一个不显眼的地方，放着一袋菜，一棵看起来很嫩的西兰花放在最上头，下面露出红红的一片，想必是西红柿之类的。真是一个好男人，我在心里又把我家那位埋怨了一顿。

他放了电话，我进去。他抱歉一笑，给我续上水，体贴地说："要不，你看一会儿报纸。"正在这时，我的手机响了，是组织处的干事，说他刚才出去处理了个急事，对不起。我忙说："欧局长打扰了。"他说自家人，见外了，说着起身一直把我带到组织处干事办公室才离开，走时，还没忘轻轻带上门。

办完事，我刚走到楼道，就听到一阵乒乓声，循声望去，办公楼中间的大厅里，有两个人正在打乒乓球。我还没走到跟前，就听有人叫我，原来是欧泽明。大冬天的，他却穿着一件红色的背心，正打得火热。看他身材结实有力，一点儿都不像五十岁的样子。我站着看了一会儿球，他打得不错，攻球时对方基本招架不住。他笑着说，要不，你也来几下。我忙说不会，不会，立即离开。

离开总部大楼时，我回头望去，蓝天下高高的办公大楼显得格外气派。走在宽阔的林荫道上，望着道路两边金灿灿的银杏，看着一个个穿着体能服的年轻军人口罩挂在脖子下面跑步，我忽然想给林特特打电话。

拨到最后一个号码时，我犹豫了片刻，挂了。停了一会儿，又给刘娜打电话。相比卫洁，我跟刘娜关系更近些，还有跟她说话，你只管放心，就像进了保险柜一样安全，不像卫洁，你上午说的话，下午所有同学都知道了。

我激动地把我在机关大楼遇到林特特丈夫的详细情况说完，等着她说话。刘娜却半天只管嗯嗯，搞得我兴奋劲荡然无存，她最后说了什么，我都懒得听了，只记着她说，她正在忙着检查电脑呢，马上要保密检查了。

回到单位，我发现桌上也有一份保密检查的通知，忙把手机、电脑清理了一遍，眼前时不时还浮现出那高高的大楼、红红的地毯、卫兵庄严的脸，还有欧局长满脸的微笑。

正在这时，我接到卫洁的电话。卫洁在武警电视台工作，她好像每天不是在拍节目就是在去拍节目的路上。

"你猜我见到谁了？"

"巩俐？"卫洁喜欢看电影。

"哪儿呀，我看到林特特和她丈夫了。就是那个局长。"

我一下子来精神了："在哪儿？"

"在人艺剧院门口遇到的。特特挽着她丈夫的胳膊。"

"林特特好幸福呀。"

"哪儿呀！他们就坐在我后面，电影看到一半，我一看，那局长睡着了。你要知道这话剧是《红玫瑰与白玫瑰》，他竟然睡着了！我以一个新闻系高材生的高度敏感捕捉到几个情况。一、林特特不幸福。她好面子，如果她幸福，肯定告诉我们了，谁家有好花不让人赏呀。二、中场休息时，我看到林特特一个人坐在位置上，好像在拭泪。三、电影散场后，我发现那局长跟在后面接电话，林特特走得好快，根本就不等他。你说这难道没情况？"

正在这时，办公室电话铃响了，我忙对卫洁说："我有事，再联系。"

4

年底，我接到去南京参加直属单位中层领导培训班的通知。爱人一听就老大不高兴，说我走了就没人给他烧水做饭了，他好可怜。

本来我不高兴，但听到最后，笑着说："干脆我把你带上吧，去重温一下我的年轻时光。"

226

爱人说："你巴不得摆脱我呢。"

我笑笑，说："哪儿能呢，其实我早就想出去散散心了。况且就在我的母校，二十多年过去了，我想知道母校是否跟我们一样，也物是人非了。"

收拾行装，我按通知要求从衣柜里边取边画勾：军装常服、迷彩服、常服外腰带、编织外腰带、制式鞋袜、胶鞋。

爱人站到我旁边，拿着厚重的陆战靴说："这个也带？"

"当然，迷彩服得配陆战靴呀。"

"哎，老婆，我感觉你不像是去学习，好像是去打仗。"爱人说着，搂着我的腰。

我说："快松开，没看我正忙着吗？再说不就两个月嘛，怎么还搞得好像生离死别似的。"

"从你接到通知那天起，看着你一会儿跑步，一会儿做俯卧撑，我怎么觉着你就像去打仗，是不是要打仗了？连你们文化单位的人都要装备齐全地去培训。"

"军人嘛，时刻准备着打仗，打胜仗。"爱人一听我这话，再次搂住我，这次我没有松开。他这么一来，我感觉出行有了一种悲壮感，也再次想起过去老歌中唱的词：行装已包好，部队要出发。

我们一间屋子住两人，跟我同屋的是广电部的一个女记者，她比我小十来岁，我们没有太多共同话题。正当我望着门口苦闷时，林特特忽然冲了进来，一把抱住了我。

这是她婚后我们第一次见面。我拉着她坐下，看她瘦了，眼窝深了，但白军帽、蓝军装、金色的大校肩章为柔弱的她平添了几分英气。

"怎么样，最近挺好吧？"

"还行。你呢？"

我回答："还那样，整天单位忙、家里忙，儿子也快毕业了，得找工作，好多事，够操心的了。对了，上次我在机关还看到了你爱人，他对我很热情，还让我到他办公室坐了一会儿，给我倒了茶，要不是他，我连大楼都进不了。"

"他回家告诉我了。"

"你这个死东西，有了爱人就忘记朋友了，我跟刘娜、卫洁都挺想你的。"

"我嘛……"

正在这时，我的同屋室友回来了，林特特起身告辞。

学习班很紧张，跟部队训练一样，出操、练队列、体能训练、上课，晚上还有讨论、讲座，虽然我跟林特特在一起学习，但跟她不在一个队，只在食堂或队列中偶尔一见，彼此打个招呼，并无深谈。

半月后的一个周末，林特特约我出去玩，我欣然前往。

我提议到夫子庙看看，到瞻园坐坐，再游游秦淮河，吃吃状元豆，喝碗鸭血粉丝汤，沿白鹭洲公园走走，看看桃叶渡，瞧瞧马湘兰故居，寻寻吴承恩游园的足迹……我不知道是因为我大学时的专业和身份还是因为我没钱，又或是因为那时秦淮河一带没有建设，反正除了学校组织到雨花台、玄武湖、莫愁湖玩过，秦淮河这一带我都没记忆。可林特特却带我走进一家花店，买了一束红玫瑰，走进了一条小巷子。我问她看谁。她说去了，我自然就知道了。站到门楣上写着"媚香楼"的门口，我才恍然大悟，这是秦淮名妓李香君故居。

收票的是一个胖胖的老头儿，他穿着一件看不出颜色的羽绒大衣，落寞地坐在一把吱吱作响的破旧竹椅里，旁边的火炉上煮着一壶茶。看到我们进来了，他欣喜地站起来说："门票十块，你们随便待。"一看就很少有人来。

门厅有张玻璃陈列柜，里面放着几把展开的折扇，上面都画着桃花。我们走进里面的天井，右边临水的是两间小厅，想必是下人居住。天井里是李香君的雕像，她把花放在像前，还拉着我鞠了一躬。楼上有几间房，一间会客厅，一间书房，书房隔壁是李香君卧室，房间均很小，比我想象的要简陋。但是窗外风景不错，河面波光荡漾，李香君家还有私人码头。屋里挂着李香君像，是某个电视剧照，非我想象中的李香君，脂粉味浓了些。坐在李香君的房间，想象当年的情景也蛮有意思的。

林特特到楼下问看门人要了一壶茶，我们坐在李香君书房的窗前，看着窗外的秦淮河、远处的文德桥，说起了李香君，说起了侯方域。我想也许一会儿她就会说到她的新婚生活。

结果一壶茶喝完，也没听到我想听的。随后，她又带我到秦淮河边的一个叫晓月的茶社听了一下午的评弹《宝玉夜探》。男性长者弹三弦，一中年女性弹琵琶。他们刚一开口，我就大声鼓起掌来。

"听戏。"林特特说。

妹妹啊，你一生就是多烦恼，你何必要自己太看轻。

想你有什么心事尽管说，我与你两人共一心。

我劝你么，一日三餐多饮食。

我劝你么，衣衫宜添要留神。

我劝你养神先养心，你何苦自己把烦恼寻？

我劝你姊妹的语言不能听，因为她们似假又似真。

我劝你么，早早安歇莫宜深，可晓得你病中人再不宜磨黄昏。

我劝你把一切心事都丢却，更不要想起扬州这旧墙门。

那黛玉闻言她频点首，说道哥哥的言语我记在心。

心暗转更伤神，为什么这冤家为我最留神？

......

一曲唱完，我才发现林特特用了好几张纸巾。

一直到傍晚我们离开，她也没提及她的婚姻，即便她的丈夫打来电话，她也只简短地"嗯嗯"后挂了电话，怕我询问，立即岔开话题。

再过李香君故居门时，林特特进去买了一把上面画着桃花的折扇。我说："假的，买它做啥？"

林特特反问道："《红楼梦》讲的故事也是假的，你为什么要看？"

我一时语塞，便说："行了，赶紧叫车，要不赶不上晚点名了。"

5

周末的一个晚上，我都睡了，忽然听到手机响，一看表，十一点半，刘娜大半夜给我打电话一定有急事。我怕影响同屋，起来披上大衣，到卫生间问她怎么了。刘娜说她睡不着，现在就想跟我说说话。我想她一定有事，便重新将披着的大衣穿好。她忽然问："你对女人离婚怎么看？"

我说："如果二三十岁，我鼓励你离婚，可年过半百，这'离婚'二字断然不可提。"

"你看看人家林特特生活得多幸福。"

我想了想，说："刘娜，不是每个人都是林特特，再说林特特生活得是否幸福，我们没有看到，就不要轻易下结论。"

刘娜声调突然高了，说："对了，你不是跟林特特在一起学习嘛，她到底生活得怎么样？我听说她丈夫对她特别好，两人经常手拉着手散步，一起去看演出，而且她丈夫还把她的女儿当亲生的看，给安排到银行工作，又给买了车。还说现在他自己有儿有女赚大了。"

"我们学习很紧张，每天除了上课，还要跑操，培训结束前还要写论文，真的没有聊过家庭问题。"嘴上这么说，但在心里我总觉得林特特结婚后，好像变了一个人，跟我们生分了。我们即便一起出去玩，她也不会提及家事。

刘娜叹息了一声，说："我爱人三天两头出差，我们家你去过，那么大，儿子在外地工作，每天就我一个人，好害怕。"

刘娜住的别墅在郊区的湖边，三层，有二十多间房子，她一个人住，是挺怕的。我说："我们学习完了，叫一帮同学去玩，咱们跳舞、唱歌，享受一下富豪的生活。"

刘娜叹了一声说："我多次劝过我家老王，钱赚多少是个头，身体要紧。我知道他一直都为生意忙，干其他的事也没心思，也没精力。"

我想刘娜怕我瞧不起她，或者怕我猜疑他们夫妻关系紧张，一定是后悔给我半夜打这个电话了，在往回找补。我非常理解，忙说："就是，你们家老王人挺好的，生意做得那么大，对你那么好，上次同学聚会你穿的那件皮大衣，怕有一万块吧，那可是人家老王给你买的。"

"是，他对我挺好的。好了，夜深了，赶紧睡吧，我不打扰你了。对了，你看我差点把正事给忘了，现在脑子越来越不好使，卫洁给你打电话了吗？"

"没有。"

"你没听到什么？"

"我在南京，北京的事怎么会知道？"

"你现在在哪儿，我怎么听到好像有风吹的声音？"

"我在卫生间。"

"千万别感冒，你把衣服穿暖和些，我再给你打过去。这事说起来话长了。"

"没事，你说，我穿着大衣。"

"是这样，我为什么提到离婚的事，真不干我事，你不要胡乱想。卫洁的丈夫田园昨天到我办公室来找我，说他犯错误了。"

"他出轨了？他那个样子还出轨？不就长得周正些嘛。要不是卫洁，他能到北京？能到市政府工作？还有他弟弟、妹妹的工作，都是卫洁给找的。他要真做了对不起卫洁的事，那可就是没良心了。"

"别急呀，你听我说。田园说他晚上做梦，梦到了离婚。"

"哈哈，做梦？那没事儿。你把我吓了一跳，我就说嘛，那个小白脸，他真是胆够肥了。"

"可是他喊出声来了，连喊了三遍，卫洁就听到了。"

"这事闹大了。卫洁那脾气你不是不知道，和炮仗一样，一点就炸。"

"说的是呀，所以田园才找我来了嘛。他说我多年搞政治工作，又说我是全军优秀党务工作者，这种事只有我出面才能摆平。说自从那事发生后，卫洁再也不跟他说话了，回家也不吃他做的饭，也不理他，吃完饭把自己一个人关到女儿房间，第二天再去上班。昨天回来，一份离婚协议放在了餐桌上，上面还留了一张条子，让他尽快签字，还说田园啥时候搬走，她啥时候才回家。现在她住到单位宿舍去了，打电话也不接。"

"那你给卫洁打电话了没？"

"没呢，这不是跟你商量嘛。卫洁跟你好。我要是出面，怕她有抵触情绪，要不你先试探试探，然后咱们再商量。无论如何，不能让他们离婚。田园这个人虽然事业一般，但他对家、对卫洁还是很体贴的。卫洁天生一个马大哈，家务事从不上心，连孩子都是田园带的。卫洁要是没有田园，我都无法想象她会把日子过成什么样，更别说干事业了。再说，一句梦话，犯得着这么计较吗？如果卫洁理智，不但不能胡闹，

232

还要从这个梦话里反思自己在婚姻中的缺失，更加尊重和理解田园，这才是聪慧明智的女人。我们现在这么忙，后院再起火，哪有精力去灭火。"

"可这事，我怎么给卫洁说呢？她好面子，嘴硬，要强。"

"你不是整天写东西研究各类人嘛，再说这次中高级领导干部培训班你也学了一个多月，我相信你会有办法做通卫洁的思想工作的。好了，夜深了，你好好休息吧。明天是周六，你尽快跟卫洁谈谈。她那人好冲动，不要闹出什么事来。我是咱们女生组党小组长，我希望我们每个人都能事业有成，家庭幸福。长长的一生，谁家不遇到点事呢？再说，她这哪叫事呀。从没听说因梦而离婚的事，真是作。我看卫洁，就是作过头了。"

6

回到宿舍，我睡不着了。

心想杜丽娘为梦而死，而卫洁要为梦而离婚，看来梦是个重要问题，要好好研究了。可眼下的重点是我该怎么给卫洁做工作呢？越想越睡不着，又怕影响同屋，索性把头蒙在被子里，在手机上想一句写一句。卫洁是我好朋友，我不能不管，我们到老以后最靠得住的怕还是这几个贴心的姐妹。我们几个在同一宿舍时，就发誓一定要相伴到老，要亲如姐妹，无论谁家有困难，都要互相帮衬。虽然有时话不投机，但丝毫不影响我们的友谊。比如林特特爱人去世后，她整夜失眠，我们三人轮流陪着她，一直到她心绪平静，渡过了难关，我们才离开她的家。刘娜小产，是我一直守着的。而卫洁和爱人出差，六岁的女儿没人管，是刘娜接到她家，又是给做饭，又是接送上学。据刘娜讲，光学着给梳头，就累死她了。我们不是亲姐妹，胜似亲姐妹。这么一想，心里就像着了一团火，噼噼啪啪燃烧起来。

第二天清晨同屋还在睡觉，我就起床来到操场，打通了卫洁的电话。

"卫洁，你在干吗？"

"在家呢。"声音仍如平常，听不出异样。

"田园呢？"

"在家呢。"还是平静。

"周末七点你们不是常到公园散步嘛，今天怎么没出去？都八点了。"

"你有什么事？"语气变了，有些着恼。

我有些生气了："没事就不能打电话了？"

"妹妹，你在北京一两个月都不给我打电话，现在大周末的又从南京千里迢迢地打电话来，一定有事。"

我把电话挪到另一个耳朵，沉思了一下，说："卫洁，你最近看电影了吗？纪录片《为了和平》，讲志愿军抗美援朝的故事。"

"看了，单位组织的。"

"我看了很感慨，你说志愿军战士多英勇，特别是长津湖一战，一连的人全冻死了，可是他们的枪口一致对着敌人来攻的方向。我看了都流泪了。"

"我的书面感想已交组织了。"卫洁仍是冷冷的，"有什么话，你直接说。"

我真恨刘娜，她自己怎么不把这个烫手的山芋接了，偏偏转给我。又恨卫洁不识好友的心，一时有些恼火，便说："卫洁，我们是不是姐妹？"

"这还用问吗？"

"卫洁，正因有志愿军的浴血奋战，才有我们今天的幸福生活。片

234

子里，刘思齐回忆毛岸英参战前给她鞠躬的细节，我看得眼泪都流了出来。我就想，我一定要对我家杨老师好，虽然他有时懒，跟我吵架，可我生病时，是他给我递水送药，送我到医院。即便他有一次差点出轨了。"话已出口，我才意识到自己失口了，忙说，"我是说我看到他一个女同事打来电话，他就眉开眼笑。我一想到这儿，就禁不住胡思乱想，虽然明白，他只是爱跟她说说笑笑，又没有其他问题，对我跟儿子一心一意的。再说咱们每个人，谁心里没有点春梦。有春梦不要紧，只要不实施，就还是好同志，你说是不是？"

"李晓音，我不知道你大周末的说了这么多废话什么意思，甚至连自己的隐私都端出来了。好了，没别的事我挂了，我要出去买菜了。"

"卫洁，这次在某校学习，我感受特别深。二十多年前，我们多年轻呀，现在年华渐渐老去，不由人不珍惜今天的生活。我学习马上就结束了，元月三日，咱们同宿舍的几个姐妹好好聊聊，地点我都选好了，就在什刹海的孔乙己酒店。记着，我提前预约了，你还要表演节目呢，要演你最拿手的，跟你家田园一起唱黄梅戏《夫妻双双把家还》呢。"

放了电话，我马上又把电话拨给刘娜。刘娜听完我的详述，说："意思到了，我相信她不会乱来的，这样，我让田园密切注意她的行动，随时告诉我。"

几天后，刘娜告诉我卫洁回家了，还吃了田园做的饭，但还是分床而居，不过，让田园写检讨。于是，公务员田园就针对自己的梦中失语写了一篇五百字的检讨。女大校卫洁看完，在上面批示道：不深刻，要从灵魂深处挖。田园就从为什么做这个梦写起，比如白天一个同事离婚，可能因此做梦。还比如卫洁平日说话的口气，让他没有男人的尊严。再比如公婆去世，卫洁没回去送别，兄弟姐妹让他离婚之类的。说了之后，又说，那只是梦，他明白卫洁对他及他家都是真心的，给他办调动，给他弟弟妹妹安排工作，他至死都不会忘记妻子的情意，怎么可能离婚。只是他是一个男人，毕竟还要有面子，如此云云。卫洁看完这份长达五千字的检讨，三天没有回话，第四天搬回了家，把家里三本存折和房产证都从丈夫手里收回，锁进了新买的保险柜里，钥匙当然她带着。她还说："田园，如果你再做这样的梦，那么你的弟弟妹妹的工作就没了。还有你，哼，从哪里来，滚回哪里去。"

我听得哈哈大笑，得意地说："刘娜，我厉害吧，咱这个业务干部也会做思想工作的。"

"别得意，你做的是卫洁的工作没错。可你知道我是怎么做田园工作的？我让田园每天给卫洁送花，送亲手做的可口的饭菜，每天还不重样，还发一个又一个甜言蜜语的短信。你打的是隐蔽战，我采取的是攻心战。是我们两位陆、空军女大校共同捍卫了武警女大校卫洁的幸福生活。"

"对对对，姐妹齐心，无坚不摧。"

放了电话，我忽然想我家那位了，便给他打电话，讲了此事，然后说："杨老师，你可记着，我不在的日子，你要严守婚姻纪律，不得胡思乱想，更不得损坏军人尊严，我们女军人不是好惹的。军婚是受法律保护的。"杨老师笑着说："老婆，快滚回来，我一个人实在不想在家里待了。洗澡水也没人烧，衣服也没人洗，还有，我实在不想吃食堂饭了，没滋没味。再不回来，我直接就到街道办事处离婚了，在梦中喊离婚，那是懦夫所为。要干，就干真的。"

"去吧去吧，现在就去干。你那女同事不盼着跟你聊天嘛。"

"哎哎哎，别挂，回来时，老婆，我去机场接你。真的想你了，这是咱们分别最久的一次吧。"

"好酸。"

"不，是甜。"

这是我们夫妻多少年来唯一的一次情话，更多时我们是吵吵吵。年轻时，还打过很多次架，最厉害的一次是我把他抓得鼻青脸肿，他打得我半天起不了身，还到医院做了胸透。我们都伤痕累累地到了民政局门口，可他一句话让我打消了离婚的念头。他说："对了，老婆，家里煤气好像没有关。"

我们俩打车跑回家，煤气关得好好的。我气得要打他，他说："都离婚了还操心着煤气，可见你也不是真心要离婚的。那咱就好好过吧。"

"那以后你不能把我打得这么疼。"

"那你不能先动手，哪有女人先动手打男人的，还让我脸烂糟糟的去上班，男人脸面何在。尼采不是说了嘛，对待女人，就得经常拿着鞭子。"

"你敢。"

"我拿着鞭子是替你打别人的。"

于是我们还写了保证书，只不过，隔了两天我们又打了起来，只是我们再也没有到民政局去离婚。

7

半月后，南京难得下了一场大雪，林特特忽然约我晚上出去吃饭。到了席间，我才知道，是她丈夫来了。我想总部的人，肯定来出差，顺便来看看新婚的夫人。结果，林特特说丈夫是特意来看她的，完了，又说："我有什么好看的，学习那么紧张，真是烦。"我说："行了，行了，别装了。"

回到宿舍，我免不了又打电话把我家杨老师说了一顿："那么想我，

237

也不来探班。你看看人家林特特，夫妻多恩爱，大雪天来看妻子，让人多感动。"杨老师说："马上到期末了，还要考试。再说老夫老妻了，有什么探的。"气得我当即挂了电话。

饭局除了我和林特特，还有五个人，都是她丈夫的老部下或曾经的上级。有一个显然是农民，曾当过欧局的班长，欧局让他坐上席，而让曾对他有恩的一位现任领导坐在了旁边，这让我不禁对欧局产生了深深的敬意。欧局频频起身敬酒，再三说，很多年没见了，很想大家，这次特意请大家一聚。又说，大家别担心，这是周六，可以多喝一点，但不要喝醉。也不用担心他搞腐败，这是他自己掏钱请客。对老领导、老战友，还有老婆的同学，一定要用自己的钱，这样才能体现友谊之深厚，情意之深远。

席间，他待客甚是得体，林特特也是礼貌有加，大家其乐融融，可我总感觉少些什么。我一时没想明白，后来才醒悟，他们之间少了夫妻间的默契。对了，就是默契。林特特对丈夫是客气的，丈夫对林特特也是礼貌有加的。夫妻在外人面前这样好，是没错，可是好像又不太对劲，我说不清。

吃完饭，林特特要跟我一起回学校，说："培训班规定不得到外面住。"我说："你一个多月没见爱人了，去招待所吧，明天又是周末。"她却再三要回去，欧局先是愣了一下，当着众人面也没说什么。

一直走到操场了，林特特突然说："跑步吧，咱们跑个三公里。"

"你这是干吗？"

"不是马上要考核了吗？"林特特说着，忽然就撒开腿跑了起来。

我愣了一下，也跟了上去。

我们气喘吁吁地跑完，正要进宿舍楼，遇到从里面出来的林特特爱人。他笑着说："特特，我给你们队长请好假了，他同意你晚上到外面

238

就宿。"

"你这样做，征求我意见了吗？"

"夫妻之间，还要征求什么意见，走吧。"爱人说着，要拉林特特的手。林特特挣开了他的手，要进宿舍。我一把拉住她，说："别闹了，假都请了，回去大家怎么看你？"说着，把她推到爱人身边，然后扭头进了宿舍楼。

十点半了，我犹豫片刻，看到林特特宿舍灯亮着，借借书之由，敲开了门。她同屋是一位海军上校，说林特特爱人来了，林特特晚上不回来住了。

我舒了一口气，可更多的疑问却涌上心头。

周日晚点名前半小时，我见到了林特特，她丈夫送她回来的。她神态盎然，红光满面。我想我多虑了，夫妻生活就这样，打打闹闹才是日常。

8

学习结束前，我准备到驻地拜访那位志愿军女战士。她的战斗故事在我们杂志发表后，许多读者写来信，还有导演要联系她，计划拍感人的爱情片。虽然采访工作已经结束，可是不知怎么的，我好像忽然与老人有了种亲人般的感觉，特想离开时见见她本人，因为采访工作一直是电话联系的。这么一想，便约林特特一起去。林特特听完志愿军女战士的故事，立马同意，还拉着我要买东西。我说买束花吧。她却说，看老人还是实用些，买了箱水果、牛奶，还有一大堆营养品。

她坚决要穿军装，我说："穿军装出行不方便。"她摇头道："你哪知道军装对一个老兵意味着什么。"我只好跟她一样，里面穿了冬装常服，外面穿着迷彩大衣，系了军用围巾。既然穿军装，就得严格按照《内务条令》规定的军容风纪标准着装。

志愿军女战士家在山西路附近的一个大杂院里，院子不大，自朝鲜作战回来后，老人就转业到地方铁路上工作，八十多岁了，身体不好，一直坐在轮椅上，生活起居由保姆照顾着。让我们没有想到的是，老人也穿上了志愿军军服，我跟林特特肃然起敬，马上敬礼，老人还礼动作慢些，但蛮标准。

老人问了我们学习情况，又问了部队现况，特别是对我们的军衔、职级，问得好细。边听边说，你们赶上了好时代。稀疏的白发被风不停地吹着，保姆马上关了窗，还笑着跟我们说，老人怕冷，爱看军事节目，特别爱看书。她指着一墙的书架，说这些书老人大都看过了。

"我看书看电视都爱看有关抗美援朝的，那时我才十六岁，我的爱人和那么多好战友都牺牲了，我就是想他们。"老人说着，流下了泪。

她说，她当时在师医院工作，爱人当排长，因为他们都是从南方直接到朝鲜的，穿着单薄的军装，常年住又潮又冷的防空洞，因为怕炊烟引来敌机轰炸，不敢生火做饭。很多时候，饿了就从干粮袋里抓一把炒面干吃，渴了就抓把雪嚼。刚去的那一年，天特冷，零下四十多度，爱人不知从哪儿弄来一件棉大衣，出去执行任务离开时非要给她，她不要，爱人就把她与大衣紧紧抱着，说，这个大衣就是我，一直陪伴着你。后来她才知道，爱人和他的战友们全部在长津湖冻成了冰雕，可是他们仍紧紧地握着枪，面对着来敌的方向。撤退的敌人看到后，都呆了。他们没想到有这么一支英勇的部队，一群刚强的军人。

看到我们脱下的放在旁边的厚厚的迷彩大衣、羊毛围巾，老人不停地摸着说："当年部队要是有这么厚的衣服，有电视上讲的单兵自热食品，我的爱人和他的战友们就不会冻死，就不会饿死。说不定我们的儿女都跟你们一般大了。那时朝鲜零下四十度，我穿着棉大衣，还觉得冷，他怎么受得了？他当时想过我吗？是不是还有话要和我说？我真想知道。"

说着，她让保姆拿出那件爱人送她的棉大衣。这件大衣虽然旧了，但却很干净，整整齐齐裹在塑料袋里，放在皮箱中。老人一生没有改嫁，她孤零零地守了一辈子。她说，曾经沧海难为水，与其嫁了别人心里还想着走了的那个，不如一个人最好。也不是一个，他一直就在我身边。她说着，让保姆打开手机，我们看到的是一个年轻的志愿军战士的照片，看起来最多二十岁。

"爷爷的照片，奶奶怕弄丢了，让我扫到手机上，原照片都锁在柜子里呢。"

老人指着手机上的照片，说："我老梦见他，他给我说，他在那边挺好，让我快些过去，他就是怕冷。我听到过现场的人说，那些牺牲的志愿军战士因为冷，一直爬着走，一个挨着一个，可还是战胜不了冷和饥饿。"

"这么多年，您一个人，一定很孤单，您后悔过没？"林特特擦了一下眼角问。

"虎子哥在异国他乡更孤单。他的遗骸送回来时，我庆幸我没有再婚，我还有资格与他埋在一起。现在，我最怕的是一件事。"

老人话音刚落，林特特急着问什么事。

"我总想他还那么年轻，我已经老得自己都不想看自己了，他会不会不认识我了。所以，大衣我怕坏了，每年都要拿出来晒晒。我要穿着这大衣去见我的虎子哥，我们才刚度过了新婚的第一夜。我怕自己老得这么丑，配不上他……"老人说着，眼泪流得越来越多，我们也跟着哭。

告别时林特特说，她要写一篇文章，这是她听过的最感人的故事。

她还把那件大衣拍了照片。拍了两张，看了不行，又让老人抱着棉大衣，拍了一张。还说，回去以后，要给老人送一件迷彩大衣。

出门后，我问她："真的要给老人送迷彩服？"

"我林特特啥时候说话不算数？你没看到她一直摸着咱们的大衣不放吗？"

我感觉自己又重新认识了被同学们誉为"林美人"的林特特。

9

回到学校，要进宿舍楼时，林特特忽然叫住我，说："我们到操场走走。"

我看了阴沉沉的天，说："太冷了。回吧。"

"有朝鲜冷吗？有零下四十度吗？"林特特说着，走进了操场。我只好把大衣领子竖起来，把围巾包在头上，也跟了过去。

"我知道你们一直想知道我生活得好不好。怎么说呢，好，也不好。我在李香君故居就想跟你说，可不知为什么，在那样的地方，我几次都开不了口，是那吵声，是那嘈杂，还是当时的心境，反正几次话到嘴边都停下了。现在要分别了，虽然我们同居一城，但都忙得很，心也静不下来。今天听了老奶奶的故事，我忽然想给你说说我的婚姻。"

我立即放慢了脚步，感觉天好像也不那么冷了。

有几个人影走过，她一直等他们走远了，才开口道："欧泽明稳重、有事业心，他对我很好，让我体会到了恬静、安宁，体验到一种家人的温存。但是他可能领导当惯了，啥事都是他决定。比如自己做主把公婆接到家里以后，才告诉我，气得我回了自己的家。后来经不住他再三打电话道歉，我想想自己也不对，又回到家，给他说夫妻之间，凡事要商

242

量，他说好好好，可事后仍跟过去一样。比如你说他跟队里请假，就不经我同意。这事也罢了，不是原则问题，我都让步。"

"让我心里过不去的是另外的事。"她说到这儿，又望了望四周，四周静悄悄的，十二月的校园，因为天冷所以人很少。她又说："我给你说句不好意思的话，我老梦到刘一炜。真的，结婚后，我一直梦见，有时梦到他就在我房间里，看着我跟我丈夫，搞得我好紧张。你知道，他出车祸后，我很少梦到，可自从跟欧泽明结婚后一直梦到。他跟过去一样，倚在床边，一只手摸着我的脸，笑嘻嘻地看着我，不停地问我跟着他幸福，还是跟旁边的这个人幸福。说实话，幸福是什么？我真说不清。"

"欧泽明对我女儿很好，经常给零花钱，我都觉得多，他说女孩子要富养，女儿的工作也是他联系安排的。家里房子大，怕我打扫累着，要给我请钟点工，我没同意。要给我调工作，就离家近些方便，我也没同意。除了上班，他都在家，不喝酒，不抽烟，除了看电视、看材料，也没其他不良嗜好。话说得恰到好处，对我彬彬有礼，大家都认为他是好丈夫，可我总觉着过日子应该不是这个味。我跟刘一炜在一起，他经常半夜回家，忽然搂着我疯跳，会忽然送我一束花，会忽然开着车拉着我跑到郊区一个度假村给我一个惊喜。两人可以疯玩。想到外面吃了，立马就出门吃一顿。我说想旅游，他马上就订票，根本就不想存钱，不想明天。我前阵为什么要带你去李香君故居和听评弹，都是他知道我喜欢，带我去过的。还有，站在这个操场，我总想着二十多年前，刘一炜跟我在草坪上谈恋爱的情景。对了，就在草坪这个位置，那时是夏天，你们都睡了，我按我们约好的时间，来到操场，躺在草坪上，头枕在他大腿上，脸对着脸，天上星星一闪一闪的，好像就发生在昨天。特别这次重返母校，我更想刘一炜了。"林特特说着，长长地叹息了一声。

"你真是身在福中不知福。人和人当然不一样，刘一炜那时老惹你伤心，害得你半夜睡不着，给我打电话，怕他被这个小姑娘迷住了，被那个小姑娘牵走了。你老说这样的生活你受不了。现在倒好，又不知足了。"

"是呀，我也这么想过，可与刘一炜一比，就显得欧泽明更无趣了。我这么跟你说吧，咱们学新闻的，整天跟报纸打交道，如果刘一炜是一张晚报，欧泽明就是一份日报。日报庄重大气，发出的声音也具权威性，可是你整天看，是不是也有烦的时候，而晚报满纸烟火气，你看着就像置身在生活中，有滋有味。欧泽明这个日报我每天都得翻，不管愿意不愿意，睁眼是他，闭眼是他，我都提不起兴趣。你不知道，有天我们一起去看话剧，他竟然睡着了，让我好一阵难过。我问他这么好的话剧怎么还睡着了。你猜他怎么说，他说这男人不道德，人家女人有老公，还是他的好朋友，他竟然还勾引人家的老婆。他又说既然错了，就错到底，人家女人对他那么好，他却一点儿责任也不负，后来娶了妻子，该好好过日子，珍惜目前拥有的，却老不回家。他觉得花五六百块钱看这样无聊的演出一点儿都不值得。我说你看女主角多有风情，她不喜欢她的丈夫。他说女主角太风骚，这样的女人只能当交际花，娶不得。我听得一阵阵心寒。"

"你们看的是不是话剧《红玫瑰与白玫瑰》？"

"你怎么知道？"

"有人看见了。"

"所以我更觉丢人。还有，在家里我们经常为小事争吵，比如，我不能说一个事，说了就必须做。要是临时变，他会老大不高兴，给我讲规划和计划对一个人多重要。他的衣服都有固定的位置，比如睡衣放在哪儿，袜子放在哪儿。几点睡觉，几点起床，几点过夫妻生活，什么样式，一直不变。每天晚上都要喝稀饭，我换个花样，他就说好像没有吃饭。有次，我收拾房间，看到他的刮胡刀不好用了，就给他买了一个，他老大不高兴，不是因为换了新的，而是开关挪到了左边，他就不习惯了。比如我们周末散步，夏天起来七点走，凉快。冬天天冷，太阳出来了再去，他就不行。要是一个周末不出去，他就不高兴。我感觉他跟机器人差不多。他儿子也是，看到毛巾不正，都会重新放正。他经常买菜，可是你知道，整天买同样的菜，说西兰花有营养，就天天买。让你整天吃西兰花，你能受得了吗？我说我爱吃豆腐，又开始天天买豆腐，一点儿都不会变通。让我更为生气的是，上次我买的那把桃花扇，我让他带回家，你猜怎么着，他让他老父亲拿回家扇凉去了。你想想，我到李香君故居买的扇子，专门盖了故居的章子，他却让他的农民父亲去扇凉。他还说不就一把扇子嘛。"

"对啊，那不就是一把扇子嘛。"

"可它不是一般的扇子呀。它是桃花扇，它来自李香君故居呀！再说我买它也不是为了扇凉。要是刘一炜在，他绝对不会这么做的，他知道我为什么会喜欢一把看起来普通的扇子，他理解我的爱好。比如，要是我们在做饭时，看到落日，他会一把拉着我的手，跑到河边拍落日。高兴了，半夜拉我起来听他的剧本。他活着时，让我生活得不安；他走后，我想我一定要找一个生活规律、内心稳定、脾气好的丈夫。可真找着他了，我却怎么感觉越来越不幸福了，这种心境又没办法跟别人说。而刘一炜走了，好像把一切不愉快的事都带走了，给我留的都是甜蜜的回忆。刘一炜老不回家，我恨他，可他一抱我到床上，我马上就忘记了他所有的不好，从来都无法抗拒他的魅力，即便我再生气。"

我感觉我好像理解林特特了，便拍拍她的肩说："知足常乐吧。"

林特特笑着说："也是，刘一炜再好，他已经没了。"

"不，是因为你得到了新东西，却拿着旧东西的好作比较，就像张爱玲说的，你得到了红玫瑰，又想白玫瑰，人生就是这样永不满足。我记得你曾多次给我说刘一炜整天不过日子，今朝有酒今朝醉，你恨不得要跟他离婚。好不容易找着了欧泽明，人家工作、房子哪方面都比你强。我还跟刘娜说，你好幸福，找了一个好丈夫，啥事都给你安排得好好的。不像我们，还想着孩子毕业找工作。"

"我要是给你说了，你一定会笑死。比如说，那天婚宴后，到十一点了，欧泽明还一直给我讲他的个人奋斗史，比如从小背馍，当兵时，妈妈除了买的火车票，只给了她十块钱。"

"这不挺好，农家子弟，所以才珍惜今天的生活呀。"

"我听得困得都打哈欠了，他递给我一杯奶，我以为他会停止痛说革命家史了，结果他又开始了，我一看表，都一点了，他才讲到当下士。你想想要是讲到大校，得多长时间呀。"

"我明白了，你想早些跟他共渡爱河，没想到遇上了一个书呆子。"

"他可不是书呆子，鬼着呢。生活很节俭，一张纸巾，他每次擦嘴撕一半用。衣服，没有超过五百的，大多都是在网上买的，他说反正平常都穿军装。可是他对朋友，对亲戚很大方。自从我们结婚后，他只留五百块钱的零花钱，其余都交给我。你别睁大眼睛，他是写上我的户头，让我跟他一起存到银行。你知道我一向花钱惯了，再说手头一千块钱哪够。对，他说我是女人，就比他多给五百块钱。还有，他的朋友亲戚来的次数多了，我就好烦，可是你猜他怎么着。那些人一来，他就当着人家的面给我扣大帽子，说我通情达理，又是名记者，特热心，做一手好饭菜，很欢迎大家到家里玩，逼得我只好学着做饭，只好笑脸待客。一切收拾停当，我困得进了卧室，可他们在外面吵得我根本没法睡，还不能出去说。可这又有什么办法，他已经给我定了角色，我怎么能演砸？"

"可是他也没有错呀，男人嘛，总得有些交往。你跟了他，就得包容他的一切。你认为这是他的不足，我倒认为这是他的优点。说不定，这是你千年修来的呢。"

"欧泽明不会照相，你看看他给我拍的照片，我要么顶天立地，要么像样板戏上的坏人一样缩在角落。他也不会跳舞。我怎么也忘不了十几年前，刘一炜带我去跳舞，去红房子喝咖啡，给我买最高档的裙子，众星捧月地对我。可跟欧泽明，别说跳舞，就是去看演出他都舍不得，说一张戏票，好几百块呢，在电脑上看就行了。你说电脑上看跟剧场里看的效果能一样吗？每个东西都放在固定的地方，每件事都规定精确的时间。我都不知道他以前那个老婆是怎么受得了他这样的。"

"你问过他以前的老婆是什么样的吗？"

"他告诉我他前妻是幼儿园老师，他起初见到我，真以为是他前妻再生。据他说，他老婆长得很漂亮，凡事特别认真，对家里好，通情达理，善解人意。后来，他大概感觉我其实骨子里是很浪漫的，用他的话说，不安分，就经常旁敲侧击我，说，女人要守正，要端庄，要有妇德。我不信他说的关于他老婆的事。我翻遍了家里大大小小的角落，没有他老婆的任何东西。直到有次我清理地下室，终于发现了，地下室全是成排的书柜，都是一些理论书，可是书柜里有一只铁皮箱子，从来没打开过。我一直很好奇，一次趁他出差时，我拿他的钥匙一个个试，终于打开了。里面东西好满，我吃了一惊。你猜我发现了什么？"

"他把前妻分尸了？"

"你悬疑片看多了吧？！正经点。"林特特说着，清了清嗓子，继续说，"几乎是一箱子的旗袍。有几件是碎花的。大多都是纯色的绸缎，白的、湖蓝的、黄的，简直是旗袍的世界，还有一盒首饰、一沓影集，都很漂亮，我很难把这些与他所说的一个娴静的幼儿园老师联系起来。"

"你怎么知道这是他妻子的？也许是另外一个女人的。"

"照片上的女人跟他儿子长得好像，特别是眉眼，简直就是一个人。我把箱子里的东西全翻完，还把那些衣服一件件试了一遍，真的好合身，也就是说他老婆身材个子跟我一样，我也戴上了那首饰，我都不认识镜中的自己了。我把东西放回去时，才想起忘记了按次序放，他那么有条理的人，一旦发现我动了他的东西，一定会不高兴。我尽力回忆了半天，按我的记忆把东西放好。可是我仍不死心，又打开最下面的影集。那女人真的好美，脸型跟我有些像，穿着旗袍好像大家闺秀，我就在那一刻，明白他为什么喜欢我了。照片从她出生时排列，整整六大本。他们婚后的照片是在第六本上，每张后面都有字，写着"跟山在公园""跟山在西湖""跟山在太湖"。两人都很亲昵，他搂着她，或对望着她。她呢，也是含情脉脉的。近年，一张都没有了，但影集还有许多空页。"

"也许这时有了电脑，人都不愿意洗照片了。"

"我也这么想，放回影集，上了楼，总感觉他并不像我想象的那样单纯，我好像急于寻找到一些秘密似的，又到他书房找，打开他电脑，他没有密码，里面全是材料夹。"

"有些人故意把秘密都以材料命名的。"

"他家里台式电脑跟办公室电脑一样，全是文件，我一个个都看了。什么都没有。但是，我在他书架最上面，发现了一个收纳盒，里面全是昆曲光碟，上面干干净净的，我不确定他是否经常看，但显然经常擦拭，盒盖干干净净的。

"他一直给我说，他们过得很恩爱。他经常去墓地看他前妻的，也从不骗我。但我去看刘一炜后，就不想告诉他，我想，这是我的私事，犯不着告诉他，他知道后很不高兴。他一生气，就半天问不出一句话来。我就不理他，当然最后还是他撑不住了，先理我的。他也不会像刘一炜一样说好听的话，只干巴巴地说，算我错了，别生气了，我都说我错了，老婆。反反复复，就这几句，我听得都要睡着了。"

我一听扑哧一声笑了："我们当然知道刘一炜好风花雪月，你的胃口吊起来了，怎肯过下里巴人的生活。"

林特特打了我一下，笑着说："说句难为情的话，我们夫妻之事，他都是直接，没有温存，好像完成一项任务。刘一炜跟我在一起时，真的如戏中唱的，恰三春好处无人见。许多事，我没法给你说出口，一句话，我和刘一炜不比《浮生六记》里讲的差多少。看电视时，他一定搂着我。在家里，忽然就背起来跑。在厨房，在卫生间，在女儿房间，在任何地方，他都会笑着说，咱们欢喜欢喜吧。对，他把那事叫欢喜，而不像欧泽明说的'咱们开始吧'。好像他在跟同事说，咱们开会吧，咱们工作吧，你说你哪还有兴致。习惯成自然，我跟刘一炜在一起久了，自然就浸染上了。刚开始跟欧泽明结婚，我往他跟前一坐，他马上离我好远，还说'别老黏着我，夫妻之间嘛，要庄重些'。说句难听话，床上都是一个动作。有次我说你能不能变下，他说，那是荡妇所为，恼得我现在都不想跟他过夫妻生活。有次好像是遇到什么高兴的事，我一把搂住他，撒娇让他背我。他马上说，这成什么体统，哪有老婆骑在丈夫脖子上撒野的。然后还没完，让我坐到他对面，他晃着二郎腿，喝着茶，好像领导批评部下似的说，女人一定要庄重，如果太随意，就保不齐习惯成自然，容易上坏人的当。他还说：'我喜欢你，就因为你庄重矜持。我们机关干部，军人找老婆，一定要娴静。对了，那些哼哼唧唧的戏不要听了，整天爱呀情呀，唱半天还唱不完一句，还戴两只戒指，整个资产阶级情调。你听些红色歌曲，不更积极向上吗？身为军人，思想意识要纯净。'如果我没看到他的身份证，我真不敢相信这是一个五十岁出头的人说的，分明一个老干部口吻嘛。你说，跟这样的人，你还能谈其他艺术吗？分明就是对牛弹琴嘛。跟这样的人过日子，日子可想而知是多么寡淡。刘一炜就不是这样的，我们躺到床上了，他会放轻音乐，会抱着我起来跳舞，会跟我说些甜蜜的话。有时还给我拍照，满屋跑着追我，让我把他给我买的漂亮衣服一件件穿给他看，他一张张拍。到田野里、山里……每周都有不一样的生活，我老盼着跟他在一起。一句话，他让我有一种新鲜的感觉，说实话，我虽然有时恨他，可现在想来，他给我的快乐多于痛苦。正因他那么有趣，才有年轻姑娘喜欢他嘛。可你们，他走了，你们就忘了他的好。每次咱们出去，你们的丈夫都有事，是他——刘一炜主动提出当车夫，是他给咱们联系玩的住行线路。刘娜妈妈住院，也是我们家刘一炜帮着在手术单上签的字。卫洁丈夫工作的牵线人，也是我们家刘一炜。还有你，每次到我家，都是刘一炜亲手给你做好吃的，还给你讲故事逗乐。他走了，你们一个个都不说他的好，老说现在这位好，可你们哪知道我心里的苦呀。"

"胡说了吧，我们都觉得人家挺好的，真的，我跟刘娜和卫洁都说这次你找对人了，会生活，有前途，对你好，你还有啥不满足的。对了，一直想问你，你是怎么喜欢上欧局的？是别人介绍的，还是偶遇上的？我们好想知道，又怕你多心，一直不敢问。"

"四十岁的女人能有多少选择呀。"她口里如此说，脸上却掩饰不住笑意，"有天晚上，我到他单位办事。办完事，天黑了，我回家时，他忽然说送我回去。那时是冬天，下着雪，车也打不着，他就开车送我，一直送到家。看到楼道灯黑着，还给我打着手机一直送到家门口。我看到他身上都是雪花，还在咳，当时很感动，便让他到家里坐坐，喝杯茶。他说：'你丈夫不吃醋？'我说：'我没丈夫。'他嗯了一下，深深地看了我一眼，说：'不了，以后再联系。'然后，第二天就请我吃饭，前后吃了三次，就求婚了。我看他长相可以，也体贴，房子离我这儿也不远，也不嫌弃我有女儿，这不，就答应了。"

"会不会他是故意的，知道你单身。"

"我从来没有跟他们单位人接触过，而且你知道我不爱说话，也不张扬。他跟我接触以后说，我就是他理想中的妻子，长相漂亮，身体健康，作风正派，政治可靠。你听听，这不就是对一个干部的评价吗？这哪像爱情。他一起床，马上就放军歌。我给他提意见，让他不要在家里放。他说你是不是军人？是军人，难道就不爱听军歌？我说是军人，这些歌在军列中唱，在集会上唱，在军营里唱，都没错，可是在家里放，在饭桌上，你唱'嘿士兵，嘿士兵，戴好钢盔，端好钢枪，你看前面晃动的是敌人，你看老兵已经喊起杀声……'这合适吗？老婆是敌人，还是儿女是敌人？他说，军人的战场在任何地方，不能让靡靡之音渗透到我们家里。你说这家不跟单位一样了吗？我有时想听听昆曲，就到书房里关上门，不一会儿，他就借送水果送牛奶来检查，搞得我感觉自己在家里好像搞特务活动似的。他呢，在家不是看材料，就是画军事地形图，一会儿画山谷，一会儿画河流。我问你一个政工干部，为什么对军事那么着迷？他说因为咱是军人呀，军人看不懂地形图，还配叫军人吗？"

"当然也有好处，你的地形图考核不就在他指导下，得了单位第一名？你要实事求是。"

"也是。"林特特望了望天空，又接着说，"有时我随口一说我们报纸副刊某篇文章题目，他第二天就告诉我，他做梦都给我想题目呢。你不知道，他想的那些题目，能把人笑死。一篇散文题目，它不是'丰碑'就是'辉煌'，简直就是材料语言嘛，可一看他那认真的样子，我还不能打击他。当他看到报纸出来，知道我没采纳他的意见后，心里就很不痛快。他只要在家，就跟我说文章的观点要新，材料要充实，小标题要对仗，上面的思想要吃透，下面的情况要了解，要调查研究。你说咱们文学版的能跟他们写材料的一样吗？有时，真的让人哭笑不得，可他却不自觉，还挺得意。还有不少同事都脱了军装，自主择业拿着工资，不用上班，还能周游世界，我就萌生了脱军装的想法。他坚持不同意，还说：'你猜我为什么喜欢你，你那身帅气的海军服，也是原因之一。'如果我离开部队，他就离婚。一听离婚，我就火了，我说：'你以为你是宝呀，现在就离。我受够了，我马上给单位写报告。'我说完，就大声放我最喜欢的昆曲，并立即写离婚报告，然后把报告扔到他面前，就回了自己的家。他三天两头找我，我不开门，又到单位找我，说他错了，我想干什么就干什么，只要守住底线。我们刚结婚，他带我回他家，见人就说，大学生，海军军官，长相也漂亮吧。我感觉农村人，一点儿没品位，但也有一种自豪感。有个男人看着说，说，年纪不小，不是头茬婚吧。我一听心里就冒火，但想给他留个面子，就没说话，他只嘿嘿笑个不停。

"我单身时，家里来个男人，邻居老太太都会审视我半天。遇到他后，我想他也不难看，虽然没情趣，但也安全，便答应了。没想到又过这样的日子。"

我再次笑出了声，笑着笑着，我又想起了刘一炜，便笑得更加花枝乱颤了。

"有那么可笑吗？人家把你当朋友，和你说知心话，你却取笑我。"

"不是取笑，是在思考一个问题。你的第一个丈夫刘一炜，浪漫可爱到极点。你整天说他不着调，不稳重。好，现在稳重的来了，你又嫌人家务实到了极点，不解风情，好像又有些过了。哈哈，你这是经历了冰火两重天，百炼成钢了。海军大校林特特同志，比起我们整天面对着一张脸的平淡生活，你已经够幸福的了。想想，老天对你已经够好的了，再不能不知足了，人哪能十全十美！生活可不就这样，得到了这样，就失去了那样，凡事要占尽，古今难全。"

"如果像你以为的那样也就好了。"

"什么意思？"我马上提起了神。

"前几天，他妹妹到我家来了，跟我说了好多话，我问她原来的嫂子是什么样的。'你们关系挺好的吧，你哥老提她。'他妹妹说：'你别提了，她要不死，怕他们也要离婚。原来的嫂子外遇了，我哥知道后，一下子崩溃了。我原来的嫂子是我们市昆剧团唱闺门旦的，跟我哥结婚后一直两地生活，不知怎么就喜欢上他们团里一个唱小生的，两人都有家，离婚很难。我哥立马让我嫂子辞职，跟他随军。我嫂子不同意，我哥就找团里领导，找我嫂子娘家人，还有孩子那时才十岁，还把那男人打得住了院。我嫂子到北京后，到部队幼儿园当了一名音乐老师。我哥不计前嫌，两人过得也不错。他们调到一起五年后，我嫂子忽然得了病，好像是抑郁症，我哥一直守在她身边。嫂子去世后，我哥一直不找对象，那时，他才三十来岁，一直等儿子上了大学，他才想找的。他给我看你的照片时说，她娴静、稳重、优雅，眉眼间有股淡淡的忧伤，就想保护她。她出身书香门第，家学丰厚，名牌大学毕业，党龄二十年，军龄二十一年，政治可靠。她供职部队机关报纸，业务拔尖，丈夫去世三年，他通过组织和侧面打听，从无绯闻。特别是两个人生活在一个城市，不像从前那样长期分居，不会发生以前的情况'。"

"原来如此。"我唏嘘不已，又笑着说，"不过，他还是没有认清你身上的浪漫基底。你是闷骚，哈哈！"

"自从得知他前妻的情况后，我又想起他带我回家跟别人介绍我，我才感觉一下子理解了他，原来每个人都有自己的不幸史，都有自己的软肋，就尽力要求自己变得像他要求的那样：听话、守本分、不听昆曲，不穿在他眼里过分暴露的衣服，可那样却违背了我自己的天性呀。我本就不是那样的人，要装一时还行，要装二三十年，我还得活二三十年吧，我怕自己撑不住。"

她说不下去了，我也不知如何安慰她。

"回吧，夜深了，天也冷了。对了，刘娜给你打电话了吗？"走到宿舍楼门口时，她问道。

"有过联系。"

"她丈夫离职了。听说现在对刘娜可好了，整天接送上下班。也是，人年纪大了，才知道夫妻之情是多么重要。不过，职务对男人来说是春药，没了职务的男人好像一下子就像气短了似的。这下，刘娜可以好好享受与爱人在一起的生活了。"

寒夜中，我们异口同声地长叹一声。恰好此时熄灯号响了。

"他肯定要给我打电话了。"林特特说着，拿起电话。果然，电话响了，林特特压着话筒说："你听听，他肯定又说，你好着吧，要睡了，我给你打个电话，没事我就挂了。"

说着，接了电话，打开公放，举到我面前，里面响起一个标准的男中音："你好着吧，要睡了，我给你打个电话，没事我就挂了。"

挂了电话，我们同时笑出声来。但林特特笑着笑着却忽然流下了眼泪，在路灯下，泪珠亮晶晶的。这时，不知谁的收音机里响起了昆曲：

是谁家少俊来近远，敢迤逗这香闺去沁园？话到其间腼腆。他捏这眼，奈烦也天；咱嗛这口，待酬言。那书生可意呵，咱不是前生爱眷，又素乏平生半面。则道来生出现，乍便今生梦见……

创作谈 ｜ 偶然间，心似缱

2020 年春天，因为疫情，时间相对多了，重读《红楼梦》，忽然注意到原来没有注意到的地方，那就是昆曲。看到庚辰版夹批，"隔墙闻'袅晴丝'数曲，则有如魂随笛转、魄逐歌销。""袅晴丝"是《牡丹亭·惊梦》一折"步步娇"曲牌中的第一句唱词，批书人写自己听到昆曲魂魄都被牵住了，讲出了昆曲的美妙。由此，我留意起全书提到的昆曲来。数了数，发现《红楼梦》三十处剧目中，昆曲剧目达二十二处，然后上网一部部地找，《牡丹亭》《西厢记》《双官诰》《西楼记》《玉簪记》《南柯梦》等，能找到的都看，这一看就上了瘾。

的确，那一唱三叠的水磨腔，那声律优美、文辞雅致的唱词，如我迷恋的南方，如我渴望的慢生活，美如我未曾实现的梦想。

几乎每天晚上，当我读书或是写作感到累了，就会不由自主地想看几折昆曲，反复吟诵那美妙的唱词：则为你如花美眷，似水流年，是答儿闲寻遍，在幽闺自怜。最撩人春色是今年，少甚么低就高来粉画垣，原来春心无处不飞悬。是睡荼蘼抓住裙衩线，恰便是花似人心向好处牵。偶然间心似谴，在梅树边。似这等花花草草由人恋，生生死死随人愿，便酸酸楚楚无人怨……结果，就遇到了大师版昆曲《牡丹亭》。一群平均年龄七十岁的老艺术家们痴爱昆曲的情景让我动容，其中一位近八十岁的老艺术家在记者采访时说，前世与昆曲有缘，今生遇见，来生还要与它相伴。耄耋之年的她，彩妆上身，在舞台上步态轻盈，唱曲绵软，宛如少女，身段妙不可言。还有一位老艺术家说，真想一直生活在舞台上，可惜年岁大了，演不动了，也不好看了，不能再演美丽的杜丽娘了。听到这话，我眼角瞬间就湿了。

再然后，我又发现了浙昆五代杜丽娘的同框照片，最大的将近八十岁，最小的十几岁。我又开始追她们的演出。我发现了一个有趣的现象，演员越老，演技愈炉火纯青。

为了表达对艺术家的崇敬，在此我写下我喜爱的艺术家的名字：梅兰芳、俞振飞、言慧珠、张继青、沈世华、华文漪、岳美缇、梁谷音、张洵澎、蔡正仁、汪世瑜……

为此我爱上了浙昆、上昆、苏昆，当然还有离我最近的北方昆曲剧院。想着等疫情结束，我一定要到这些地方寻曲觅韵。

有趣的是，戏剧版老电影《游园惊梦》简直就是明星荟萃，梅兰芳演杜丽娘，俞振飞演柳梦梅，言慧珠扮春香，而后来响彻昆曲界的华文漪、蔡瑶铣、张洵澎、杨春霞、梁谷音等则扮花神。那时大师们渐入老年，而花神们，则一个个青春妙龄。这些昆大班的花儿们，不知当时可曾想到她们后来的命运？

更有人间佳话。前有知名演员梁谷音给言慧珠当梅香，后有北昆当家闺门旦魏春荣甘愿给老艺术家沈世华的杜丽娘当春香。还有那部由著名作家白先勇四处奔走策划，被誉为昆曲常青树、获首届梅花奖的大师张继青亲自指导的青春版昆曲《牡丹亭》，走进了各大院校，走向全国，迈出了国门。近来，京城开始流行"新四大时尚"，分别是喝普洱、喝红酒、抽雪茄、听昆曲。

由此我想，昆曲为什么能存活六百年，让一代代艺术家如此痴迷？

2001 年，昆曲被联合国教科文组织列为"人类口述和非物质遗产代表作"。这种认可，是否告诉我们应该在飞速发展的时代，把步子放慢，静下心来体会身处的世界？我恨自己不会唱昆曲，但忽然就想，不会演，但咱会写呀。

可真要动笔还是很难，除了盲目的爱，我不懂昆曲，离开字幕，很多唱词都听不懂。于是一折大约半小时的戏，我得反复看，沈世华老师的《牡丹亭·寻梦》，我看了五六十次，仍乐此不疲。

看了戏，又看演员们的传记，看昆曲的前世今生，能找的资料我都找，结果枕边客厅书桌，皆是关于昆曲的书，我甚至在闲时会不由自主地拿起折扇学佳人舞扇，时不时体会她们抛水袖时的行云流水般感觉，爱人惊异地问，你要唱戏？你那胳膊腿还能动吗？

我说人家还有八十学艺呢。当然这是梦想，寄我情思的只能是文字了。

人物渐渐地清晰起来，地点呢？我忽想起 2016 年，我到江西婺源参加一个文学活动，在美丽的篁岭古村鲜花小镇那如诗如画的地方待了五天。街两边白墙黛瓦，满山遍野是油菜花海，很有桃源之趣。然而到了晚上，除了天街酒坊传出如泣如诉的笛声，以及小店倾泻出来的一缕灯光，这个直线距离不到四百米的小镇孤独得让人伤感。我忽然想我的故事就应发生在这里。

谢谢上天的馈赠，人生的每一步，都不会白白走过。

《好花枝》是我昆曲系列小说中的第三篇。这篇还没写完，一个文中的配角忽地在我心底跳出来说："我还有好多故事没有给你讲呢！"这样，下一篇文章的构思就在我心里萌芽了，于是，我决定把它写成一系列，以此向那些痴爱昆曲的艺术家们致敬。

没想到这一写，就写了几篇，《花似人心向好处牵》被《小说选刊》

转载。《春心无处不飞悬》被《长江文艺好小说》转载。《锦缠道》《姹紫嫣红开遍》被《小说月报》转载。还有好几篇在一些大刊排队。我试图通过文字写尽昆曲的美，写尽昆曲人的坚守。我想继续写下去。谢谢亲爱的读者朋友，你们的鼓励是我继续坚持创作的不竭动力！

有度文化
北岳好书几

花似人心向好处牵

出 品 人｜郭文礼　　选题策划｜刘文飞　　责任编辑｜张　昊

复　　审｜刘文飞　　终　　审｜刘卫红　　印装监制｜郭　勇

项目运营｜有度文化·刘文飞工作室　　投稿邮箱｜liuwenfei0223@163.com

微　　博｜http://weibo.com/liuwenfei　　微信公众号｜YOUDU_CULTURE